천재 셰프 회귀하다 1

2024년 1월 9일 초판 1쇄 인쇄
2024년 1월 12일 초판 1쇄 발행

지은이 신사
발행인 김관영

기획 이기헌 왕소현 임동관 박경무 강민구 조익현
책임편집 천기덕
마케팅지원 이원선

발행처 (주)로크미디어
출판등록 2003년 3월 24일
주소 서울시 마포구 마포대로 45 일진빌딩 6층
Tel (02)3273-5135 Fax (02)3273-5134
홈페이지 rokmedia.com E-mail rokmedia@empas.com

ROK
MEDIA
로크미디어

신사 현대 판타지 장편소설

천재 셰프 회귀하다

1

Contents

Prologue

인생이란 한 치 앞도 모를 일이라던가?
도진의 삶이 그랬다.
디자이너가 되겠다는 일념 하나로 유학길에 올랐다.
프랑스의 물가는 터무니없이 높았고…….
유학 생활을 유지하기 위해 아르바이트는 필수였다.

　도망치지 않을 *버스보이(*그릇닦이)를 구합니다.

벽에 붙은 구인 전단이 도진의 발길을 사로잡았다.
면접을 봤고…….
그 전단이 도진의 삶을 송두리째 바꿔 버렸다.

메종 드 카르만(Masion de karman).

"셰프, 앙트레 나왔습니다!"

"서버, 뭐 하는 거야!"

"퓌레 준비 다 끝났습니다!"

도진이 간단한 면접 끝에 취직한 직장은 파리 시내에서 가장 뛰어나다고 평가받는 미슐랭 쓰리 스타 파인다이닝이었다.

하루 열두 시간.

도진은 이곳의 주방에서 파트타임 버스보이로 근무해 왔다.

"부탁이니까 너는 쥐새끼처럼 도망치지 마라."

"예?"

"화장실 간다고 하고 도망친 놈도 있거든."

수 셰프가 뻐드렁니를 뽐내며 지레 겁을 줬다.

"저는 오래 일할 겁니다."

산더미처럼 쌓인 접시를 보자마자 왜 이전 근무자들이 그렇게 도망을 쳤는지 알 것도 같았다.

다만…….

가난한 유학생 신분인 도진은 메종 드 카르만의 높은 급여가 절실한 상황이었다.

뽀득, 뽀득─.

꽤 오랫동안 종일 접시만 닦았다.

닦고, 닦고, 또 닦고…….

고된 생활이었으나 도진은 금세 적응했다.

그렇게 몇 달이란 시간이 흘렀다.

파인다이닝의 체계는 놀라우리만큼 촘촘하게 이루어져 있었다.

하나의 요리가 테이블에 놓이기까지…….

무수히 많은 주방 구성원의 손을 거쳐야 하는 식이었으니까.

재료 손질, 조리, 플레이팅에 이르기까지.

주방의 요리사들은 마치 바티칸의 벽화를 협업해 그려 내던 르네상스의 예술가들처럼 함께 손발을 맞춰 완성해 나갔다.

요리가 완성되어 가는 과정을 잠자코 지켜보고 있노라면 이따금 희열 비스름한 감정에 휩싸이곤 했다.

가끔은 자신 역시 저 협업에 동참해 멋들어지게 훌륭한 요리를 완성해 내는 발칙한 상상도 해 보곤 했다.

정말 말도 안 되는 상상이라고 생각했다.

*수 셰프(*Sue Chef : 부주방장)가 갑작스러운 주방 사고로 인해 피를 뚝뚝 흘려 대기 전까지는.

그리고 *쿡(*Cook : 정식 요리사) 몇 명이 다가와 플레이팅을 하라며 윽박지르기 전까지는.

"저보고 플레이팅을 하라고요……?"

"급한 건 나가야 할 거 아냐!"

"정말 제가 해도 괜찮은 거예요……?"

"얼추 기억하고 있다면서!"

본래 플레이팅은 응급조치를 위해 주방을 빠져나간 수 셰프의 소관이었다.

갑작스러운 사고로 인해 그가 자리를 비웠고 덩달아 유능한 쿡 몇 명이 따라나섰다.

"미대생이라며! 비슷하게라도 플레이팅해 보란 말이야!"

선배들의 고성에 깜짝 놀란 도진이 어깨를 움츠리며 떨리는 손으로 핀셋을 집었다.

'후우…….'

한숨을 내쉰 도진이 고민 끝에 그저 손이 움직이는 대로 곧장 플레이팅을 시작했다.

사실 원안을 기억하고 있었다.

다만 무슨 배짱이었는지 아쉬웠던 부분을 살짝 수정해 새로운 방식으로 플레이팅해 봤다.

맛에 영향을 줄 순 없는 노릇이었으니 새로운 색감을 추가할 수는 없다지만…….

퓌레의 양이나 끼얹는 형태는 물론, 제스트, 파우더, 장식들을 새롭게 배치해 봤다.

'헤드 셰프만 못 본다면 아무 문제 없겠지…….'

띵-!

"3번 테이블 앙트레 나왔습니다!"

도진이 급히 서버를 부르고는 다시 설거지하기 위해 본연의 자리로 돌아온 순간.

"접시 가져와!"

저 멀리서 헤드 셰프 카르만의 목소리가 들려왔다.

도진이 가장 현실이 되지 않길 바랐던 순간이었다.

"대체 누가 플레이팅했지?"

주방 모든 사람의 시선이 도진에게로 향했다.

'맙소사…….'

이내 도진이 머뭇거리며 앞으로 나섰다.

"제, 제가 했습니다……."

한낱 버스보이 주제에 셰프가 정한 룰을 어긴 셈이었다.

어쩔 수 없었다는 변명이 통할 상황이 아니었다.

셰프 카르만이 부리부리한 눈으로 도진을 노려봤고…….

"따라오도록."

카르만은 곧장 도진을 데리고 집무실로 향했다.

'잘리는 건가? 새로운 직장을 찾으려면 한참 걸릴 텐데…….'

머릿속이 복잡해지던 찰나였다.

집무실에 들어서자마자 그가 넌지시 입을 뗐다.

"몹시 감각적인 플레이팅이더군."

"예?"

"지금은 버스보이로 근무 중이지?"

도진이 멍하니 고개를 끄덕였다.

"예, 그렇습니다……."

그가 재차 되물었다.

"우리 가게에서 정식으로 일해 볼 생각 없나?"

"예?"

"그러니까, 요리를 배워 볼 생각이 없냐는 말일세."

왜 그랬을까?

"……예."

불쑥, 대답이 튀어나왔다.

"배워 보고 싶습니다."

도진이 태평양을 건너 유학을 온 이유는 세계적인 디자이너가 되기 위함이었다.

"시켜만 주신다면 뭐든 최선을 다하겠습니다."

인생이란 한 치 앞도 모를 일이었다.

그렇게 꼬박 10년이란 시간이 지났다.

순식간에 미슐랭 쓰리 스타 파인다이닝인 메종 드 카르만의 수 셰프 자리까지 오른 인재.

접시에 그림을 그리는 탐미적인 플레이팅의 대가인 동시

에 떠오르는 신예 셰프.

그사이 도진의 이름 앞에 붙게 된 수식어들이었다.

업계의 유명 인사들이 파리 13구의 낡은 소극장을 리모델링한 도진의 파인다이닝에 모였다.

L'artiste

프랑스어로 '예술가'를 의미하는 도진의 파인다이닝의 오픈 전 리셉션 행사에 참석하기 위함이었다.

"모두 와 주셔서 감사합니다!"

도진이 샴페인 잔을 들어 올리자 무수한 이들이 축하의 박수를 건네기 시작했다.

잔 안의 샴페인이 출렁였다.

스승인 셰프 카르만, 거액을 투자해 준 미스터 마그레, 업계 최고의 칼럼니스트 제니퍼…….

'드디어 여기까지 왔어…….'

그때 셰프 카르만이 온화한 미소를 지어 보였다.

"도진, 진심으로 축하하네."

"셰프의 가르침 덕입니다."

앞으로는 더욱 밝은 미래가 다가오리라 생각하며 잔 안에 든 샴페인을 음미했다.

성공의 맛은…….

사무치리만큼 달콤했다.

예상치 못한 사고는 순식간에 일어났다.

오픈 전날, 리셉션 행사가 마무리된 뒤…….

주방 막내와 함께 스탭밀을 준비하던 도중이었다.

"빌리, 잘할 수 있겠어?"

도진의 물음에 주방 막내 빌리가 답했다.

"예, 셰프! 물론입니다!"

기합이 바짝 들어간 모습이 주방에 처음 발을 들였던 당시의 자신을 떠올리게끔 했다.

"형편없는 요리를 스탭밀로 내놓았다간 네 선배들이 엉덩이를 걷어찰걸."

내 농담에 빌리의 표정이 굳었다.

"최선을 다해 보겠습니다!"

경직된 태도가 귀여워 웃음 짓던 찰나였다.

"음?"

가스 냄새가 코를 찌르기 시작했고…….

"어?"

스토브에 불을 켜려는 빌리의 모습이 눈에 들어왔다.

"빌리, 당장 멈춰!"

"예?"

"당장 멈추라고!"

달칵-.

정말 눈 깜짝할 새에 벌어진 일이었다.

빌리가 가스 점화기를 켜던 그 찰나.

도진은 몸을 날려 빌리를 낚아채 감싸 안았다.

콰아아아아아아아아앙-!

귀가 먹어 버리는 듯한 굉음과 함께 뜨거운 불길이 치솟았다.

삐이이이이익-.

정확히 기억나는 건 딱 거기까지였다.

이후의 기억은…….

끊어진 필름을 붙인 양 부자연스러웠다.

삐이이이이이익!

이명과 함께 멀리서 구급차와 소방차 소리, 어린아이처럼 엉엉 울부짖는 소리가 귓가에 어렴풋이 들렸다.

삐…….

귀가 찢어질 듯한 이명이 끝나고 그제야 주변의 소란스러운 소음이 들렸고, 비명조차 지를 수 없을 만큼의 고통이 찾아와 온몸을 비틀었다.

"여기! 생존자가 있습니다!"

연기를 뚫고 들어온 소방관들이 도진을 발견해 들것에 옮겨 다급히 건물 밖으로 데리고 나왔다.

잘 떠지지 않아 간신히 한쪽만 뜬 눈 사이로 불길에 휩싸인 간판이 보였다.

'L'artiste.'

거센 바람에 불꽃이 춤을 추듯 넘실거렸다.

또한 그 여파로 사방에 재가 꽃잎처럼 흩날렸다.

지금 허공에 산산이 흩어지는 잿가루는 도진의 노력이었다.

10년.

도진의 지난 10년이 바람을 타고 흩날려 사라져 갔다.

'안 돼…….'

도진이 없는 정신에 손을 뻗었다.

'제발, 안 돼…….'

잿가루라도 쥐겠다는 것처럼 손을 뻗어 보았다.

오랜 시간에 걸쳐 쌓은 도진의 모든 것이…….

고작 하루아침에 무너져 내리는 중이었다.

역시.

인생이란 한 치 앞도 모를 일이었다.

"이제 요리를 하는 건 무리일 겁니다."

의사가 덤덤히 사형을 선고해 왔다.

내게 요리를 할 수 없다는 말은…….

사형선고와 하등 다르지 않았으니까.

"전신에 심각한 수준의 화상을 입었고, 피부 괴사로 오른손의 약지와 새끼손가락이 달라붙었습니다. 또 의식을 잃으신 사이에 왼손의 모든 손가락을 절단하는 대수술을 진행해야 했고요……."

발악이라도 해 볼 셈이었으나…….

"결정적으로 미뢰 역시 제 기능을 상실했을 겁니다."

"예……?"

"목숨을 건진 게 경이로울 만큼의 사고였으니……."

의사는 살아남은 게 천운이라고 말했다.

다만 내 생각은 조금 달랐다.

이렇게 살 바에는 차라리 죽는 게 나았다.

'제기랄…….'

도진의 세계는 그야말로 엉망진창이 되었지만 세상은 여전히 평화로웠다.

오랜 재활 끝에서야 드디어 병원을 나선 도진은 많은 게 바뀌었음을 느꼈다.

흉측한 외관 탓에 경멸 어린 시선이 쏟아졌다.

그 탓에 도진에게는 언제나 모자를 푹 눌러쓴 채 땅을 보며 걷는 습관이 생겼다.

무수한 이들로부터 걱정 어린 연락이 쇄도했으나 도진은

누구의 연락도 받지 않았다.

그들의 기억 속에 자리한 자신의 모습을 훼손하고 싶지도 않았을뿐더러…….

'이런 모습을 보여 줄 순 없어.'

초라해진 자신을 모습을 보이고 싶지도 않았다.

그 이후의 생활은 한결같았다.

도진은 죽음을 기다리는 사람처럼 굴었다.

어두컴컴한 방 안에서…….

멍하니 누운 채로 시간을 흘려보낼 뿐이었다.

맛을 느끼지 못하니 밥도 잘 먹지 못했다.

그에게 있어 식사란 생존을 위한 행위에 불과했다.

몸을 가눌 수 없을 때가 돼서야 무언가를 섭취했다.

그 탓에…….

화상의 여파로 울룩불룩해진 몸은 점점 더 말라만 갔다.

"괴물이라…….."

모두가 자신을 보고 괴물이라고 손가락질하지 않던가?

"정말이네."

거울 속 자신은 정말 괴물의 모습을 하고 있었다.

그런 와중에 바뀌지 않는 것도 있었다.

"아저씨, 아팠다고 들었어요!"

"이제 괜찮아지신 거 맞죠?"

지금보다 훨씬 더 어렸을 적부터 옆집에 살던 어린아이들.

한창 집에서 칼질을 연습하던 시절.

걸핏하면 양이 많아진 음식이 처치가 곤란해져 나눠 주곤 했다.

바쁜 아이들의 엄마를 대신해……

주에 몇 번 꼭 같이 저녁을 먹곤 했었지.

"우리가 매일 기도해 드릴게요!"

오랜만에 마주한 흉측한 몰골의 그를 전과 똑같이 대해 주는 아이들이 고마웠다.

어느 날이었다.

두 아이가 함께 그린 그림을 선물해 줬다.

조리복을 입은 자신의 모습이었다.

그림 속 제 곁으로 두 아이가 그려진 채였다.

"아저씨가 다 나아서 다시 요리사가 된 모습이에요."

가능한 일일까?

"그때는 우리도 어른이라서 같이 일하고 있어요."

두 아이가 해맑게 웃으며 덧붙였다.

"우리도 아저씨 같은 요리사가 될 거예요."

"멋있고, 훌륭하고, 실력이 뛰어난 요리사!"

자연스레 삶의 의지를 다잡을 수 있었던 건 심심할 틈도 없이 찾아와 준 아이들 덕이었다.

　도진은 두 아이가 그려 낸 그림을 보며 속으로 다짐을 곱
씹고 또 곱씹었다.

　살자.

　그날로 도진은 다시금 거리로 나섰다.

　보험금이 거의 바닥난 채였다.

　살려면 닥치는 대로 일을 해야 했다.

　일단 이젤을 챙겨 거리로 나왔다.

　초상화를 그려 주고 푼돈을 받기 위함이었다.

　돈을 모아 작은 식당을 열고자 했다.

　혹은 자그마한 푸드 트럭도 괜찮을 터였다.

　'뭐라도 좋으니 다시 요리를 해야겠어⋯⋯.'

　손이 엉망이라 쉽지 않았으나.

　당장 할 수 있는 일은⋯⋯.

　전공을 살리는 것뿐이었다.

　－야, 봤어? 얼굴이 녹아내린 것 같아.

　－와, 대박 징그러워⋯⋯.

　－진짜 난 저 얼굴이면 밖에도 못 나와.

　경멸이나 혐오감 따위가 어린 시선과 수군거리는 말들.

　도진은 아랑곳하지 않았다.

그럴수록 더욱 표독스럽게 굴며 그림을 그렸을 뿐.

여느 때와 다름없던 어느 날.

노파가 발길을 멈춰서 도진의 앞에 앉으며 말했다.

"그림 한 장 그려 주시겠소?"

"예, 얼마든지요."

"그런데, 어쩌다 그리됐을꼬?"

무례한 질문에 도진의 손이 멈칫거렸다.

"궁금하신가 봅니다?"

그러고는 애써 덤덤히 사연을 털어놓았다.

"어렵사리 개업한 파인다이닝에서 가스폭발 사고가 있었어요. 다행히도 주방에는 저와 막내뿐이었는데……."

"그런데?"

"위험하다는 느낌이 들자마자 저도 모르게 반사적으로 녀석을 감싸 안아 버리고야 말았죠."

정적이 흐르기를 잠시.

"그 결과입니다."

도진이 이죽대듯 되물었다.

"이제 호기심은 풀리셨습니까?"

반면 노파는 아랑곳하지 않았다.

그저…….

기묘한 물음을 재차 건네올 뿐.

"만약 자네는 또 그런 일이 생기면 어떻게 할 텐가?"

한차례 '글쎄요.' 하고 답한 도진이 계속해서 그림을 그려
내며 태연히 답했다.

"언젠가는 후회했던 것 같습니다."

"그랬겠지, 모든 걸 잃었으니."

"다만 이제는 후회하지 않습니다."

노파가 눈을 빛냈다.

"구하지 않았더라면 다른 후회를 했을 겁니다."

진심이었다.

"다시 그런 일이 생기더라도 망설임 없이 뛰어들 겁니다."

"그렇게 해서 모든 걸 잃었는데도?"

"불 앞에 서던 사람이 불을 두려워할 순 없으니까요."

도진이 짧게 덧붙였다.

"더군다나, 이제 다 잃었습니다."

자조적인 어투였다.

"전부 다 타 버려서 더 잃을 것도 없습니다."

"……."

"그런 와중에 대체 뭐가 두려워 망설이겠습니까?"

도진이 재차 말했다.

"자, 완성입니다."

이내 노파가 고개를 끄덕였다.

"궁금하군."

도진을 바라보며 재차 낮게 중얼거렸다.

"그 말이 사실일지."

방긋 웃음을 지어 보인 노파가 값을 치렀고…….

"왠지 기분 나쁜 노인이네."

도진이 괜스레 입맛을 다셨다.

해가 뉘엿뉘엿 저물어 갈 무렵 도진이 자리에서 일어났다.

"슬슬 들어가 볼까."

도진이 자리를 정리하기 시작했다.

이제 곧 저녁 시간이다.

오늘은 그럭저럭 장사가 됐으니…….

"뭘 해 주면 좋아하려나."

모처럼 옆집 남매에게 맛있는 요리를 해 줄 셈이었다.

저벅, 저벅.

피곤한 몸을 이끌고 마트에 들렀다가 집 앞에 다다르던 찰나.

"어?"

불길에 집어삼켜진 낡은 아파트 건물이 눈에 들어왔다.

"제기랄!"

도진이 반사적으로 대피 중인 이웃들을 살펴봤다.

"애들은……."

한데, 남매가 보이지 않았다.

"안 됩니다!"

도진이 곧장 불타고 있는 아파트로 뛰어들어 가자 소방관들이 그를 제지하기 시작했고…….

"놔! 놓으라고!"

도진은 그런 소방관들의 손길을 뿌리쳐 가며 전력으로 계단을 오르기 시작했다.

"얘들아! 안에 있지-?"

금세 아이들의 집 현관 앞까지 다다른 도진이 현관을 두드리며 소리쳤고…….

"아저씨!"

문 너머에서 희미하게 두 남매의 목소리가 들려왔다.

"아저씨가 구해 줄 테니까 걱정 마!"

이내 도진이 문고리를 손에 꽉 움켜쥐고는 미간을 찡그렸다.

뜨거웠다.

쇠 재질의 문고리가 불길 탓에 뜨겁게 달아오른 채였다.

하지만.

절대 손에 쥔 문고리를 놓지 않았다.

철컥, 철컥!

온몸이 활활 타오른 적도 있지 않던가?

'이 정도는……!'

천재쉐프
회귀하다

도진에게 이 정도 뜨거움은 아무것도 아니었다.

쿵!

열리지 않는 문을 억지로 연 도진이 숨을 헐떡였다.

매캐한 연기를 잔뜩 마신 탓에 정신이 몽롱했다.

"얘들아!"

화마(火魔)의 한복판에서 서로를 부둥켜안은 채 두려움에
질려 떨고 있는 두 아이가 보였다.

"괜찮아. 어서 나가자."

그렇게 도진이 두 아이를 먼저 내보내기 시작했고…….

쿵!

굉음과 함께 무너져 내린 천장이 아이들의 뒤를 따라가던
도진을 덮쳤다.

"아, 아, 아저씨-!"

온몸이 깔린 도진이 턱짓으로 현관을 가리켰다.

"아저씨가 지금 움직일 수가 없거든?"

"네……."

"너희 아저씨 구해 주고 싶지?"

남매가 고개를 끄덕였다.

"그럼 빨리 나가서 소방관 아저씨한테 말 좀 해 줄래?"

"하지만……."

"정말 아저씨 구해 주고 싶은 거면 그렇게 좀 해 줘."

도진이 얼마 남지 않은 힘을 쥐어짜서 말했다.

"얼른."

이내 두 아이가 눈물이 맺힌 얼굴로 고개를 끄덕이고는…….

탁탁탁탁!

전력을 다해서 뚫고 건물 바깥으로 빠져나가기 시작했다.

그제야 마음이 한결 가벼워졌다.

본능이 귓가에 대고 속삭였다.

주어진 시간이 얼마 남지 않았다.

불길은 점점 더 거세졌고…….

의식은 자꾸만 몽롱해져만 갔다.

'이제 정말 다 끝인가.'

자신은 후회하고 있는가?

아니다. 무엇 하나 후회하지 않았다.

'……잘된 거야.'

가스폭발 사고 당시 빌리를 구한 것도.

그 여파로 주방에 설 수 없게 된 것도.

괴물과 같은 흉측한 몰골을 하게 된 것도.

나아가서는…….

오늘 두 남매를 구한 것도 후회하지 않았다.

다시금.

불길에 휩싸인 온몸이 다시금 타들어 간다.

'그래, 다 앗아 가라.'

정말 후회는 하나도 없는가?

아니다.

문득 후회하는 일이 떠올랐다.

'어머니······.'

타들어 가는 게 이렇게 고통스러운 일인 줄 알았다면.

'어머니가 돌아가셨을 때 화장을 하는 게 아니었는데······.'

그때였다.

쿠르르르르르르르르르릉!

거센 불길을 이기지 못한 건물이 무너져 내리기 시작했고······.

도진의 의식 역시 아득히 멀어져 가는 와중에 문득 그런 생각이 들었다.

저 불길이 모든 걸 태워 버렸다.

젊음을, 꿈을, 살아갈 이유를······.

소중한 것을 모조리 태워 버리고는 또다시 자신을 덮쳤다.

그런데도 다시 한번 그 열기로 가득했던 주방으로 돌아가고 싶었다.

이윽고 도진에게 암전이 찾아왔다.

앞날이 창창한 젊은 셰프였던 그가 그런 사고를 당하고는, 또 한 번 더 불길에 휩싸이게 될 줄은 아무도 예상하지 못했다.

아.

인생이란 정말 한 치 앞도 모를 일이었다.

다시 얻은 기회

　모두가 잠들어 있는 이른 새벽, 도진은 차가운 새벽 공기를 뚫고 달리는 중이었다.

　'체력은 필수지.'

　분명 꼼짝없이 죽었다고 생각했건만…….

　'모든 게 꿈인 줄 알았다.'

　사고로 흉측하게 망가졌던 몰골이 고스란히 원상 복구된 건 물론이거니와, 심지어 12년이라는 세월을 거슬러 고등학교 2학년에 재학 중이던 시절로 되돌아왔다.

　그뿐이랴?

　사고로 인해 잃었던 미각도 돌아왔고 흉측하게 녹아내려서 달라붙었던 손가락마저 멀쩡해졌다. 비록 어떻게 벌어진 일인지는 알 수 없었으나 한 가지 확실한 점은…….

'기회야…….'

자신에게 회귀라는 기적이 벌어졌다는 점이었다.

회귀(回歸)라는 기현상을 겪은 지 어언 7일째.

도진은 자신에게 발생한 기적을 오롯이 받아들였다.

어째서, 어떻게 되돌아온 것인지는 중요하지 않았다.

가족들과 함께 행복하게 지내던 어린 시절로 돌아왔다는 사실이 더욱 중요하고 각별하게 느껴질 뿐이었다.

또한.

다시금 미식을 즐길 수 있다는 사실이, 불 앞에 서서 요리를 할 수 있다는 사실이 훨씬 더 중요하게만 느껴졌다.

도진은 기회를 놓치지 않기로 결심했다.

하루도 거르지 않고 성실히 행하고 있는 아침 운동 역시 그 다짐의 여파였다.

자고로 요리사에게 있어 가장 중요한 덕목 중 하나가 바로 건강 관리였다.

규칙적인 생활과 운동을 통해 꾸준히 체력을 만들어 놓는다면 재산이 되어 줄 터였다.

가족들은 너무도 갑작스러운 도진의 변화가 한없이 의아한 듯 보였으나, 얼마 지나지 않아 '이제 곧 고3이니 정신을 바짝 차린 거겠지.' 하고 생각하는 눈치였다.

집 근처의 하천을 따라 쭉 달리던 도진은 막다른 길목에 잠시 멈춰 서서 숨을 골랐다.

신체 나이가 어려진 여파인지 전보다 체력이 훨씬 좋아진 게 느껴졌다.

더군다나 사고 이후 급격히 건강이 안 좋아지다 보니 더더욱 대비가 실감됐다.

크게 숨을 들이쉬자 겨울의 찬 공기가 폐부를 찔렀다.

도진은 집 쪽으로 다시 방향을 틀어 천천히 걸으며 앞으로의 진로에 대해 고민했다.

전생에서 못다 이룬 미슐랭 스타 파인다이닝의 오너 셰프라는 꿈을 이루고 싶었다.

'충분히 이룰 수 있어.'

필드에서 현역으로 일했던 시간만 하더라도 자그마치 10년이 훌쩍 넘어서지 않던가?

심지어 어중간한 셰프가 아니라 미슐랭 스타 셰프인 카르만의 밑에서 수 셰프(*부주방장)직을 맡았었다.

'더군다나……'

몸으로 체득한 기술은 모두 기억하고 있었다.

그뿐이랴?

수백, 수천 가지의 레시피가 머릿속을 둥실둥실 떠다녔다.

또한.

파인다이닝 외식 업계에도 엄연한 유행이나 트렌드가 존재하기 마련이었다.

그리고 도진은 업계의 향후 10년간의 유행이나 트렌드에 대해 꿰뚫고 있었다.

쉽게 말해, 전생에 비해 훨씬 유리한 고지를 점한 채로 다시 시작하는 셈이었다.

'좋아.'

도진이 다시금 걷는 속도를 높이기 시작했다.

'일단 파인다이닝을 개업하려면…….'

직접 돈을 모아서 파인다이닝을 개업하는 건 너무 비효율적인 일이었다.

한 달에 백만 원씩 꼬박꼬박 저금을 하더라도 1억을 모으기 위해서는…….

'8년 4개월이나 걸리네…….'

심지어 도진이 파리 13구의 소극장을 리모델링한 파인다이닝을 개업하는 데는 자그마치 한화로 8억에 달하는 막대한 금액이 투입됐다.

쉽게 말해 자력으로 파인다이닝을 개업하기 위해서는 한 달에 백만 원씩 저금을 하더라도 60년 이상이 소요된다고 볼 수 있는 셈이었다.

'그렇게는 안 되지…….'

명성을 쌓아서 투자를 받아야 한다.

셰프로서의 가치를 증명하고…….

투자를 받는 게 지름길이었다.

천재셰프
회귀하다

방법은 중요하지 않다.

한창 유명 셰프들이 셰프테이너라는 간판을 달고 TV에 얼굴을 많이 비칠 무렵이니, 국내에서 활동하며 천천히 인지도를 쌓는 것도 괜찮을 거 같았다.

현역의 최전선에서 일하며 학교를 비롯한 교육기관에서 배울 수 있는 것들은 모두 익혔으니 유학을 갈 생각은 없었지만 좋은 기회가 주어진다면…….

'외국에서의 활동도 고려해 볼 수 있겠어…….'

문제는 부모님을 설득하는 일이었다.

'분명 반대하실 텐데…….'

이맘때쯤 부모님은 시장 어귀에서 자그마한 가정식 백반집을 운영하고 계셨는데, 도진이 유학을 떠나고 얼마 지나지 않아서 문을 닫으셨다.

'왜였더라?'

당시에는 가게에 큰 관심이 없었기 때문에 갑작스럽게 가게 문을 닫은 이유는 떠올릴 수 없었지만, 아버지께서는 늘 요리에 대해 부정적이셨다.

"커서 이런 일 안 하려면 공부 열심히 해야 한다."

그 탓에 디자이너가 되겠답시고 유학을 떠나서는 대뜸 요리사가 되겠노라고 말했던 때도 정말이지 열렬히 반대하셨었지…….

전생에서야 우격다짐으로 밀어붙였다지만 이번에도 그럴

수는 없는 노릇이었던 터라 어떻게 설득하면 좋을지 눈앞이 깜깜했다.

'뭐…….'

'고민해도 쉽사리 답이 나오지 않을 때는 일단 부딪쳐 보는 게 최고겠지.'

어슴푸레하던 해가 어느새 밝게 떠오른 것을 확인한 도진이 다시 집을 향해 힘차게 뛰기 시작했다.

그날 저녁.

시장 밥집

집 근처 시장 골목 어귀에 있는 부모님의 백반집은 싼값에 맛있는 음식을 배불리 먹을 수 있다는 소문이 알음알음 퍼진 덕에 밥시간이면 늘 손님들로 인산인해를 이루기 일쑤였다.

"저, 왔어요!"

도진은 학교를 마치자마자 교복도 갈아입지 않고서 곧장 밥집으로 향한 채였다.

"도진이? 여기까지 어쩐 일이야!"

"그냥 일 좀 도와드리려고 왔죠."

"얘도 참, 됐어. 돕긴 뭘 도와."

"그, 일손 보태 드릴 겸 오긴 했는데…….".

말끝을 두루뭉술하게 흐린 도진이 조심스레 덧붙였다.

"실은 드릴 말씀도 있어서요."

진로에 대해 말씀드릴 요량이었건만…….

"아아, 용돈 필요해서 온 거구나?"

어머니께서 곧장 앞치마에 손을 쏙 넣어서는 만 원짜리 지
폐 서너 장을 건네주셨다.

'어라…….'

그리고 보면 전생에는 용돈이 필요할 때가 아니면 부모님
의 가게에 들른 적이 거의 없었다.

"밥 거르지 말고 맛있는 거 사 먹어."

"예?"

"나쁜 친구들이랑은 어울리지 말고."

말을 마친 어머니께서 다시금 행주로 자리를 닦기 시작하
셨다.

"아뇨, 용돈은 괜찮아요."

도진이 용돈을 돌려드리며 재차 말씀드렸다.

"진로 관련해서 상담을 좀 드리고 싶어서요."

그 말에 어머니께서 '진로?' 하고 되물으시기를 잠시.

"일단 자리부터 치울게요."

도진이 어머니의 손에 있던 행주를 휙 뺏어 들고는 테이블

을 꼼꼼하게 닦기 시작했다.

그때 주방 안에 계시던 아버지께서 얼굴을 빼꼼 내밀며 넌지시 되물었다.

"뭐야? 도진이 온 거야?"

"네……."

"왜? 또 용돈 필요하대?"

그 말에 어머니께서 고개를 내저었다.

"아뇨, 그게 아니라……."

그때 가게 입구에서 우렁찬 목소리가 들려왔다.

"어서 오세요! 몇 분이세요–?"

아직까지는 도진의 변화가 낯설게만 느껴질 뿐이었다.

"오늘도 잘 먹고 갑니다!"

"이모! 제육 백반 하나!"

"여기 계산 좀 해 주세요!"

빈자리가 나기 무섭게 또 새로운 사람들이 들이닥쳐 바쁘기 그지없는 가게 안.

몰려든 설거지를 전부 끝낸 도진이 쟁반을 챙겨 홀로 나와서 상을 치우기 시작했다.

"못 보던 총각인데 새로 뽑았나 봐? 일 한번 야무지게 하네."

단골 시장 상인의 물음에 카운터 앞에 서 계시던 어머니께
서 흡족하게 답하셨다.

"아냐, 우리 아들이야."

"어머, 정말? 도진이?"

이내 시장 상인이 도진을 바라보며 중얼댔다.

"쟤가 언제 저렇게 컸어? 부모님 가게 일을 다 돕네!"

그 말에 어머니께서 고개를 끄덕이며 답하셨다.

"그러니까 말이야……."

사실 도진이 일을 도와주겠다고 했을 때는 딱히 큰 기대감
을 품지 않았다.

해 봐야 카운터 앞이나 지키며 계산이나 받아 주면 그만이
리라 생각했건만…….

"제육 백반 나왔어!"

주방에서 아버지의 외침이 들려오자마자 자리를 치우던
도진이 곧장 달려가며 소리쳤다.

"네, 바로 나갑니다-!"

계산, 서빙, 청소 등은 물론이거니와 손님이 우르르 빠져
나갈 무렵이면 설거지가 잔뜩 몰릴 걸 예상해서 주방 일손까
지 척척 거들어 줬다.

반년 전에 예약을 해 둬야 식사를 할 수 있는 카르만 셰프
의 테이블 수십 개 규모 파인다이닝의 바닥부터 시작해 수

셰프까지 올라간 몸이었다.

특히 *버스보이(*Busboy : 그릇닦이)나 *쿡 헬퍼(*Cook helper : 주방 보조)로 근무하던 시절에는 홀 업무를 병행하기까지 했었으니…….

'이 정도쯤이야…….'

도진에게는 가벼운 워밍 업이었다.

'그나저나…….'

도진이 주방을 빤히 들여다봤다.

'얼른 주방에서 일하고 싶네…….'

힘들다는 생각은 들지 않았다.

그저…….

빨리 주방으로 되돌아가고 싶었을 뿐.

마지막 손님이 나가고 드디어 하루 장사의 끝이 보였다.

"제가 치울게요. 좀 앉아서 쉬세요."

도진이 마지막 손님이 식사했던 테이블을 정리하고 구석구석 꼼꼼히 닦던 찰나였다.

아버지께서 땀에 절어 있는 두건을 벗으며 빈자리 하나를 꿰차고 앉으셨다.

"우리도 식사해야지."

그 말에 어머니께서 곧장 끼어들었다.

"그래, 고생했는데 먹고 싶은 거 없어?"

"글쎄요…….."

"우리 아들, 기특하니까 먹고 싶은 거 다 말해."

이내 아버지께서 괜히 이죽대셨다.

"얼씨구, 누가 보면 당신이 하는 줄 알겠네?"

그러고는 도진을 바라보며 물으셨다.

"너 좋아하는 제육이나 금방 볶아 줄까?"

잠시 고민하던 도진이 답했다.

"이야, 제육 맛있겠는데요?"

아버지께서 '에구구…….' 하고 침음하며 다시금 자리에서 몸을 일으키려던 찰나였다.

"그런데 제가 해 보면 안 될까요?"

도진의 갑작스러운 제안에 부모님의 시선이 집중됐다.

"도진이 네가?"

"네가 한다고?"

도진이 고개를 끄덕였다.

"어깨너머로 배운 솜씨 한번 뽐내 보고 싶어서요."

그러고는 두 분 부모님을 억지로 앉힌 뒤에 주방에 들어서서 냉장고를 뒤적이던 찰나였다.

"네가 요리를 할 줄 알아?"

영 미덥지 못했던 모양인지 아버지께서 한사코 주방에 따라 들어오신 채였다.

"그럼요, 아버지 어깨너머로 다 배웠죠."

"얼씨구?"

"불안하시면 옆에서 지켜보시겠어요?"

그 말에 아버지께서 고개를 끄덕이셨다.

"그래, 어디 한번 구경이나 해 보자."

백문이 불여일견이라는 말이 있지 않던가?

만약 자신이 요리하는 모습을 본다면…….

무작정 반대할 수 없으리라는 생각이 들었다.

일단 양념장 먼저.

큼지막한 보울에 여러 조미료를 차례로 때려 넣었다.

고추장, 고춧가루, 설탕, 맛술, 진간장, 다진 마늘 등.

'어쭈? 이 녀석 봐라?'

이내 아버지의 눈매가 좁아졌다.

'정말 양념장 재료를 얼추 알고 있네?'

그러고는 곧장 돼지고기를 제법 야무진 손길로 양념에 마구 버무려 댔다.

눈썰미가 좋은 건지 아니면 따로 연습을 많이 한 건지 솜씨가 제법이었다.

'얼씨구, 폼만 놓고 보면 아주 선수네.'

놀라운 건 그때부터였다.

"아버지, 칼 좀 쓸게요."

"칼?"

"네, 채소 썰어야죠."

이내 아버지께서 마지못해 답하셨다.

"안 다치게 조심해라."

다음 순간.

"어라, 날이 많이 죽어 있는데요."

도진이 곧장 연마봉, 소위 말하는 '야스리'로 칼날을 날카롭게 세우기 시작했다.

챙! 챙! 챙! 챙!

그 손길이 어찌나 능숙한지 아버지 역시 놀람을 금치 못할 따름이었다.

"허……."

거기서 끝이 아니었다.

"이제 조금 쓸 만하겠는데요."

칼날의 상태를 살핀 도진이 다시금 손질할 채소를 가지런히 정리했고.

타다다다다다다다다닥!

당근과 양파를 순식간에 얇고 가늘게 채썰기 시작했다.

"허……!"

단순히 속도만 빠른 게 아니라 안전에 대해 우려하지 않아도 될 만큼 칼을 쥐는 자세와 힘을 주는 방법까지 완벽했다.

"집에서 혼자 연습이라도 한 거냐?"

"네, 그냥 심심할 때 틈틈이 해 봤어요."

당연하게도 심심할 때 틈틈이 연습해서 나올 수 있는 실력이 아니었다.

"거참……."

그때였다.

꿀꺽-.

화구 앞에 선 도진이 잠시 머뭇거렸다.

'막상 불 앞에 서니 괜히 긴장되네…….'

집에서 요리했던 것과는 다르게 업장의 화구를 보니 그날의 사고가 머리를 스쳤다.

하지만 도진은 과거로 돌아왔고, 뒤에는 든든한 아버지가 자신을 지켜보고 계셨다.

다시금 마음을 다잡은 도진이 강한 불에 웍을 올려놓고는 기름을 두르곤 한참 동안 예열하기 시작했다.

"도진아, 예열을 너무 오래 하는 거 아니냐?"

"네?"

"그렇게 센 불에 요리하면 전부 타 버린다."

도진이 덤덤하게 답했다.

"괜찮아요."

그러고는 야채와 고기를 달궈진 기름에 단숨에 투하했다.

그 순간.

거센 불길이 후드는 물론 천장까지 닿을 기세로 솟구쳤다.

화르르르르르르르륵!

이내 아버지께서 놀라서는 화구 쪽으로 달려드셨다.

"괜찮기는! 불나겠다, 이 녀석아!"

그때였다.

촤아아아아아악!

도진이 너무도 능숙한 손길로 화구에 닿아 있는 웍을 앞쪽
으로 당기듯 돌리자 양념 된 고기가 고루 섞이며 떨어질 듯
아슬하게 튀어 올랐고.

촤륵! 촤륵! 촤륵!

도진이 연신 능숙한 솜씨로 웍을 돌려 가며 고기는 물론이
고 채소까지 조금도 태우지 않고 조리하자 아버지께서 멍한
얼굴로 낮게 중얼거리셨다.

"어, 어, 어떻게……."

그러고는 마른침을 삼킨 뒤 물으셨다.

"이것도 연습했냐?"

"네."

"심심할 때 틈틈이?"

도진이 멋쩍은 양 머리를 긁적이며 답하자…….

"허, 거참……!"

나직이 탄식하신 아버지께서 끝내 믿을 수 없다는 양 고개
를 좌우로 내저으셨다.

아버지는 혼자 연습했다고 도저히 믿기 어려울 만큼 능숙하게 조리하는 도진의 모습을 보며 놀라기를 잠시.

도진이 매콤달콤한 냄새를 풍기며 완성된 제육볶음을 미리 준비해 둔 그릇에 옮겨 담았다.

가운데를 봉긋하게 쌓아 올린 고기 위로 깻잎을 채 썰어 올렸고 마지막으로 참기름과 깨를 살짝 흩뿌렸다.

완성된 요리와 반찬, 그리고 밥 세 공기를 담아 쟁반에 내가 식탁에 음식을 나르는 도진을 보며 어머니가 깜짝 놀란 투로 말했다.

"이야, 정말 이게 우리 아들이 한 거야?"

"그럼요, 실력 한번 내 봤어요."

"이야, 멋진데? 누가 보면 고급 한정식집인 줄 알겠어. 예쁘게도 담아 왔네."

"별말씀을요. 아버지도 모셔 올게요!"

다시금 주방으로 들어간 도진이 생각에 잠긴 듯 화구를 멍하니 쳐다보고 있던 아버지를 불렀다.

"아버지도 빨리 오세요."

"아, 알았다. 금방 가마."

자신을 부르는 목소리에 정신을 차린 듯 대답하며 밖으로 나오는 아버지에게 어머니가 재촉하며 눈짓했다.

"여보, 얼른 와서 도진이가 요리한 것 좀 봐요."

"크흠, 아까 다 봤어."

"두 분 다 얼른 드셔 보세요."

완성된 제육볶음은 겉보기엔 국물이 없어 조금 되직해 보이는, 일명 기사식당 스타일로 마지막에 뿌린 깨와 참기름의 고소한 냄새가 입맛을 돋우는 모양새였다.

도진의 말에 그저 흐뭇한 미소를 짓고 계시던 어머니가 가장 먼저 제육 쌈을 싸 한입 가득 크게 입안에 넣고 먹더니 다시금 감탄을 뱉었다.

"어머, 진짜 맛있다! 아들, 엄마 몰래 무슨 요리학원이라도 다녔어?"

양념이 충분히 배어 딱 먹기 좋을 만큼 매콤달콤했으며, 너무 과하게 익지 않은 채소들이 아삭한 식감을 살려 주었다.

누가 만든 건지 모르고 먹었다면 분명 오랫동안 요리해 온 베테랑의 솜씨라고 확신할 만큼의 맛이 분명했다.

"입에 맞으셔서 다행이에요. 그냥 아버지 하시는 거 틈틈이 보면서 나름대로 익혀 봤어요."

"그, 뭐, 제육이 다 거기서 거기지."

퉁명스럽게 말한 아버지 또한 젓가락으로 제육볶음을 집어 한입 입에 넣고 몇 번 씹어 보시더니 말을 이었다.

"뭐, 어깨너머로 배운 것치고는 괜찮네……."

짐짓 놀란 티를 숨기지 못한 듯 눈을 동그랗게 뜨고는 다

시 젓가락질하는 아버지를 향해 다시 한번 숨을 고른 도진이
말했다.

"저, 아버지."

"그래."

"다름이 아니라…….'"

정적이 흐르기를 잠시.

"저 요리가 배워 보고 싶어요."

도진의 말에 찬물을 끼얹은 양 장내가 고요해졌다.

주방에 설 수 없는 몸이 된 이후로 언제나 요리가 그리웠
다.

다시 돌아갈 수만 있다면 주방으로 돌아가고 싶었다.

못다 이룬 미슐랭 스타 파인다이닝의 오너 셰프라는 꿈.

그 꿈을 꼭 이루고 싶었다.

전생의 도진은 맛을 느낄 수 없다는 치명적인 결함과 화상의
여파로 눌어붙은 손으로 인해 꿈 앞에서 좌절했다지만…….

지금은 달랐다.

멀쩡한 두 손과 더 예민해진 듯한 미각. 그리고 지난 10년
동안 체득해 온 기술과 더불어 젊음마저 얻지 않았던가?

도진은 이 기회를 놓치고 싶지 않았다.

아니, 정확히 말하자면 놓칠 수 없었다.

두 눈을 마주한 부자의 얼굴에 사뭇 진지함이 감돌았다.

'요리를 배우고 싶다라…….'

평소에는 요리에 관심이 없어 보이던 도진의 말은 아버지에게 의외로 다가왔다.

난생처음으로 도진이 대접해 준 음식이 맛있었다는 점도 마냥 놀라웠으며…….

자신의 업(業)에 관심을 가진 건 물론 배워 보고 싶다던 아들의 말이 뿌듯했으나.

다른 한편으로는 탐탁지 않았다.

요즘에야 여러 매체에 요리사들이 이따금 얼굴을 비춘다지만, 아버지 세대의 요리사란 3D 직종에 가까웠다.

실제로 예전에는 가장 수명이 짧은 직업을 꼽을 때면 요리사가 꼭 한 손에 들곤 했었다.

사실 지금도 별반 다를 것 없다고 생각했다.

어느 직업이나 으레 그렇듯 유명한 요리사들이나 어디 가서 대우받곤 했다.

이른 새벽부터 장을 보고 재료를 손질하고 무거운 것을 옮기는 것은 물론이고…….

손님의 식사를 책임지다 보니 정작 본인들의 끼니는 거르기 일쑤이지 않던가?

그렇기에.

아버지는 내심 도진이나 도희가 이런 힘든 일은 하지 않았으면 했지만.

'정말 어깨너머로 배운 게 이 정도 수준이라면…….'

이런 재능을 단순히 부모 마음이 그렇다는 이유 하나만으로 억누를 수도 없는 노릇이었다.

　정적이 흐르는 가게가 썰렁하게 느껴질 때쯤 아버지가 먼저 입을 뗐다.

　"도진아, 나는 말이다. 밥 굶지 않으려고 식당을 열었다."

　요리와는 연이 없던 아버지가 식당을 하게 된 건, 어머니께서 꾸준히 하셨던 그 한마디 때문이었다.

　─야야, 니도 어매 따라 밥장사나 해라. 다른 건 몰라도 밥은 안 굶고 살지 안 하겠나.

　아버지의 어머니, 그러니까 도진의 할머니는 평생 식당을 운영하셨다.

　"네 할머니를 보면서 나는 장사는 하지 말아야지 생각했었어. 나는 좀 더 가족들과 시간을 보냈으면 했거든."

　잠시 숨을 고른 아버지가 다시금 도진에게 말했다.

　"IMF로 회사가 부도나고 갑작스레 먹고살 걱정이 앞서지만 않았어도 나는 이 식당을 하지 않았을 거다."

　"하지만……."

　아버지가 도진의 말을 끊고 단호하게 얘기했다.

　"나는 도진이 네가 그런 고생은 안 했으면 좋겠다. 요즘 세상에 끼니 걱정하는 사람이 어디에 있겠냐."

결의에 찬 표정으로 고개를 든 도진이 말했다.

"저는 그래도 요리가 하고 싶어요."

마주친 눈을 피하지 않는 도진의 모습에 한숨을 내쉰 아버지가 되물었다.

"생각이 바뀔 일은 없고?"

"네."

"네 생각이 정 그렇다면…….."

잠시 도진을 물끄러미 바라보시던 아버지께서 나지막이 말씀하셨다.

"자식 이기는 부모 없다더니, 이럴 때 쓰는 말인가 보구나."

목소리를 가다듬은 아버지가 말을 이었다.

"큰 도움이 될 수는 없겠지만 응원하마."

아버지의 말이 끝나기 무섭게 조용히 듣고 계시던 어머니가 걱정 어린 기색을 내비쳤다.

"여보, 그래도…….."

도진이 이런 상황을 두고 '산 넘어 산'이라 표현하곤 하는 건가 생각하던 찰나였다.

"본인이 하고 싶다잖아?"

아버지가 의외로 덤덤하게 덧붙이셨다.

"뭐, 주방 일손도 늘어나고 좋지."

그러고는 씨익 웃으며 덧붙였다.

"보통 힘든 일이 아니라 얼마나 버틸지도 모르는데, 뭘."

아버지는 이 나이대 아이들이 으레 그렇듯 어쩌면 도진 역시 얼마 견디지 못하고 제풀에 지치리라 생각하는 마음도 없지 않아 있었다.

그렇게 며칠이란 시간이 순식간에 흘렀다.

"김치찌개 하나 나왔어요! 소불고기도 금방 나와요!"

도진은 금방 제풀에 지치리라 생각했던 아버지가 머쓱할 정도로 주방 일에 잘 적응해 나가는 중이었다.

실제로 학교가 끝나면 매일같이 식당으로 출근하며 일을 돕는 것은 물론이었고…….

심지어 평소에는 공부와 담을 쌓았던 도진이 틈틈이 영어 공부까지 하는 모습을 보고 있자니 위화감이 들 지경이었다.

"아들, 된장찌개 2인분이랑 소불고기 2인분!"

방금 들어온 주문까지 한 번에 네 개의 화구를 다루며 여러 개의 주문을 소화하는 도진.

쉴 틈 없이 바쁜 파인다이닝에서 일했던 도진에게 이 정도는 가벼운 일이었다.

하지만 그것을 알 리 없는 아버지는 도진이 이렇게 능숙하게 일하는 모습을 볼 때마다 놀람을 금치 못했다.

"허허, 녀석!"

그런 모습을 보며 헛웃음을 지은 아버지가 다가와 도진에게 물었다.

"안 힘드냐?"

고민하는 듯하더니 이내 맑게 웃으며 도진이 말했다.

"네, 전혀요."

도진은 한때 잠들기 전 침대에 누워 천장을 바라보며 기적이 일어나길 빌곤 했다.

대단한 기적을 바란 게 아니었다.

사고로 모든 걸 잃었던 도진에게는 노력할 기회조차 주어지지 않았기에…….

'노력이라도 해 볼 수 있는 상황을 원했지.'

그리고 지금, 그토록 바라던 기적이 눈앞에 있었다.

얼마든 노력할 수 있었다.

그러니 그걸로 충분하다고 생각할 뿐이었다.

'꿈만 같아.'

비록 쉴 틈 없이 바빠 정신없이 지나가는 하루였지만.

노력할 수 있음이…….

도진이 힘든 기색 하나 없이 웃을 수 있었던 이유였다.

늦게까지 손님들이 몰려든 까닭에 자정이 다 되어서야 가게를 마감할 수 있었다.

고단한 하루였지만 주방에 돌아오는 빈 그릇들을 보면 도진은 뿌듯함을 감출 수 없었다.

"그나저나 슬슬 움직여야 하는데……."

부모님 식당 일을 도우며 요리하는 것도 좋지만 이제 슬슬 미래를 위한 준비도 해야 했다.

퇴근하면 몸이 녹초가 되어 있지만 언제나 바로 잠들지 않고 책상에 앉아 조명을 켰다.

알바비 명목으로 받은 용돈으로 요리 원서를 구매해 이 무렵 시장 방향을 조사했고, 영어 실력이 녹슬까 틈틈이 공부했다.

오늘도 날이 밝을 무렵까지 모니터를 들여다봤던 까닭일까?

'눈이 아프네…….'

어쩐지 뻑뻑하게 느껴지는 눈을 벅벅 문질러 댔다.

'나를 알릴 수 있는 매체가 있다면 좋을 텐데…….'

지난밤에도 혹시나 나갈 수 있을 만한 '대회'나 '요리 오디션 프로그램'이 있는지 한참을 찾아봤으나 마땅한 매체가 없었다.

"흠……."

우선은 괜찮은 대회를 찾기 전까지 부모님의 가게를 더 성업하게 만드는 것이 우선이었다.

정확히 기억나지는 않지만, 전생에서는 도진이 한창 유학 생활을 하던 무렵 부모님께서 폐업하셨다.

'그나저나, 어째서였을까?'

도진은 문득 이렇게나 장사가 잘되는데 도대체 왜 폐업하셔야 했던 건지 의문이 들었다.

이런저런 생각을 하며 대걸레질하던 도중 우연히 카운터에 펼쳐진 노트가 눈에 들어왔다.

"응?"

일자별 매출과 더불어 판매된 품목의 수량.

납품받은 식자재의 총 단가.

카드와 현금으로 나뉘어 있는 월별 수입, 지출 명세.

사락, 사락.

적혀 있는 내용으로 보아 아버지가 가게 운영을 위해 작성하신 장부인 듯했다.

천천히 장부를 훑어보던 도진이 무언가 이상함을 느낀 양 고개를 갸웃했다.

'시장밥집'은 재료 수급이 쉬운 시장의 특성을 살려 계절마다 각기 다른 메뉴를 선보이곤 했다.

보통 제철 음식을 이용해 메뉴를 만들기 때문에 조금 더 저렴하게 식자재를 수급할 수 있을 게 분명했다.

'뭔가 이상한데?'

의문이 든 도진이 손에 쥐고 있던 대걸레를 뒤로 밀어 둔 뒤 카운터 밑을 뒤져 발주표를 찾아냈고…….

상세하게 표기된 여러 식자재의 이름과 원가를 비교해 보다가 끝내 결론을 도출해 냈다.

'왜 망했는지 알겠네…….'

주방 마감을 끝내고 나온 아버지가 걸레질하다 말고 카운터에 우두커니 서 있는 도진을 보며 물었다.

"도진아, 왜 그러냐?"

뒤돌아 서 있던 도진이 물음에 답하려 고개를 돌리며 말했다.

"아버지, 이거 가게 운영 장부가 맞죠?"

보통 가게의 장부들은 대부분 매출을 비롯해 가게를 운영하기 위한 모든 비용.

그러니까 기본적인 식자재값을 비롯해 월세와 관리비, 인건비, 소모품비 등도 기재되어 있어야 했다.

'없어…….'

하지만 아버지가 작성한 장부에는 '인건비'나 '기타 공과금'에 관한 내용이 빠져 있었다.

으레 장사에 미숙한 사람들이 할 법한 실수였다.

그뿐만 아니라 식자재의 원가가 판매되는 음식의 가격에 비해 너무 높았다.

통상적으로 음식의 가격은 원가의 세 배 또는 네 배를 잡는 게 원칙이었다.

실제로 대부분의 식당이 이와 같은 계산법으로 코스트를 설정했으며…….

'일부 파인다이닝의 경우 원가 대비 다섯 배에서 여섯 배까지로 설정하기도 했었지.'

아무리 손님상에 낼 음식은 좋은 재료를 써야 한다는 신념이 있다지만…….

저렴한 밥값에 비해서 재료의 원가 자체가 터무니없이 높게 책정된 채였다.

쉽게 말해 비용이 맞지 않는다.

이대로라면 장사가 아무리 잘돼도 남는 게 없다.

전생에 부모님의 식당이 망할 수밖에 없었던 이유는 아무래도 운영이 미숙함과 동시에 사람이 너무 좋았던 탓이 아니었을까?

"도진아?"

그때 아버지께서 재차 도진을 불렀고…….

"가격을 높이든, 원자잿값을 낮추든 해야 해요."

도진이 곧장 도출한 답을 늘어놓았다.

"이대로라면 겨우 적자를 면하는 게 고작일 거예요."

갑작스러운 도진의 말에 깜짝 놀란 아버지가 되물었다.

"그게 무슨……?"

도진이 볼펜과 계산기를 집어 들었다.

"잠시만요."

그러곤 막힘없이 무언가를 적어 나가기 시작했고.

사각사각-.

덩달아 아버지의 표정 위로 놀람이 깃들었다.

-도진, 요리만 잘하는 헛똑똑이는 널려 있네.

도진의 스승인 카르만 셰프가 입에 달고 살던 말이었다.

-투자자들에게 확실한 무언가를 보여 주고 지갑을 열게
끔 하기 위해서는, 자네가 숫자와 얼마나 친한지를 입증해
야 할 걸세.

도진의 가능성을 알아본 카르만은 그가 몸소 겪은 모든 시
행착오를 알려 주었다.

예컨대 요리뿐만이 아니라, 코스트 설계, 식자재 발주를
비롯한 전반적인 경영 업무들.

그 과정에서 도진은 '요리'와 '경영'이 아예 별개의 영역이
란 사실을 배울 수 있었다.

투자자가 셰프를 후원하는 이유는 돈 때문이다.

쉽게 말해 높은 수익률을 거둘 수 있으리란 가능성을 보여

줄 의무가 있다는 뜻이었다.

도진이 자신보다 훨씬 경력이 긴 셰프들과 달리 빠르게 투자를 받을 수 있던 이유 역시…….

'카르만 셰프의 가르침 덕이었지.'

능력 있는 스승 아래에서 비단 요리뿐만 아니라 필요한 곁가지를 두루 배운 까닭이리라.

카르만은 끊임없이 어떻게 하면 손님을 끌어모을 수 있을지, 수익을 낼 수 있을지에 대해 고민했다.

'그리고 결과로 증명해 내셨어.'

그는 메종 드 카르만을 어마어마한 수익률을 자랑하는 미슐랭 쓰리 스타 파인다이닝으로 만드는 데 성공했다.

서당 개도 삼 년이면 풍월을 읊는다던가?

도진이 그런 카르만의 밑에서 보낸 배움의 시간만 해도 자그마치 10년이다.

그 결과.

도진 역시 카르만 셰프가 말하곤 하는 '요리만 잘하는 헛똑똑이' 신세는 면할 수 있었다.

"자, 이거 보세요."

도진이 한참 동안 무언가를 끄적거리던 종이를 아버지에게 슬쩍 내밀었다.

종이에는 월별 총매출액, 각종 비용, 그리고 현재의 순이익이 계산된 채였다.

"이게 지금 저희 가게의 상황이에요."

쉽게 말해 '숫자'였다.

그리고 으레 숫자란…….

거짓말을 하지 않는다.

"이렇게 정확하게 수치를 내 본 적은 없는데."

두루뭉술 말끝을 흐린 아버지께서 말씀하셨다.

"생각보다…… 훨씬 적구나."

도진이 고개를 끄덕였다.

"이전 장부에는 기타 공과금이랑 인건비가 빠져 있어서 아마 이 정도일 줄은 모르셨을 거예요."

"아무래도 너희 엄마랑 둘이 하다 보니 그런 부분까지 정확히 따지지는 않았지."

대답하는 아버지의 목소리가 갈수록 줄어들었다.

"거참."

으레 일어날 법한 실수였지만 아들에게 지적당하니 마냥 부끄러웠던 까닭이었다.

하나, 도진은 그런 건 전혀 신경 쓰지 않은 채 설명을 이어 나갈 뿐이었다.

"비용 대비 수익률이 엉망이에요."

"그럼 어떻게 해야 하는 거냐?"

"가격을 올리거나 식자재값을 낮춰야죠."

그 말에 아버지께서 고개를 내저으셨다.

"그건 안 된다."

예상했던 반응이었다.

"오랫동안 찾아 주신 단골손님들이 한둘이 아닌데 갑자기 가격을 올릴 순 없지. 그렇다고 질 낮은 식자재를 가져다 쓸 수도 없고……."

이내 도진이 볼펜으로 머리를 긁적였다.

"가격을 높일 수 없다는 점에는 동의할게요."

확실히 부모님의 '시장 밥집'은 소위 말하곤 하는 단골 장사를 하는 업장이었다.

단돈 오백 원이 됐든 천 원이 됐든 하루아침에 가격을 높인다면 반발이 클 터였다.

"단, 식자재값은 낮춰야 할 것 같아요."

"하지만……."

"하루아침에 문을 닫는 것보단 낫잖아요?"

극단적인 예시였으나…….

"충분히 현실성 있는 이야기예요."

예를 들어 만약 여기서 흉작으로 인해 식자재값이 크게 뛰기라도 한다면?

아무리 많이 팔더라도 적자를 면치 못하는 유감스러운 상황이 생길 터였다.

식당 경영의 기본은 언제 다가올지 모를 변수를 미리 대비하는 '버티기'였다.

'이대로라면 사소한 변수 하나에도 크게 휘청거리거나 무너질 거야.'

도진이 숨을 길게 내쉬었다.

"가격 혹은 식자재의 품질."

그러고는 손가락 두 개를 펴 보였다.

"아버지, 둘 중 하나는 양보해 주셨으면 좋겠어요."

"흠."

"아예 형편없는 식자재를 쓰자는 건 아니에요."

도진이 재차 계산기를 두드렸다.

탁, 탁, 타닥.

가게의 유지 비용과 현재 판매되는 음식들의 금액을 고려해 봤을 때 식자재 비용은⋯⋯.

"최대가 이 정도겠네요."

아버지의 표정이 우중충해졌다.

"이 가격으로는 국내산 재료를 쓰기 힘들겠는데?"

"두 마리 토끼를 모두 잡을 수는 없으니까요."

도진이 재차 덧붙였다.

"아버지, 국내산 재료가 무조건 좋은 재료라고 단언할 수는 없어요."

"그럼?"

"수입 재료도 요즘에는 품질에 큰 차이 없이 납품받을 수 있으니까요."

천재셰프
회귀하다

운반 및 보관 기술의 발달로 수입산 식자재의 품질이 크게 상승했다.

'분명히 대체할 수 있는 식자재들이 있겠지…….'

도진이 재차 입을 뗐다.

"만약 정 국내산 식자재를 쓰고 싶으신 거라면 흠집이 나거나, 고르지 못하게 자라 상품 가치가 비교적 뒤처지는 식자재를 수급해서 사용하는 방법도 있을 것 같네요."

그러고는 곧장 덧붙였다.

"물론 발품을 조금 팔아야겠지만요."

아버지는 생각지도 못했다는 표정을 지었지만, 도진에게는 익숙한 방법이었다.

유학 생활했던 시절, 가난한 도진은 요리를 연습하고 싶어도 식재룟값을 감당하기 어려웠다.

그때 자주 가던 청과물 가게 사장님께서 직접 추천해 준 방식이었다.

물론 차이는 있었다.

다만 조리 과정에서 열을 비롯한 여러 외압이 가해지면 얼추 비슷해지곤 했다.

"그리고 또 제안드리고 싶은 게 있어요."

"또?"

"저희도 브레이크타임이 필요할 것 같아요."

여러 이유로 제안한 방식이었다.

"굳이 왜……."

도진이 곧장 이유를 설명했다.

"일단 두 분 연세에 비해 노동 강도가 지나치게 높다고 판단돼요. 더군다나 제가 언제까지고 도와드릴 수 있을지 모르기도 하고요."

비단 자신만을 위한 제안은 아니었다.

"더군다나 이렇게 높은 강도로 제대로 된 휴일도 없이 영업을 이어 나가다 보면 필연적으로 질적 하락으로 이어질 가능성이 높아요."

그 말에 아버지께서 동조한다는 양 고개를 끄덕이셨다.

"하긴……."

근래 들어 피로가 겹겹이 누적된 채였다.

도진의 도움 덕에 숨통이 트였다지만…….

언제까지고 도움을 바랄 순 없는 노릇이었다.

"그래도 조금 걱정이구나."

아버지께서 조심스레 말씀하셨다.

"너도 알다시피 우리 손님 대부분이 시장 상인들이다. 시장에서 장사하는 사람 중에 제때에 끼니 챙길 수 있는 사람 없는 거 뻔히 알면서 야박하게 문을 닫을 수는……."

그러고는 재차 말씀하셨다.

"더군다나 매출도 많이 떨어질 거다."

반면 도진은 강경했다.

"아뇨, 브레이크타임에는 도시락을 판매하는 방법으로 충분히 해결할 수 있을 거예요. 아침에 미리 전자레인지 전용용기에 준비해 두면 쉽게 해결될 문제라고 판단돼요."

도진의 말을 들은 아버지가 깜짝 놀라며 손사래를 쳤다.

"해 본 적도 없거니와 손이 많이 갈 것 같은데……."

그에 도진이 고개를 내저으며 말했다.

"초반에 '메뉴얼'을 잘 설계해 두면 그리 수고롭지 않게 판매하실 수 있을 거예요. 두 분께서 어렵지 않게 도시락 제조, 판매하실 수 있도록 책임지고 잘 설계해 볼게요."

도진이 재차 애원했다.

"한 번만 맡겨 주시면 안 될까요?"

그날 저녁.

"오빠, 웬일로 이렇게 일찍 왔어?"

동생 도희가 건넨 물음에 도진이 낮게 답했다.

"그냥 할 일이 조금 있어서."

꼬박 자정이 다 되어서야 부모님과 함께 귀가하곤 하던 도진이, 평소보다 훨씬 이른 시간에 귀가해 책상머리 앞에 앉아 있으니 호기심이 스멀스멀 피어오른 까닭이었다.

"할 일? 뭔데?"

이내 도진이 어깨를 들썩였다.

"부모님 백반집을 위해 살신성인 중."

그 말에 도희가 혀를 내밀며 답했다.

"살신성인은 무슨, 그냥 살찐성인이지."

이내 도진이 반사적으로 답했다.

"쪼끄만 게 오빠한테─!"

하나, 도희는 이미 방문을 닫고 도망친 채였다.

"녀석……."

문득 전생에서의 기억이 떠올랐다.

"미안해, 바빠서."

바쁘다는 핑계로 녀석의 결혼식에도 참석지 못했다.

"오빠, 괜찮대두 그러네."

도희는 늘 '괜찮다.'는 말을 달고 살던 동생이었다.

전생에서의 녀석은 철이 빨리 들어 버렸다.

저런 철부지 같은 모습이 기억조차 나지 않을 만큼.

"휴……."

이번 생에는 도희와의 관계 역시 다르게 구축하리라고 다짐한 도진이 다시금 펜을 손에 쥐었다.

사각, 사각─.

종이 위의 '점'이 '선'이 되고 선은 점차 하나의 '형체'를 갖춰 가고 있었다.

머지않아 판매를 개시하게 될 시장밥집의 도시락 띠지 로

고를 제작 중이었다.

'유학 시절에 이런 디자인을 많이 했었는데…….'

소일거리로 조그마한 중소기업의 로고를 디자인해 주는 일은 생각보다 짭짤했다.

이름 있는 명문대 디자인 전공생이었기에 아마추어임에도 높은 보수를 받았었지.

도진이 제작한 로고는 간단했다.

흰 배경에 정갈한 검은색 궁서체로 상호명을 기입한 게 전부였으니까.

궁서체는 진중함을 상징했다.

요리라는 업(業)을 대하는 아버지의 태도와 썩 어울리는 필체라고 생각했기에 많고 많은 필체 중 궁서체를 골랐다.

'좋아…….'

그다음에는 컴퓨터로 '전자레인지용 용기'를 천천히 쭉 물색해 보기 시작했다.

개당 단가가 몇십 원가량 차이가 나더라도 품질이 뛰어난 용기만 후보에 올렸다.

여러 파인다이닝에서 '플레트'라는 명칭의 포장 음식을 판매하곤 했다.

플래터의 질을 결정하는 건 '부자재'였다.

얼마나 그럴싸한 용기에 정성껏 포장하고 멋들어지게 담아내느냐가 관건인 셈.

질적으로 차별화된 서비스를 제공하기 위해서는 이 정도 노력은 기본이었다.

'흠……'

어쩌면 도시락이야말로 급하게 백반집에 들러 허겁지겁 식사를 마치는 시장 상인들을 위한 상품일지도 모르리라는 생각이 들었다.

가게를 비우고 식사를 해결하러 들렀다가 손님이 왔다는 소식을 듣고, 미처 비우지도 못한 밥공기를 두고 헐레벌떡 돌아가는 경우도 부지기수였으니까.

'차라리 아침에 구매했다가 언제든 간단히 데워 먹는 게 가능한 도시락이 훨씬 더 나을지도 모르겠어.'

고객의 니즈를 먼저 파악할 것.

"니즈(Needs)를 충족해야 해."

이 또한 카르만 셰프의 가르침이었다.

　-메종 드 카르만 파리 본점에서는 '고가 와인'을 팔지 않는데, 뉴욕점에서만 판매하는 이유가 궁금하다고?

　-예, 셰프.

　-그건 소비 대상이 다르기 때문일세. 월가의 '여피족(*젊은 전문직 종사자)'은 사치를 구매하고 싶어 하지.

그다음에는 뭐라고 하셨더라?

-장담하는데 월가의 여피족이 구매하고 싶은 건 고가의 와인 따위가 아닐 걸세.

　-그런데 왜 고가의 와인을 잔뜩 들여놓은 겁니까? 또 왜 불티나게 팔리는 거죠?

　-법인 카드로, 혹은 자비로 고가의 와인을 선뜻선뜻 구매해 버리는 본인들의 모습을 구매하는 거지.

큰 깨달음을 준 가르침이었기에 똑똑히 기억했다.

　-뭘 구매하고 싶은지 잘 생각해 보게.

　-예, 셰프.

　-성공의 열쇠는 고객에게 달려 있으니까.

그렇게 카르만 셰프와의 대화를 곱씹으며 '전자레인지 전용 용기'를 선택했고…….

[주문이 완료됐습니다.]

발주까지 완벽히 마친 도진이 다시 한번 완성된 로고를 살펴봤다.

시장 밥집

완성한 '시장밥집'의 로고는 도진의 집을, 가족을 닮아 퍽
따스운 모양새였다.

바뀐 가게 시스템에 어느 정도 익숙해질 무렵.

"안녕히 가세요!"

"잘 먹고 갑니다!"

마지막 손님을 배웅한 도진이 상을 치우고는 테이블에 앉
아 노트를 펼쳤다.

지난 한 달간 식자재값을 대폭 줄여 수익률을 두 배나 끌
어 올린 채로 장사를 했고…….

탁, 탁, 타닥-.

아버지께서 아랫입술을 잘근잘근 씹어 가며 계산기를 두
드리고 계시는 중이었다.

"어때요?"

도진이 조심스레 건넨 물음에.

"도진아……."

아버지께서 멍한 얼굴로 답하셨다.

"맞게 계산한 건지 모르겠구나."

정적이 흐르기를 잠시.

"순이익이 세 배나 늘었다."

그러고는 믿기지 않는다는 양 말씀하셨다.

"거참, 이게 어떻게 된 노릇인지……."

분명 동일하게 노동해 장사했다.

아니, 브레이크타임이 생겼으니.

더 적은 노동 값을 들였다고 볼 수 있었다.

"대체 어떻게……."

한참 다른 수익이 나왔으니 놀라실 수밖에.

"다행이네요."

도진이 덤덤히 답하고는 외투를 챙겨 입자 아버지께서 다시금 혼잣말을 중얼대셨다.

"이게 정말 어떻게 된 건지……."

여러 가지 요인이 결합해 생긴 변화였다.

도시락이 불티나게 팔렸고.

그 덕에 테이블 회전율 역시 급증했다.

'매출이 오를 수밖에 없지.'

긍정적인 신호였다.

'이대로라면…….'

부모님 가게는 앞으로도 성업을 이룰 터였다.

"도진아, 대체 이런 건 어디서 배운 거냐?"

아버지의 의문 섞인 질문에 도진이 당황한 티를 미처 숨기지 못한 채 말을 더듬었다.

"어, 이건 그러니까, 책으로……."

이제 부모님 가게 빌딩은 얼추 마무리한 셈이었다.

'이제 남은 일은⋯⋯.'

스스로의 '커리어'를 어떻게 효율적으로 쌓아 가느냐였다.

지글, 지글!

불판 위의 삼겹살이 노릇하게 익어 갔다.

"보배 같은 우리 아들!"

취기가 잔뜩 오른 아버지께서 내 머리를 마구 헝클어뜨리고는 말씀하셨다.

"누굴 닮아서 이렇게 똑 부러지는지!"

매출이 잔뜩 늘어난 것을 축하하기 위해 늦은 시간임에도 온 가족이 식탁 앞에 모여 앉은 채로 삼겹살을 먹는 중이었다.

아버지께서는 삼겹살에 반주 삼아 곁들인 소주 몇 잔에 잔뜩 취하신 듯 보일 따름이었고⋯⋯.

"도진아, 도희야, 들어가서 잘 준비해라."

어머니의 말에 아버지께서 고개를 내저으셨다.

"어허! 나는 우리 아들이 따라 주는 술 더 마실 거야!"

"이 사람이 정말! 도진이 내일 학교 가야죠!"

"아들! 너 학교가 중요하냐, 아버지가 중요하냐!"

"아니, 대체 왜 이렇게 취하셨는지 모르겠네!"

천재셰프
회귀하다

실랑이를 벌이는 부모님을 보며 웃음 짓기를 잠시.

"도진아, 얼른 들어가!"

"괜찮아요."

"얼른 들어가래두 그러네!"

도진은 고개를 내저으며 소주병을 집어 들었다.

"기분 좋은 날이잖아요?"

쪼르륵―.

술잔을 채워 드리던 도중이었다.

문득…….

처음이라는 생각이 들었다.

"아."

아버지의 잔을 채워 드리는 일.

이 별거 아닌 일이…….

두 번의 생(生)을 통틀어 처음이었다.

"아들?"

아버지께서 나를 바라보셨고…….

"예, 아버지."

애써 덤덤한 목소리로 덧붙였다.

"만수무강하세요."

이내 '오냐!' 하고 답하신 아버지께서 소주병의 주둥이 부분에 숟가락을 꽂아 넣었다.

그러고는…….

마치 소주병이 마이크라도 되는 양손에 꽉 쥔 채로 십팔번을 열창하기 시작하셨다.

　　－아야, 뛰지 마라.
　　－배 꺼질라.
　　－가슴 시린 보릿고갯길.

아버지의 생(生)이 담긴 노래였다.

　　－주린 배 잡고 물 한 바가지 배 채우시던.
　　－그 세월을 어찌 사셨소.
　　－초근목피의 그 시절 바람 곁에 지워져 갈 때.
　　－잊고 살았던 한 많은 보릿고개여.

먹는 걱정이 싫어 식당을 여신 분이었다.
그렇게 키워 주신 분이셨다.
한 많은 노랫가락 앞에 고개를 숙였다.
"도진아……?"
도진이 돌연 눈물을 흘리자 아버지께서 노래를 멈추고는 나를 돌아보셨다.
"얘가 갑자기 왜……."
이내 도진은 고개를 저으며 답했다.

"노래가…… 너무 슬퍼서요."

노래가 슬펐던 걸까?

아니다.

새빨간 거짓말이었다.

"노래가 슬퍼서…… 그래요."

슬픈 건 노랫가락이 아닌 당신들이었다.

대체 어째서.

부모님 석 자가 세상에서 가장 아픈 단어가 됐는가?

어째서.

나는 어째서 바쁘다는 핑계로 이 모든 걸 외면하며 살았던
가?

"아버지, 계속 불러 주세요."

도진이 아직 덜 여문 손으로 눈물을 훔쳤다.

애써…….

오뉴월 들풀처럼 싱그럽게 미소 지으며.

앞으로도.

부디 지금처럼 행복하기를 염원하며.

기회의 발판

"허 참, 괜찮다니까."

"에이, 저도 괜찮아요. 아버지 한 번 더 보고 싶어서 온 거 아시면서!"

이른 아침부터 일을 시키는 게 괜스레 미안한 듯 말하는 아버지에게 도진이 애교 섞인 말투로 답했다.

이제는 도시락 포장이며, 브레이크타임도 익숙해져서 가게가 자리를 잡아 갈 무렵.

도진은 종종 아침마다 가게에 들러 도시락 포장을 돕곤 했다.

"그럼 저 다녀올게요!"

"고맙다. 조심해서 다녀오고!"

아무리 요리를 업으로 삼을 것이라고 해도 공부를 완전히 놓을 수는 없었다.

그렇다고 수업에 집중하는가를 말하자면…….

그건 또 아니었다.

"도진이 너, 새 학기 되고 나서 다른 사람이 된 것 같더니……."

"으응……?"

"역시 넌 내가 아는 도진이가 맞는 것 같아."

되돌아온 지 얼마 안 되었을 때는 의욕이 가득해 수업도 한껏 집중해서 듣곤 했다.

하지만 가게 상황도 어느 정도 안정되니 아무래도 마음이 놓이고, 다시금 제 요리가 하고 싶어질 수밖에 없었다.

"근데 뭐 그리는 거야?"

"맛있는 거."

사정상 어쩔 수 없이 계속 한식을 요리했다지만…….

이러니저러니 해도 10년 동안 파인다이닝에서 프렌치 요리를 주로 했으니 손이 근질근질했다.

'여기에다가 소스는 아무래도…….'

도진이 색연필을 놀려 연노란 소스를 그려 냈다.

당장에 해 볼 수는 없다고 하더라도 도진은 꾸준히 레시피를 작성해 왔다.

지난 생에서 레시피를 짜며 그림을 곁들였듯 지금도 마찬가지였다.

"김도진! 53페이지 읽어!"

도진의 집중을 깨트린 건 한창 수업 중이었던 영어 선생님이었다.

뒷자리에 앉아 계속 고개를 처박고 무언가를 끄적거리는 도진의 모양새가.

아무리 봐도 수업에 집중하고 있는 것 같지는 않았기에 일부러 시킨 것이 틀림없었지만.

"다 읽었는데요?"

자연스럽게 일어나 지문을 읽는 도진의 모습을 보며 선생님은 말을 잇지 못했다.

원어민이라고 해도 믿을 만큼 유창한 발음으로 지문을 읽은 도진의 모습에 어안이 벙벙했다.

그런 선생님의 속을 아는지 모르는지 도진은 다시금 자리에 앉아 그리고 있던 레시피를 마무리하기 위해 펜을 들었다.

'영어라 다행이지, 다른 과목이었으면……'

전생에 꾸준히 써 왔던 언어이기도 했고, 돌아온 뒤에는 그걸 잊지 않기 위해 꾸준히 공부했다.

영어가 아니었다면 이미 한창 꾸중을 듣고 있을지도 모를 일이었다.

'그나저나 이제는 꼭 나갈 만한 대회를 찾아야 하는데……'

주방의 뜨거운 열기에 바깥은 아직 쌀쌀한 날씨임에도 불구하고 도진의 얼굴에 땀방울이 흘러내렸다.

화구를 모두 켜고는 능숙하게 팬을 놀려 요리하고 있는 모습이 마치 몇 년이고 이곳에서 일한 것 같은 착각이 들게 했다.

"도진아, 오늘은 그것까지만 하고 들어가 봐. 할 일 있다며."

한껏 집중한 도진을 향해 아버지가 말했다.

"그래도 괜찮을까요?"

"물론이지. 나머지는 내가 정리하마."

"그럼 먼저 들어가 볼게요."

도진이 마무리한 요리를 접시에 옮겨 담고는 앞치마를 풀어 정리했다.

가방을 챙겨 나가는 그의 뒷모습을 보는 아버지의 얼굴 위로 벅찬 표정이 떠올랐다.

'도진이 녀석, 언제 저렇게 커서는……'

언제나 바쁜 부모였기에 함께해 주지 못한 것들은 항상 아쉬움이 남았다.

아무리 무뚝뚝한 아버지라고 하더라도 아이의 성장을 좀 더 지켜보지 못한 것은 한스러웠다.

천재셰프
회귀하다

마냥 어린 아들인 줄 알았는데, 어느새 훌쩍 커서는 자신이 하고 싶다는 일을 찾아와 본인을 설득하는 모습이 놀라웠다.

그뿐 아니라…….

어디서 알아 온 것들인지 부모님 편하게 해 드리겠다고 이런저런 방법들로 가게에 이바지하는 모습이 본인을 어디까지 놀라게 하려는지 감탄스러웠다.

"여보, 소불고기 하나 있어요!"

"알겠어. 도진이는 먼저 보냈다."

"그래요? 안 그래도 오늘 할 일 많다고 그러던데, 잘했어요."

다시금 들어오는 주문에 화구 앞에 선 아버지는 잠시 상념을 접어 두고 조리에 집중했다.

"소불고기 나왔어! 이게 오늘 마지막 주문인가?"

"네, 여보. 이제 주방 마감해도 될 것 같아요."

오래간만에 혼자 남아 조용한 주방을 정리하고 있자니 홀에 남아 있는 손님의 목소리가 유난히 귓가에 크게 들려왔다.

마감을 끝낸 아버지가 홀로 나가 괜히 식사를 끝내고도 남아 있던 단골손님을 타박하는 투로 말했다.

"밥 다 먹었으면 얼른 들어가지, 뭔 할 말이 그리 많아."

"아니, 도진이는 어쩌고 왜 사장님 혼자 나와?"

"도진이는 오늘 할 일 있다고 그래서 일찍 보냈어."

말이 끝나기 무섭게 '아휴, 어쩐지…….' 하며 우스꽝스럽게 말하는 손님의 모습에 아버지가 고개를 갸웃했다.

"뭐가 어쩐지야?"

"아니……. 내 밥 도진 아빠가 한 거지? 아유 어째 도진 아빠가 만든 거보다 도진이가 만든 게 더 맛있는 것 같아?"

"이 사람이 참……! 우리 아들이 날 닮아서 한 요리 하는 게지!"

성내듯 큰 소리로 말하기는 했어도 내심 아들의 칭찬이 반가운지 아버지의 얼굴에는 뿌듯함을 숨길 수는 없었다.

도진은 집으로 돌아오자마자 컴퓨터 앞에 앉았다.

지금껏 꾸준히 나갈 만한 대회를 물색했지만 마땅한 대회를 찾기가 힘들었다.

그래도 오늘은 좀 기대하는 마음을 가지고 있었다.

'분명 이맘때쯤 뭔가 큰 대회가 하나 있었던 것 같은데…….'

방에서 어김없이 정보의 바다를 헤엄치는 도진의 집중을 깬 건 다름 아닌 도희였다.

"아, 뭐야. 오빠 있었어?"

"이제 들어온 거야?"

도진의 물음에 방문을 닫고 나가려던 도희가 몸을 다시 돌려 문에 기댄 채 대답했다.

"응, 친구들이랑 놀다가……. 근데 뭐 해?"

"아, 별건 아니고……. 그냥 요즘 내 요리 실력이 얼마나 늘었는지 궁금해서 나갈 만한 대회가 있나 찾아보고 있었어."

그 말을 들은 도희가 문득 뭔가 떠오른 듯.

"대회……?"

"왜?"

"내 친구네 오빠가 요리 대회 나간다고 그러던데."

도희는 기억이 날 듯 말 듯한 표정으로 한참을 생각하더니 '아!' 하며 단말마를 뱉었다.

"××시장 배 전국 요리 대회! 그거 상금도 되게 많다고 그랬어!"

기억해 낸 자신이 기특한 듯 도희가 의기양양한 웃음을 짓고 있었다.

'이거다!'

과거 요리에 관심이 없던 도진도 어디선가 들어 본 듯한 이름의 대회였다.

당시 한창 활발한 방송 활동으로 유명했던 셰프와 요리 연구가 등이 심사 위원으로 나와 상당히 이슈가 됐다.

그뿐 아니라 대회에서 우승한 사람이 방송에도 나오고 해서 유명했던 걸로 기억하는데…….

'그게 지금 열리는 줄은 몰랐는데, 타이밍이 기가 막히네.'

도진은 당장 대회에 대해 찾아볼 생각에 들뜬 채 도희의
부름도 듣지 못하고 앞으로 빛나게 될 앞날을 그렸다.

"오빠? 듣고 있어?"

"어어, 듣고 있지."

"아 뭐야, 안 듣고 있잖아. 암튼 나 간다!"

방을 나서는 도희를 본체만체 대회를 검색하는 도진은 쾌
재를 불렀다.

　　[××시장 배 전국 요리 대회 모집 요강]

여러 번 모집 요강을 정독하던 도진이 무언가를 깨달은 듯
확신에 찬 눈동자를 내비쳤다.

달칵달칵.

이윽고 몇 번의 마우스 클릭 소리가 이어졌고.

　　─접수가 완료되었습니다.

모니터에는 대회 접수 완료를 알리는 창이 떠 있었다.

현재 방송을 종횡무진으로 활동하며 명성을 얻고 있는 파

인다이닝 오너 셰프 최석현.

유명한 맛 칼럼니스트로 유명한 미식가 한소희.

저명한 요리 연구가로 국내에서 따라올 사람이 없는 강혜정.

직접 메뉴를 내며 요식업계의 큰손이 된 외식사업가 백종수.

그들이 모두 한자리에 모인 건 다름 아닌 서류 심사 때문이었다.

[××시장 배 전국 요리 대회 지원서]

"이야, 이번 대회는 꽤 입이 즐겁겠는데요?"

"그러게요, 다들 경력이 화려하네."

"심사가 꽤 어렵겠어."

최석현 셰프를 시작으로 서류를 보던 이들이 다들 한마디씩 말을 거들었다.

그도 그럴 게, 이번 성인 부문 지원자들의 경력이 다들 화려했다.

유명 호텔의 경력직부터 시작해서, 다른 요리 대회의 우승자는 물론이고, 이름 있는 학교의 요리 전공자도 있었다.

사락사락-.

그렇게 지원 서류를 훑어보던 중.

한 참가자의 지원서에서 손이 멈추어 섰다.

"경력이 없어도 너무 없는데……?"

경력 칸은 텅텅 비다 못해 빈 종이라고 해도 믿을 수 있을 것 같았다.

그뿐 아니었다.

다른 참가자들에 비해 한참 어린 나이의, 교복을 입고 찍은 듯한 앳된 얼굴을 한 증명사진이 보였다.

"아, 뭐야. 그런 건가."

나지막이 탄식하는 최석현 셰프를 보더니 옆자리에 앉아 있던 한소희가 물었다.

"무슨 일 있어요?"

"아니 별건 아니고, 어린 친구가 지원을 잘못한 것 같아요."

"어머 그러게. 아무래도 모집 요강을 잘못 봤나 봐요. 제가 전화할게요!"

지원서를 뺏듯이 가져간 한소희가 지원서에 적힌 번호로 전화를 걸었다.

신호가 몇 번 가지 않아 이윽고 전화가 연결되었는데…….

"네, 안녕하세요! 저희 지원해 주신 요리 대회 측인데요!"

-네? 뭐라고요? 다시 한번 말씀해 주시겠어요?

수화기 너머에서는 시장통이라도 되는 듯 시끌벅적한 소리가 들려왔다.

"지원해 주신 요리 대회 주최 측입니다! 김도진 학생 맞을까요?"

-아, 네네! 말씀해 주세요!

이내 통화를 위해 자리를 옮긴 듯 조용해진 주변 소리에 한소희가 말을 이었다.

"지원해 주신 서류 봤는데 나이가 너무 어리셔서요."

-아, 모집 요강에는 딱히 최소 나이 제한은 없던데, 문제가 되나요?

"아뇨, 그런 건 아닌데요. 저희가 다음 달에 청소년 부문이 개최될 예정이라……. 그쪽으로 지원하실 걸 잘못 지원하신 것 같아 이번 지원 접수는 취소해 드리려고 연락드렸어요!"

-아뇨, 괜찮습니다.

이내 저 멀리서 누군가 도진을 부르는 듯한 소리가 들렸다.

-죄송합니다. 제가 지금 근무 중이라.

"아, 예……? 자, 잠깐……!"

수화기가 멀어진 듯 소리가 저 멀리 들리며.

-네! 가요! 잠시만…….

뚜-뚜-뚜-.

전화가 끊겼다.

'아니, 이게 뭐지……?'

어리둥절한 채 넋을 놓은 한소희를 보며 최현식 셰프가 되물었다.

"무슨 일이에요? 얘기 잘했어요? 잘못 지원한 게 맞대죠?"

그 말에 정신을 차린 듯 한소희가 대답했다.

"아뇨, 그냥…… 끊었어요."

"네?"

"그냥, 끊었다고요!"

"에, 예?"

그 말을 들은 최현식 셰프 또한 당황한 티를 숨기지 못하자 지켜보고 있던 백종수가 나지막이 말했다.

"아무래도 이번 대회, 정말 재밌어지겠는데요."

"재미는 무슨 재미예요!"

앙칼지게 대답하는 한소희의 모습에 백종수가 허허 너털웃음을 지었다.

'기억해 두겠어……!'

심상치 않게 이를 가는 한소희의 모습이, 아무래도 이번 대회가 도진에게 녹록지 않을 것만 같았다.

오늘의 장사를 마무리한 도진이 홀을 닦으며 생각했다.

'아까 그 전화는 도대체 뭐람.'

잘못 지원한 것 같다니.

아무리 경력이 없기는 하더라도 모집 요강에 분명 나이와 경력에 제한은 없었다.

물론 자신이 심사를 보는 처지였다면 지원서가 의아하긴 했을 테지만 당장에는 억울한 심정이 앞섰다.

'그나저나 어떻게 준비해야 하려나…….'

예선과 본선으로 진행되는 요리 대회는 기본적으로 준비된 식자재를 사용해야 했다.

그래서 어떤 재료가 준비되어 있을지 몰라 되도록 다양한 레시피를 준비해야만 했으나…….

도진은 지난 10년의 경력이 있었다.

10년간의 레시피가 도진의 머릿속에 차곡차곡 자료화되어 있었기 때문에 큰 걱정은 없었다.

문제는 따로 있었다.

대회장에는 기본적인 냄비나 팬 등은 준비되어 있으나 이외에는 본인의 장비를 가져와야 했다.

전생의 경우 오랜 경력에 맞게 본인의 장비 또한 분명 있었으나 지금은 말이 달랐다.

어찌 됐든 현재 자신은 갓 요리에 입문한 상태이다 보니 나만의 장비라고 할 게 있을 리 만무했다.

'따로 맞추기는 조금 그런데……. 집에 있는 걸 챙겨 가야 하나?'

그런 고민을 하는 사이 아버지가 주방 마감을 끝낸 뒤 홀로 나와 도진을 불렀다.

"도진이 너, 요리 대회를 나간다고?"

"네, 요리 실력도 확인하고 싶었는데, 마침 괜찮은 대회가 있더라고요."

아버지가 헛기침을 한번 내뱉고는 이어서 주방에서 주섬주섬 무언가를 챙겨 왔다.

"듣자 하니 조리도구가 따로 필요할 거라는 얘기를 들었다."

"아버지 이건……?"

"그동안 가게를 도와주느라 고생 많았다. 별달리 도와줄 수 있는 건 없지만, 뭐라도 해 주고 싶었는데 마침 잘됐다 싶더구나."

그렇게 말하며 꺼내 든 것은 휴대하기 좋은 키친 툴과 누가 봐도 새것처럼 새하얀 조리복이었다.

아버지가 자신을 위해 준비한 것이었다.

도진은 생각지도 못한 선물에 깜짝 놀라며 그것을 받아 들었다.

"어찌해야 할지 고민이었는데, 감사합니다."

"이런 거로 뭐……."

도진의 감사 인사에 머쓱해진 아버지가 머리를 쓸어 올리며 물었다.

"그나저나 청소년부도 있다고 하던데, 성인부는 조금 힘들지 않겠냐."

"걱정하지 마세요. 제가 누구 아들인데. 잘하고 올게요."

씩 웃으며 대답하는 도진의 얼굴에는 자신감이 가득했다.

도진의 목표는 대상이었다.

✕

요리 대회 예선전.

큼지막한 대회장 안을 가득 채울 만큼 각지에서 모여든 수많은 참가자의 얼굴에 사뭇 긴장감이 서려 있었다.

드문드문 얼굴에 당당함을 한가득 띄운 채 서 있는 참가자들도 보였지만…….

그중에서도 가장 눈에 띄는 건 역시 새로 맞춘 듯 **빳빳한** 조리복을 입고 유난히 앳된 얼굴을 한 도진이었다.

참가자들이 모두 모인 뒤 조용한 적막이 흐르는 가운데, 깔끔한 정장을 입은 여성이 나와 말했다.

"안녕하세요. 대회 진행 및 심사 위원을 맡은 요리 칼럼니스트 한소희예요. 잘 부탁드려요."

밝은 목소리로 인사하는 그녀의 모습에서 도무지 어떻게 심사할지 짐작조차 되지 않을 쾌활함이 느껴졌다.

"다른 심사 위원들도 한번 모셔 볼까요? 들어와 주세요!"

한소희의 말이 이어짐과 동시에 단상 뒤편 공간에서 세 명의 심사 위원이 등장했다.

"안녕하세요. 이탈리아 요리를 전문으로 하는 셰프 최석현입니다."

"반갑습니다. 요리 연구가 강혜정이에요."

"소소하게 이자카야를 운영 중인 일식 전문 외식사업가 백종수입니다. 잘 부탁드립니다."

심사 위원들의 소개가 이어지자 회장이 술렁였다.

규모가 꽤 크게 열린 요리 대회라고 하지만 이렇게 유명인들이 심사를 보게 될 줄은 몰랐던 탓이 분명했다.

그런 와중에도 침착하게 그들을 보고 있는 건 도진이 유일했다.

'맞아, 확실히⋯⋯. 다들 이맘때쯤 가장 유명한 이들이 심사를 봤지. 어떻게 이렇게 한곳에 모을 수 있었던 건지⋯⋯.'

이미 심사 위원들을 짐작하고 있었기에 놀란 티를 내지 않을 수 있었지만, 역시 이 섭외에 대해서는 대단함을 감출 수 없는 노릇이었다.

"이어서 진행 방식에 대해 말씀드리겠습니다. 우선 예선의 경우 50분간 진행될 예정입니다."

심사 위원 소개를 마친 한소희가 이어서 진행 규정에 관해 설명을 시작했다.

"식자재는 원하는 대로 골라서 사용할 수 있으며 시작과 동시에 30분간은 저희가 돌아다니며 참가자를 대상으로 질문하게 될 예정입니다."

참가자들을 한번 둘러보며 숨을 한번 고른 뒤.

"또한 30분이 경과된 후에는 심사석으로 돌아가게 되며, 완성된 요리를 앞으로 가져와 심사받게 되는 시스템으로 진행되며, 예선 통과는 추후 모든 심사가 완료된 후 개별 통지될 것입니다."

집중한 채 한소희의 말을 듣고 있던 도진의 주위를 붙든 건 다름 아닌 옆 조리대의 청년이었다.

"저기! 야…… 너!"

작지만 분명 도진을 향한 목소리였다.

"네? 저요?"

고개를 돌려 부름에 답한 도진을 향해 다시금 웃는 낯으로 되묻는 인상이 서글서글한 게 썩 붙임성이 좋아 보였다.

"응. 맞아 너. 너는 몇 살이야?"

"열여덟 살인데요?"

도진의 대답에 탄성을 뱉은 청년이었다.

"와, 진짜 어리구나. 근데 왜 성인부로 지원한 거야? 청소년부로 나가면 좀 더 가능성 있었을 텐데."

"그거야 제 맘이죠. 딱히 나이 제한이 있었던 것도 아니고……."

"음, 그건 그렇지. 근데 이런 데 처음 나오면 긴장 많이 하던데, 너는 긴장 안 돼? 아, 하긴 긴장할 필요도 없긴 하겠다."

끊임없이 말을 거는 청년이 거슬렸다.

도진은 신경 쓰지 않으려고 노력했으나…….

"나는 다른 요리 대회 여러 번 나갔었는데, 이런 대회는 아무리 준비 많이 하고 나와도 다들 어려워하기도 하고……. 어차피 우승은 무리니까 맘 편하게 해도 되겠다!"

정작 본인은 긴장이 안 되는지 쉴 틈 없이 입을 놀려 떠드는 청년이었다.

그런 청년을 뒤로한 채 도진은 단상 양옆으로 준비된 식자재에 눈이 가기 시작했다.

기본 재료들만 생각했던 도진은, 의외로 다양하게 갖춰져 있는 재료들에 깜짝 놀랐다.

'이 정도 스케일이면 저렇게 유명한 심사 위원들을 데리고 온 것도 이해가 가는걸.'

소, 돼지, 양 등 종류별로, 부위별로 나뉜 고기류는 물론이고, 수족관까지 갖춰져 마치 어시장을 방불케 하는 규모였다.

그뿐 아니라 빠르고 쉽게 사용할 수 있도록 손질되어 있는 필렛들이 냉장고 가득 준비되어 있었다.

하지만 도진의 눈길을 끄는 건 따로 있었으니.

'생물 생선이라……. 아귀가 있다면 그걸 만들어 볼 수도 있겠는걸.'

고민에 빠져 있는 도진의 귓가로 한소희의 목소리가 들렸다.

"아, 참. 가장 중요한 걸 빼먹을 뻔했네요. 예선은 본인이 창작한 전채 요리 한 접시로 이루어집니다. 이상! 질문 있나요?"

고민하던 도진의 두 눈이 번쩍 뜨였다.

'한 접시! 좋아. 한 접시 안에만 들어간다면 역시⋯⋯.'

머릿속에 몇 개의 레시피가 떠올랐다 사라졌다.

"질문 없는 것으로 알고, 그럼. 대회 시작하도록 하겠습니다!"

삐이이익-.

예선이 시작되고, 타이머의 숫자가 바뀌기 시작했다.

"근데 네 이름은 뭐야? 아, 어차피 한번 보고 말거라 알 필요 없으려나. 암튼 열심히 해 봐!"

시작을 알리는 호루라기 소리에 옆자리 청년의 목소리가 묻혔으나 도진은 개의치 않고 빠르게 재료를 담기 위해 발을 굴렀다.

총 세 가지의 요리를 해야만 했으니 다른 이들보다 더 바삐 움직여야만 했다.

조미료 없이 재료 그대로의 감칠맛을 살린 이태리식 생선찜인 파피요트.

폰즈 소스를 곁들인 바다의 푸아그라라 불리는 아귀 간 요리인 안키모.

마지막으로 입안을 깔끔하게 정리해 줄 무화과잼을 곁들인 아스파라거스.

'분명 이태리 자연주의 셰프와 일식 전문 외식 사업가라고

했지.'

사실상 아무리 객관적인 평가를 한다고 하더라도 사람이 맛을 보고 심사하는 요리 대회의 경우.

본인의 취향이 들어가기 때문에 주관적일 수밖에 없다.

그렇다면 심사 위원의 취향을 저격하는 것이 가장 좋은 방법이라 할 수 있었다.

파슬리, 레몬, 버터, 양파, 아스파라거스, 무순을 비롯해……

오늘 도진의 요리에서 가장 중요한 것은 바로.

아귀였다.

옛날 어부들은 아귀를 잡으면 못생긴 생선이라 팔리지 않는다면 그냥 버렸다고 하지만, 아귀의 담백한 맛은 그야말로 일품이었다.

오늘 만들 전채 요리는 바로 아귀를 이용한 담백하고 입맛을 돋우어 줄 수 있는 음식이었다.

그중에서도 도진은 지금, 생물 아귀를 사용할 예정이었다.

분명 순살로 손질되어 있는 필렛이 있었으나, 안키모의 경우 살아 있는 신선한 아귀의 간을 사용하는 게 가장 좋았다.

더군다나 심사 위원이 돌아다니며 요리하는 모습을 평가할 때야말로 도진의 실력을 발휘하기에는 안성맞춤이었다.

도진은 수족관에서 몸의 색이 검고 냄새가 나지 않는 신선한 아귀를 하나 골라잡았다.

살아 있는 아귀가 펄쩍 뛰며 발버둥을 치자 한껏 물이 튀어 올랐다.

너무 크지도 작지도 않은 크기의 아귀였다.

재료를 모두 고른 도진이 참가자 중 가장 먼저 자신의 조리대 앞으로 돌아왔다.

채 5분도 걸리지 않은 시간이었다.

숙달된 요리사가 아닌 이상 이렇게 빨리 식자재를 파악하고, 요리를 구상하여 재료 선정을 마칠 수 없는 노릇이었다.

하지만 참가자 중 가장 어려 보이는 도진이 가장 먼저 자신의 자리로 돌아가 재료 손질을 시작하자, 다른 참가자들 사이에 술렁거림이 일었다.

'쟤는 뭔데 저렇게 빨리 재료 손질을 시작하지?'

'이렇게 짧은 시간 내에 구상을 벌써 다 끝냈다고……?'

도진의 거침없는 재료 선정은 타 참가자들은 물론이고 심사 위원의 눈길까지 끌었다.

특히 그가 도진임을 한눈에 알아본 외식사업가 백종수의 경우 도진의 행동을 유심히 관찰하고 있었다.

일종의 호기심이었다.

'호오, 식자재를 고르는 손에 거침이 없는데도 그 와중에 싱싱한 재료들만 골라잡는군.'

분명 좋은 재료를 빠르게 골라낼 수 있는 것은 요리사로서 훌륭한 자질이 분명했다.

도진에 대해 메모하던 그가 아귀를 고르는 모습에 침음을 삼킬 수밖에 없었다.

'하지만…… 아무래도 본선에서 보기는 힘들겠군.'

제한 시간이 50분인 만큼 재료 손질과 요리에 대한 시간 분배를 적절히 해야만 했다.

그렇지 않으면 시간 내에 요리를 완성하지 못해 심사조차 받지 못하는 불상사가 일어날 수 있었다.

그런 와중에 생선이라니.

숙련된 요리사라고 하더라도 생선의 손질은 시간이 걸리기 마련인데, 하물며 경력 한 줄 없던 도진이 빨리해 낼 수 있으리라 생각할 수 없었다.

아무래도 처음 요리 대회에 참가하게 되면 쉽게 저지르는 실수였기에, 백종수는 안타까운 마음으로 더 이상 볼 것이 없다는 듯 발길을 돌렸다.

그때였다.

탕!

도마를 내리치는 도진의 칼 소리가 그의 발길을 멈춰 서게 했다.

도진의 손은 거침이 없었다.

탕! 탕!

큼지막한 생선 손질용 칼이 둔탁한 소리를 내며 뾰족한 이빨이 가득한 아귀의 떡 벌어진 입을 잘라 냈다.

그러고는 배 부분을 갈라 안에 들어 있던 내장을 제거하고 위와 간을 꺼내 들었다.

도진이 아귀를 손질하는 것을 지켜보고 있던 백종수가 감탄했다.

'대단하군. 저렇게 빠르고 깔끔하게 배를 가르고 내장을 제거하다니.'

꺼내 든 간은 작은 크기의 아귀가 아니었기 때문에 족히 사백 그램은 되어 보였다.

힘줄 부분을 제거한 간은 핏물을 빼기 위해 미리 준비해 둔 소금물에 담근 후, 위 안의 내용물을 제거하는 도진의 손놀림이 예사롭지 않다.

한 치의 망설임조차 없는 듯한 그의 손길에 백종수는 눈을 뗄 수 없었다.

생물 생선을 손질하는 일은 숙련된 요리사에게도 쉽지 않은 일이었다.

게다가 그중에서도 손질이 어려운 생선 중 하나인 아귀다.

하지만 도진의 손질은 군더더기 하나 없는 이미 완성된 손길이었다.

보통 평범한 주부가 집에서 아귀를 손질하게 되면 최소 15

분이 소요된다.

수산 시장에서 일하는 숙련된 수산업자들의 경우 평균적으로 10분.

매일같이 생선을 손질하는 일식 요리사의 경우 보통 5분 정도가 걸렸다.

백종수가 남은 시간을 확인했다.

현재 남은 시각 40분 35초.

이제 곧 10분이 지나가는 시간이었다.

재료를 픽업하는 게 5분 정도 걸렸으니…….

경력 한 줄 없던 도진이 채 5분도 안 되는 시간에 아귀 손질을 끝냈다는 뜻.

직접 보지 않았다면 믿을 수 없는 상황이 분명했다.

'도대체 어떻게 저런 기술을 익힌 건지 재미있구먼.'

백종수는 도진이 아귀 간을 꺼내 든 순간, 이미 무슨 요리를 할지 예상하였다.

안키모.

손질한 아귀의 간으로 형태를 잡아 모양을 잡은 후, 찜기에 쪄 낸 고급 일식 요리 중 하나였다.

이렇게 쪄 낸 아귀의 간은 마치 버터나 생크림과 같은 식감을 가지고 있으며, 특유의 향과 고소한 맛으로 많은 사람들에게 인기를 가지고 있었다.

고급 일식집에 가더라도 제법 비싼 가격으로 서비스되고

있는 게 현실.

하지만 이렇게 비싼 가격으로 책정되는 데에는 이유가 있었다.

생선 내장과 같은 재료는 그 맛을 오랫동안 저장할 수 없다. 조금만 시간이 지나더라도 부패해 원래 식재가 가지고 있는 맛을 잃어버리는 것이 현실이었으므로.

대개 직접 만들기보다는 냉동으로 된 것을 사와 다시 쪄내는 방식을 택하는 경우가 많은 것이 현실이었다.

그런데 이렇게 갓 손질해 선도 높은 아귀 간으로 만든 안키모라니.

처음에는 초보자가 할 만한 요리가 아니었기에 걱정이 앞섰다.

하지만 완벽한 손질을 마치고 본격적인 조리를 위해 모양을 잡는 도진의 모습을 보며.

백종수는 아는 맛이 무섭다고 하는 말이 문득 떠올랐다.

꿀꺽.

백종수는 입안에 느껴지는 듯한 맛에 목울대를 타고 넘어가는 침을 멈출 수 없었다.

한참을 옆에서 지켜보던 백종수가 다른 참가자들을 둘러

보기 위해 자리를 떠났다.

　바로 옆에서 뚫어져라 쳐다보고 있던 시선이 사라지자, 도진은 한숨을 푹 내쉬었다.

　'아, 진짜…… 부담스러워 죽는 줄 알았네.'

　와중에도 도진의 손은 멈추지 않았다.

　주어진 시간은 50분.

　하나 도진은 최소한 40분 이내에 요리를 완성할 셈이었다.

　어찌 되었든 간에 단 네 명의 심사 위원이 수많은 참가자의 음식을 조금씩 맛보고 평가해야 한다.

　도진이 준비하고 있는 전채 요리의 경우 담백하고 깔끔한 맛이 쟁점이었다.

　그러므로 너무 자극적인 음식 뒤에 심사받게 되면 맛이 묻혀 요리 본연의 맛을 느끼기 힘들 수 있다.

　주어진 시간 내에 요리를 완성하는 것도 중요하지만, 심사받게 될 순서 또한 중요하기 때문에 최대한 빨리 완성하는 것이 중요했다.

　한마디로 주재료의 손질이 빨리 끝났다고 해도 여유롭게 숨 돌릴 틈은 없다는 말이었다.

　빠르게 아귀 간의 모양을 잡은 도진이 미리 올려 두었던 찜기에 간을 넣고 시간을 확인했다.

　'37분 남았으니까, 25분쯤 꺼내면 되겠군.'

　얼추 시간 계산을 끝낸 뒤.

천재셰프
회귀하다

레몬 슬라이스, 길게 썬 대파, 가쓰오부시 한 움큼, 청양
초 반 개와 간장을 작은 소스 냄비에 한꺼번에 넣고 섞은 뒤
약 불에 올려 끓이기 시작했다.

　'소스는 이걸로 되었고. 이제…….'

　도진이 종이 포일을 꺼내 길게 쭉 찢어 조리대 한편에 놓
고 다시 칼을 집어 들어 파피요트를 준비했다.

　자연주의 요리답게 파피요트는 크게 품이 들지 않는 일이
었다.

　별다른 조미료 없이 소금과 후추만으로 간을 하게 되는데.

　대신 생선과 어울릴 만한 재료를 골라 넣는 것이 가장 중
요했다.

　'아귀살은 담백하고 고소한 맛이 일품이지.'

　그렇기에 재료 선정 당시 은은한 단맛을 더 높여 줄 양파
와 애호박을 고른 뒤, 산미를 가미하기 위해 방울토마토를
첨가했다.

　손질한 재료를 포일 위에 차곡차곡 쌓은 뒤 뼈를 발라낸
아귀 살을 적당한 크기로 토막 내 위에 얹고…….

　마지막으로 얇게 자른 레몬 세 조각을 아귀살 위에 얹은
뒤 종이 포일을 사탕 모양으로 감쌌다.

　도진은 지체 없이 안키모를 꺼낸 뒤, 포일에 감싼 파피요
트를 찜기에 얹었다.

　다 익은 안키모를 냉장실에 넣어 두고, 끓이던 폰즈 소스

를 불에서 내려 채에 거르던 중.

최석현 셰프가 도진의 옆을 지나가다 멈춰 섰다.

"35번 참가자, 김도진 군 맞나요?"

"네."

한참을 숙이고 있어 뻐근해진 목덜미를 주무르며 소스를 냉동실에 넣는 도진을 보며 최석현이 물었다.

"참가자는 방금 파피요트를 만들고 있었던 것 같은데, 파피요트는 재료 본연의 맛을 살려 소금과 후추 외에는 별다른 간을 하지 않습니다. 알고 있나요?"

"네, 알고 있습니다."

"그럼 그 소스는 무엇을 위한 소스입니까?"

그의 질문에 도진이 입꼬리를 올리며 대답했다.

"안키모의 소스입니다."

최석현은 예상치 못한 대답에 어리둥절한 표정을 하고는 되물었다.

"안키모? 아귀 간을 말하는 건가요?"

"네, 맞습니다."

"그럼 지금 두 개의 전채 요리를 준비하는 건가요?"

"안키모와 파피요트, 아스파라거스 구이까지 총 세 개의 전채 요리를 준비하고 있습니다."

최석현의 눈을 보며 당당하게 대답하는 도진의 뒤로, 다소 높은 톤의 목소리가 들렸다.

"지금 제한 시간 내에 세 가지 요리를 한다는 건가요?"

한소희였다.

"네, 혹시 그러면 안 되는 규정이라도 있습니까?"

"그건 아니지만, 본인의 실력을 너무 과도하게 믿는 거 아닌가? 그럴 시간에 하나라도 제대로 해 오는 게 맞지 않아요?"

한소희는 눈을 치켜뜬 채 코웃음을 치며 할 말만 뱉은 뒤 사라졌다.

최석현이 멋쩍은 듯 미소를 띠며 말했다.

"신경 쓰지 않으셔도 됩니다. 아무래도 맛이 관련되면 조금 예민해지는 편이니."

심사 위원들이 자리로 돌아간 뒤.

대부분의 참가자가 한차례 폭풍이 휩쓸고 지나간 듯 우왕좌왕하며 다급하게 움직이고 있을 때.

도진은 홀로 담담하게 자리를 치우며 시간을 확인했다.

대회 시작 후 35분이 경과된 시점.

슬슬 요리의 마무리를 해야 할 시간이었다.

마지막으로 아스파라거스를 굽고 시큼한 사우어크림 소스를 완성한 뒤.

도진이 조리대 밑 냉장고에 넣어 둔 안키모와 폰즈 소스의 온도를 확인했다.

'좋아, 적당히 식었다.'

도진이 플레이팅을 위해 직사각형의 길쭉한 검은색의 도기 그릇을 꺼내 들었다.

깔끔하게 그릇을 닦은 도진은 헝겊으로 칼과 도마를 한번 닦아 낸 뒤, 안키모를 꺼내 검지 손톱 크기의 두께로 적당히 굵직하게 두덩이 잘라 냈다.

자른 안키모를 접시 가장 가운데 자리에 비스듬하게 포갠 뒤 핀셋으로 씻어 둔 무순을 집어 접시처럼 길쭉하게 얹었다.

안키모를 얹은 오른쪽 자리에는 시판 무화과 잼을 티스푼으로 한 숟갈 크게 얹고는 한 번 눌러 넓은 타원을 만들었다.

타원 위로 한입 크기로 썰어 구운 아스파라거스를 사선으로 비스듬히 배치하고 사우어크림 소스를 얇게 흩뿌린다.

마지막으로 찜기에서 갓 꺼낸 파피요트를 가장 첫 번째 자리에 배치하는 도진의 손끝이 파르르 떨렸다.

그의 표정엔 긴장감 대신 사뭇 진지함이 서려 있었다.

마치 정말 손님을 맞이하기 위한 전채 요리를 준비하는 듯한 사람처럼.

분명 이곳은 요리 대회장이 분명할 터인데.

한껏 집중하고 있는 도진의 모습은……

어느 파인다이닝의 오픈 키친을 보고 있는 듯하게 만들었
다.

⚜

돌아다니며 참가자들의 요리 과정을 지켜보던 심사 위원
들이 시간이 되자 본인의 자리로 돌아와 앉았다.

아직 완성한 이가 없는 듯 아무 기척 없는 정면을 응시하
던 강혜정이 입을 열었다.

"다들 눈에 띄는 참가자는 있었나요?"

그에 백종수가 가장 먼저 입을 열어 대답했다.

"저는 35번, 아무 경력 없던 그 어린 친구가 눈에 띄더군
요. 어떻게 그렇게 손질하기 어려운 아귀를 단번에 해체할
수 있는지."

"저도 35번이 눈에 띄더군요. 세 가지의 전채 요리를 준비
하다니. 그리고 70번도 훌륭했습니⋯⋯."

"세 가지요?"

자기 말에 호응하듯 이어지는 최석현의 말을 듣던 백종수
가 말이 채 끝나기도 전에 깜짝 놀라 되물었다.

분명 자신이 지나가며 봤을 때는 아귀의 간을 손질하고 있
었기에 안키모를 만드는 줄 알았건만.

'도대체 이 짧은 시간에 뭘 더 만든다는 거지?'

의문이 풀리지 않는 듯 팔짱을 낀 채 턱을 매만지는 백종수를 현실로 이끈 건 다름 아닌 한소희였다.

"우리가 지금 시간 내에 많은 종류의 음식을 만든 사람에게 손들어 주자고 여기 있는 것도 아니고. 맛이 가장 중요하죠!"

카랑카랑한 그녀의 목소리가 귓가를 때리자, 강혜정이 인자한 미소를 지으며 말했다.

"그게 가장 중요하긴 하지. 근데 소희 씨, 왜 이렇게 예민해?"

"아니 선생님, 저는 도대체 무슨 자신감으로 세 개씩이나 만든 건지 잘 모르겠어요. 이런 대회에서는 하나에 집중하더라도 본인의 기량을 충분히 내기 어려운데."

"무슨 자신감인지는…… 먹어 보면 알겠지."

한소희를 달래던 강혜정이 턱짓으로 대회장 가운데서 걸어오는 도진을 가리켰다.

현재 남은 시각 9분 53초.

수많은 참가자 가운데에 가장 먼저 요리를 완성해 낸 사람은.

다름 아닌 도진이었다.

완성한 요리를 조심스레 들고 오는 모습이 모델인가 싶을 정도로 허리를 꼿꼿이 펴 올곧은 자세를 유지하고 있었다.

이윽고 심사 위원들의 앞에 도진의 요리가 전달되자…….

그들은 접시 위에서 눈을 뗄 수 없다는 듯 한참을 바라보다 각자의 수저를 들었다.

"아귀 파피요트와 안키모, 아스파라거스 구이. 총 세 가지 전채를 준비했습니다. 파피요트 먼저, 순서대로 드셔 주세요."

"이거, 제가 먼저 실례 좀 하겠습니다."

도진의 말이 끝나기 무섭게 백종수의 손이 접시로 향했다.

가장 먼저 차례대로 음식을 맛본 그의 표정은 젓가락이 움직일 때마다 시시각각 변했다.

그러고는 한참 동안 접시를 응시하다 고개를 들어 도진을 바라봤다.

"35번 참가자, 요리를 따로 배운 적이 있나요?"

한참 도진을 바라보던 백종수가 물었다.

도저히 전문적으로 요리를 배운 것이 아닌 이상 나올 수 없는 질의 요리였다.

맛은 물론이고 플레이팅, 그리고 조리 과정까지 그 무엇하나 빠짐없이 전문가의 솜씨가 분명했다.

백종수는 그렇기에 분명 도진이 경력을 적지 않았을 뿐 누군가에게 가르침을 받았거나…….

현재 현역으로 일하고 있을 것이 분명하리라 생각했다.

"요리는 아버지 어깨너머로 배웠습니다."

"그럼 따로 일하고 있는 파인다이닝이나 레스토랑이 있나요?"

"아뇨, 지금은 학교가 끝나면 아버지 백반집에서 일을 도와드리고 있습니다."

"그런데 어떻게……?"

믿을 수가 없었다.

"아, 다른 뜻은 없었습니다. 오늘 요리 정말 맛있었습니다."

백종수가 접시를 잠시 내려다보더니 다시 입을 열었다.

"담백한 맛의 파피요트와 짭짤하게 소스 맛을 낸 안키모의 균형이 아주 조화로웠어요. 특히 자칫하면 비릿할 수 있는 안키모를 너무 훌륭하게 조리해 줘서……."

말을 잇지 못한 채 놀라움을 표하는 백종수의 모습을 보며 다른 심사 위원들은 궁금증이 차올랐다.

도대체 어떤 맛이기에 저렇게 놀라는가.

더 이상 참을 수 없다는 듯이 다른 이들도 앞다투어 음식을 향해 손을 뻗었고 이내.

탁-.

조용한 심사 위원석에서는 시식을 마친 뒤 내려놓는 젓가락 소리만 들렸다.

누구 하나 선뜻 말을 꺼내기 어려워 고요한 적막이 흐를 때쯤.

강혜정이 먼저 입을 열었다.

천재셰프
회귀하다

"35번은 전채 요리를 세 가지나 낸 이유가 있을까요?"

"그거 궁금하네요. 아까 대답을 못 들었거든요."

최석현이 호응하듯 말을 보태자 도진이 망설임 없이 대답했다.

"아무리 대회라고는 하지만, 결국은 심사 위원님들의 개인적인 취향 또한 심사에 영향을 주리라 생각했습니다. 그리고…….."

잠시 숨을 고른 도진이 심사 위원들을 바라보며 말을 이었다.

"심사 위원님들은 손님이라고 생각하고, 다음에도 저를 찾고 싶어질 수 있도록 메뉴를 구성하고 싶었습니다."

"호기심을 노린 거라면 저는 백 퍼센트 당했군요. 그럼 다른 메뉴도 많았을 텐데, 왜 그렇게 까다로운 아귀 간을 고른 거죠?"

"충분히 해낼 수 있으리라 생각했습니다."

당당하게 눈을 마주치며 말하는 도진을 보며 강혜정이 심사의 종료를 알렸다.

"심사는 여기서 끝내는 걸로 하고……. 수고하셨습니다. 본선 진출 결과는 개별 통보될 예정이니 돌아가셔도 좋습니다."

"네, 알겠습니다. 감사합니다."

그렇게 도진이 자리로 돌아가 짐을 챙길 무렵.

"……아니, 요리를 어디서 배운 것도 아닌데 어떻게 이렇게 맛을 낼 수 있는 거죠?"

"요리하는 모습을 지켜보지 못했다면 믿을 수 없었을 거예
요."

심사석에서는 때아닌 작은 소란이 있었지만, 이내 심사받
기 위한 참가자들이 줄을 지어 잠시 일단락되었다.

"이번 대회는 훌륭한 친구들이 많네요."

"눈이 가는 참가자들이 몇 있었죠."

예선 심사가 끝난 뒤, 심사 위원들이 자리에 둘러앉아 심
사표를 보며 본선 진출자를 가리기 위한 대화를 나누고 있
었다.

"저는 56번 친구가 눈에 띄더군요. 긴장했는지 소스 조리
과정 중에 실수가 있었는데, 아주 침착하게 대처하더라고요."

"저도 그 참가자 봤어요. 아무래도 경력이 좀 있으니 확실
히 돌발 상황 대응에 능숙한 것 같더라고요."

이런저런 참가자들에 대한 말이 오갈 무렵.

"하지만 역시 오늘의 주역을 꼽자면 그 참가자를 빼놓을
수 없겠죠."

백종수가 눈을 빛내며 말하자 그에 부응하듯 한소희가 말
했다.

"35번. 맞죠?"

한소희는 도진의 심사표를 꺼내 든 채 말을 이었다.

"전채 요리인데 세 가지 작은 코스 요리를 먹은 기분이었어요."

"어디 그뿐인가요, 플레이팅 또한 당장 파인다이닝 전채로 올려도 될 정도였습니다."

최석현이 도진의 플레이팅을 눈앞에 떠올렸다.

분명 별것 없이 단출했으나, 줄지어 담은 모양새가 단아한 듯 군더더기가 없었다.

게다가 세 가지 전채 요리의 색감은 퍽 조화로웠다.

요리 구상 단계에서부터 이미 생각했던 것이라면, 그는 이미 훌륭한 셰프나 마찬가지리라.

"세 가지 요리를 그렇게 빨리 완성해 낸 것도 놀랍지만, 무엇보다 그 짧은 시간 내에 그렇게 조화로운 맛의 요리를 완성해 낸 것이 너무 놀랍더군요."

"맞아요. 맛도, 플레이팅도 완성도가 높았죠."

다시 한번 그 맛을 떠올리는 듯한 백종수의 말에 한소희가 부정할 수 없다는 듯 말을 이었다.

재료의 맛을 끌어 올리는 조리법을 통한 파피요트가 부드럽고 담백하게 입맛을 돋워 주면, 레몬이 첨가된 소스로 인해 산미가 추가된 짭짤한 안키모가 그보다 더 부드럽게 입안에서 녹아내렸다.

마지막으로 무화과잼의 은은한 단맛이 곁들여진 아스파라거스 구이가 모자랐던 식감을 대체해 주니 요리의 균형이 잡혔다.

　　말 그대로 도진의 요리는 완성도가 높았다. 아니, 이미 손댈 것 없이 완성되었다고 해도 과언이 아니었다.

　　그것을 부정할 수 있는 사람은 요리를 맛본 심사 위원 중에서는 아무도 없을 것이었다.

　　백종수가 참을 수 없다는 듯 말을 뱉었다.

　　"도저히 저 나이라는 게 믿기지 않을 만큼의 재능이 분명합니다."

　　"말이 안 되죠. 저 나이 때 저는 뭘 하고 있었는지……."

　　"아무튼 탐나는 인재가 분명합니다."

　　최석현과 백종수가 서로 말을 주고받는 사이.

　　조용히 듣고만 있던 강혜정이 처음으로 입을 뗐다.

　　"어찌 됐든 본선이, 아니 앞으로가 기대되는 친구군요."

　　그에 모두가 동의하듯 고개를 끄덕였다.

　　"자, 그럼 얼추 본선 진출자들이 추려진 것 같으니 이쯤에서 마무리하고 일어나죠."

　　예선이 끝나고 3일 뒤.

도진은 여느 때와 다름없이 가게의 마감을 돕고 있었다.

본선과 예선은 일주일 정도의 간격이 있었는데, 오늘 중으로 본선 진출 여부에 대한 연락이 올 거라는 공지를 받았다.

'심사 당시 충분히 맘에 든 듯했으니, 본선 진출은 문제가 아닐 텐데…….'

이미 기대감이 올랐기 때문에 본선에서는 어떤 요리를 해야 할지에 대한 생각에 여념이 없었다.

아버지는 그런 도진에게 다가와 어깨를 다독이며 말을 건넸다.

"아유, 그거 좀 떨어질 수도 있지, 뭘 그리 풀이 죽어 있냐!"

"네? 아니, 저 그게 아니라…….."

"뭐 먹고 싶은 것 없냐? 간만에 우리 외식이라도 한번 하자꾸나!"

아버지는 고민에 빠진 도진이 떨어질 것을 예상해 풀이 죽어 있는 것으로 단단히 오해하고 있었고…….

그의 어색한 위로를 멈춘 건 때마침 울리는 도진의 벨 소리였다.

띠리링- 띠리링-.

"네, 전화 받았습니다."

-안녕하세요. 35번 참가자 김도진 군 맞나요? 잠깐 전화 괜찮으실까요?

"네. 괜찮습니다. 말씀해 주세요."

-예선 통과 축하드립니다. 본선 진출 안내 차 연락드렸어요!

갑작스러운 전화에 옆에 서 있던 아버지가 수화기 너머로 들리는 소리에 깜짝 놀라며 어머니를 불렀다.

"도진 엄마, 도진이가 본선 진출했대!"

"아유! 그러게, 잘할 거라 그랬잖아요. 무슨 걱정을 그렇게 많이 해?"

본선 진출 소식에 자신보다 뛸 듯이 기뻐하는 아버지로 인해 가게 내부에서 작은 소란이 있었다.

도진은 그런 부모님을 보며 미소를 감출 수 없었다.

-……를 주제로 준비해 오시면 되고요! 예선과 마찬가지로 기본적인 재료는 준비되어 있을 예정이고요. 이외 기타 준비물은 알아서 챙겨 오시면 됩니다!

그런 와중에도 안내는 계속되고 있었고, 미처 주제를 듣지 못한 도진이 되물었다.

"네? 주제가 뭐라고요?"

-본선 주제는 오트 퀴진입니다!

도진은 당황을 감출 수 없었다.

본선 주제는 *오트 퀴진(*Haute cuisine).

도진은 본선 주제를 듣자마자 쾌재를 불렀다.

전생의 도진이 매일같이 하던 일이었다.

각기 다른 요리를 구상하고, 메뉴의 조화로움을 고려해 순서를 설계하고…….

처음부터 끝까지 오롯이 나의 코스를 만드는 것.

익숙하고 그리운 일이었다.

다만 적게는 여덟, 많게는 열셋까지 가는 원래의 코스가 아닌 약식 코스라는 점.

보여 줄 수 있는 요리에 대한 한계치가 있다는 점이 아쉬웠지만.

'약식이라고 해도 충분하지.'

자신은 있었다.

탐미적인 플레이팅으로 명성을 얻었던 도진이 고작 그뿐이었다면 자신의 파인다이닝을 가질 수 없었을 것이다.

미슐랭 쓰리 스타 레스토랑의 수 셰프로서의 도진은 타고난 전략가였다.

메뉴를 만들고 코스를 설계하는 일에 있어서는 카르만 셰프도 혀를 내두를 정도였다.

'아무래도 본선에서 꽤 기대치가 높아져 있을 게 분명해.'

예선에서의 심사 위원들의 반응을 떠올린 도진이 장난꾸러기 같은 표정을 지었다.

저도 모르게 올라간 입꼬리를 눈치채지 못한 채 도진이 펜을 들어 노트에 무언가를 끄적거리기 시작했다.

가장 기본적인 약식 코스의 경우 전채 요리와 메인, 디저트 세 가지로 구성될 것이었다.

하지만 딱히 그런 얘기 없이 그저 약식 오트 퀴진이라고만 했다.

그러니 이번에도 예선과 같이 별다른 제한 없이 참가자의 재량껏 만들어도 되는 것이 분명했다.

본선까지는 앞으로 3일.

그사이에 심사 위원들을 만족시킬 만한 무언가를 찾아야만 했기에, 도진은 지난 요리 경험을 모두 끄집어냈다.

'메인은 생선과 비프, 둘 다 가져가야겠군.'

다른 참가자들이라면 아마 전채 요리에서 생선 요리를 하고, 메인은 스테이크를 하는 것이 일반적일 것이다.

제한 시간이 있으므로 어쩔 수 없이 포기해야 하는 것이 있다고는 하지만…….

하지만 도진에게는 다른 참가자들과는 비교하지 못할 경력이 있었다.

전쟁터와 같던 주방에서 살아남기 위해서는 누구보다 빠른 손과 정확도는 필수였다.

지난 예선에서도 시간은 충분했기에 이번에도 그러하리라는 자신감 또한 있었다.

'아무래도 구성을 어떻게 하느냐가 중요한데.'

가장 기본적인 구성을 따라가자니 보여 줄 수 있는 게 한

정적이어서 아쉬운 마음이 컸다.

　도진은 예선을 치르면서 오래간만에 두근거림을 느꼈다.

　심사를 떠나서 자기 요리를 대접한다는 느낌이 들어 들떴기 때문이리라.

　지난 심사에서 심사 위원들을 손님으로 생각하고 요리를 준비했다는 것은 진심이었다.

　요리사는 자신의 요리를 먹어 주는 사람이 있어야 비로소 요리사가 된다.

　오롯이 내가 구상하고, 준비한 요리를 내는 것은 마치 내 자식을 소개하는 것과 같은 느낌이었다.

　그렇기에 더 많은 공을 들이게 되는 것이 분명했다.

　'이번에는 한식을 조금 더 섞어 볼까.'

　도진은 밤이 깊도록 불 켜진 주방을 떠나지 못했다.

　식탁에는 섬세하게 그려진 음식과 그에 대한 레시피가 적힌 종이가 나뒹굴었고⋯⋯.

　드디어 본선 대회 아침, 날이 밝았다.

대망의 본선

프랑스식 최고급 코스 요리 *오트 퀴진(*Haute cuisine).

한국은 현재 파인다이닝 열풍이었다.

맛, 분위기, 서비스에 지출을 아끼지 않는 인구가 늘었고.

서울시 전국 요리 대회의 심사 위원들 역시 이와 같은 파인다이닝 열풍을 고려해 본선 주제를 오트 퀴진으로 지정한 셈이었다.

파인다이닝이 유행하기 시작한 요즘.

외국처럼 서너 시간씩 느긋한 식사 시간을 즐길 만큼 여유롭지 못한 국내에서는 간소화된 코스가 인기를 끌었다.

특별함을 느끼기에는 부족하지 않지만, 식사 시간이 너무 길어지지 않도록 오밀조밀 설계한 약식 오트 퀴진.

그런 짧은 코스라면 조금 손이 바쁘기는 하더라도 요리사 한 명이 충분히 만들어 낼 수 있을 게 분명했다.

"참가자들이 잘 해낼 수 있을까요?"

한소희의 질문에 최석현이 답했다.

"글쎄요, 단순히 요리를 잘하느냐와 셰프로서의 자질을 갖췄느냐는 아예 별개의 영역이라고 생각하는 주의라서요."

예선의 주제가 기본적인 요리 실력을 가늠하기 위함이었다면, 본선은 코스 구성 능력과 전반적인 이해도를 가늠하는 주제였다.

"기대되는 참가자가 더러 있기는 합니다."

"저는 75번, 22번, 42번, 그리고 35번……."

한소희의 말에 이번에는 최석현이 고개를 내저었다.

"35번 참가자, 김도진 군의 요리 실력이 뛰어난 건 맞지만……."

그가 잠시 틈을 두고는 덧붙였다.

"코스 구성 능력 같은 경우에는 '재능'이 아닌 '경험'에 의해서 형성되는 영역이기 때문에, 이번 본선에서만큼은 35번 참가자가 두각을 드러내지 못할 가능성이 크리라 생각합니다만."

그 말에 한소희가 혀를 찼다.

"흠, 그런가요?"

그때 진행 요원이 심사 위원 대기실의 문을 열며 들어왔고.

"이동하시면 될 것 같습니다."

그 말에 심사 위원들이 하나둘씩 본선이 치러질 회장을 향해 걸음을 옮기기 시작했다.

본선을 위해 다시금 회장에 찾은 도진은 전보다 훨씬 더의기양양해 보였다.

오트 퀴진!

자신의 파인다이닝을 오픈하기 위해 수도 없이 고민하고고민했던 것이 바로 코스 구성이었다.

지금 도진이 가진 자신감의 원천은 고단하기 그지없던 오랜 경험이라고 볼 수 있었다.

오트 퀴진이란 모든 과정을 섬세하게 준비하고, 최대한 다채롭게 표현해 내는 게 관건이었다.

최상의 재료를 사용하여 최고로 세련되고 예술적이며 대담한 요리를 만들어 내는 사람.

그것이 파인다이닝의 셰프였다.

도진 또한 접시에 예술을 담아낸다고 말할 수 있을 만큼아름답다고 말할 수 있는 프렌치 요리에 빠져 셰프가 되지않았던가?

"본선 진출을 축하드립니다, 여러분."

도진의 상념을 깬 것은 심사 위원, 한소희의 목소리였다.

그리고 대회의 시작을 알리는 목소리이기도 했다.

"본선은 약식 오트 퀴진을 주제로 총 두 시간 삼십 분 동안 진행됩니다. 앞선 예선과 같이 심사 위원들은 타이머가 움직이기 시작한 시점부터 두 시간 동안 돌아다니며 질의응답이 진행될 예정이며…….."

음식 준비가 완료되어 벨을 울리면 심사 위원이 참가자의 자리로 찾아가 심사가 진행되리라는 설명이 이어졌고…….

또한 연달아 코스의 구성은 참가자가 재량껏 구성하면 되리란 설명이 이어지자, 도진이 만족스럽다는 양 환한 미소를 지어 보이기에 이르렀다.

'나를 위한 무대 같은데?'

다른 참가자들도 이미 주제를 들었을 터였기 때문에 미리 준비했을 터였다.

하지만 대부분이 전채 요리, 메인, 디저트 세 가지의 구성으로 준비해 왔을 것이 분명했다.

도진은 훨씬 더 다양한 요리로 구성된 퓨전 한식 코스 요리를 준비해 온 채였다.

'아직 한식 코스 요리는 흔치 않을 시기야.'

본선의 제한 시간은 두 시간 삼십 분.

긴 시간은 아니었으나…….

그렇다고 해서 마냥 짧은 시간도 아니었다.

다만.

문제는 도진이 짠 코스가 조금 욕심이 많았을 뿐.

'다시 한번 복기해 보자…….'

일단 코스의 시작은 '아뮤즈 부쉬'였다.

쉽게 말하자면 코스 시작 전에 제공되는 한 입짜리 메뉴.

아뮤즈 부쉬는 본래 앞으로 이어질 코스에 대한 셰프의 예고와도 같은 구성이었다.

굳이 들어가지 않더라도 무방한 구성이기에 다른 참가자들은 제외시켰을 터.

도진은 튀긴 라이스페이퍼에 찐 새우와 고추장 칠리소스를 곁들인 아뮤즈 부쉬를 준비했다.

'그다음 전채 두 가지…….'

참깨 유자 소스를 곁들인 수란과 목이버섯, 전복을 구워 내장 소스를 곁들인 두 가지 요리를 전채로 준비했다.

연달아…….

된장을 첨가한 로메스코 소스를 베이스로 한 두 가지 주요리, 삼치 튀김과 한우 채끝 스테이크를 준비했으며.

'디저트는…….'

마지막 디저트로 상큼한 자두 소르베였다.

총 여덟 종류.

제한 시간 내에 도진이 준비할 코스였다.

그렇게 복기를 마치던 찰나.

규칙에 대한 설명이 끝나고 회장에 짧은 정적이 감돌았다.

서른 명의 본선 진출자들.

도진은 이들을 꺾고 결선을 넘어 대상을 바라보고 있었다.

"다들 무운을 빌며 본선, 시작하겠습니다."

한소희의 말을 끝으로.

삐이이익-!

시작을 알리는 소리와 함께 타이머가 움직이기 시작했다.

다들 빠르게 식자재를 챙기기 시작했고…….

필렛을 살펴보던 도진이 한숨을 내쉬기에 이르렀다.

'주최 측의 의도인가? 필렛은 오늘도 상태가 영 엉망이네.
이번에도 손질해서 써야겠군.'

비록 시간이 다소 더 걸리겠지만 어쩔 수 없는 노릇이었
다.

재료를 고른 도진이 자리로 돌아왔다.

일단 디저트를 위해 자두를 단숨에 반으로 두 동강을 냈
고…….

'좋아.'

자두가 익으면서 생기는 과즙에 향이 밸 수 있도록 위에는
시나몬 가루와 바닐라 빈을 뿌려 준 뒤 재료를 고르러 가기
전 미리 달궈 놓은 오븐에 넣고 20분의 타이머를 맞췄다.

'다음은…….'

한우 채끝을 집어 든 도진은 적당한 크기로 자른 고기 위

로 소금, 후추, 허브와 오일로 *마리네이드(*고기, 생선, 야채 등을 요리하기 전에 와인, 올리브유, 식초, 과일, 주스, 향신료 등에 절여 놓는 행위)했다.

채끝은 향신료와 조미료의 향이 최대한 스며들 수 있도록 될 수 있으면 마지막에 조리할 생각이었다.

그러고는 오늘의 또 다른 메인 중 하나인 생물 삼치를 꺼내 들어 손질을 시작했다.

'시작해 볼까?'

가위를 이용해 지느러미와 꼬리를 제거한 뒤 칼로 생선 머리를 자르고 내장을 제거했다.

그러고는 아버지께 선물 받은 키트 구성품인 생선 핀셋으로 뼈를 일일이 골라냈다.

'음?'

회장을 돌아다니며 심사하던 강혜정은 도진의 모습에 발길을 멈춰 섰다.

삼치는 살이 매우 연하다 보니 자칫 물러질 수 있음에도 도진의 손은 거침이 없었다.

"35번 참가자?"

"네."

"의아하네요."

강혜정이 고개를 갸웃대며 물었다.

"지난번에도 직접 생선을 손질해서 사용했던 것으로 아는데, 왜 굳이 본인이 손질한 걸 고집하죠? 필렛을 사용하는 게 더 편하지 않나요?"

"손질되어 있는 필렛이 괜찮았다면 모르겠지만 상태가 마음에 드는 것이 없었습니다. 그럴 바에는 생물을 손질해 사용하는 게 나을 것 같아서요."

도진의 대답을 들은 강혜정이 짐짓 놀란 티를 숨겼다.

사실 재료 곳곳에 일부러 조금 저품질의 식자재를 배치했다.

이는 재료 선택조차 심사에 포함시키기 위함이었다.

'재료를 보는 안목도 뛰어나네⋯⋯.'

대답하는 도중에도 손을 멈추지 않았던 도진은 이내 깔끔하게 손질된 필렛을 트레이에 담고는 남은 시간을 확인했다.

[02 : 08 : 50]

아직 여유로운 시간이었다.

띵—!

맞춰 둔 오븐 타이머가 울리고, 오븐 팬을 꺼낸 도진이 만족스러운 미소를 지었다.

'향이 잘 밴 것 같네.'

자두 특유의 새콤한 향과 함께 톡 쏘는 계피 향, 그리고 달콤한 바닐라 향이 코끝에 어우러져 맴돌았다.

씨와 과육을 분리한 자두를 믹서에 넣고 얼음과 설탕 시럽을 넣고 한차례 갈아 준 소르베를 넓은 트레이에 고루 폈다.

그러고는 소르베의 질감을 조금이라도 더 살리기 위해 곧장 냉동실에 넣고 얼리기 시작했다.

순식간에 밑 작업과 디저트 준비를 마친 셈.

'이대로라면 여유롭겠는데.'

디저트 준비가 끝난 도진은 곧바로 양쪽 화구의 불을 올렸다.

한쪽에는 팬에 양파와 마늘, 토마토를, 다른 한쪽에는 파프리카를 통째로 올리고는 직화로 굽기 시작했다.

최석현이 도진의 조리대를 노골적으로 바라봤다.

'궁금한데.'

그는 도진이 본선에서 무슨 요리를 선보일지 가장 궁금해하던 사람이었다.

현재 국내에서 몇 안 되는 파인다이닝을 운영하는 오너 셰프 중 하나인 그는 도진을 눈여겨보고 있었다.

예선에서 도진이 보여 줬던 전채 요리는 당장 자신의 가게에 내더라도 손색이 없을 정도였다.

실로 탐이 나는 인재임이 분명했다.

할 수 있다면 제자로 삼고 싶었고, 가능하다면 제 파인다이닝으로 영입하고 싶어질 정도였으니까.

그런 도진이 이번에는 또 무언가 대단한 메뉴를 준비하고 있음이 분명해 보일 따름이었다.

"김도진 군."

그가 화구에 올려진 파프리카를 바라보며 물었다.

"어떤 메뉴를 준비하고 계신 거죠?"

"로메스코 소스를 만들 예정입니다."

최석현의 눈에 이채가 돌았다.

직화로 구운 파프리카와 각종 견과류, 구운 채소를 넣고 함께 갈아 만드는 로메스코 소스.

주로 스페인 바르셀로나의 *칼솟 구이(*대파처럼 생긴 양파 품종 중의 하나)와 함께 먹는 소스였다.

"로메스코라면 스페인 소스인데."

"예, 맞습니다."

"그럼 이것도 독학하신 겁니까?"

최석현은 도대체 이 참가자가 어디서 이런 지식을 얻었는지 궁금증이 피어오르기 시작했다.

여행을 많이 다녀 보거나, 요리에 전문 지식이 없는 이상 이런 레시피를 알고 있기는 쉽지 않았다.

"예."

짧게 답한 도진이 덧붙였다.

천재셰프
회귀하다

"유튜브로요."

그 말에 최석현이 헛웃음을 흘렸다.

'거참······.'

여러 매체의 존재로 인해 예전에 비해 레시피나 잡다한 상식을 쉽게 접할 수 있는 건 사실이었다.

다만 매체는 사전의 역할을 할 뿐이지 스승의 역할을 할 수 없다는 명확한 한계가 있었다.

'피드백이 불가능하기 때문에 잘못된 습관이 생기는 경우도 더러 있다는 점을 감안하고 본다면, 유튜브 같은 영상 매체를 몇 번 보고서 눈썰미로 따라 하는 것도 분명한 재능의 영역이겠지.'

더구나 눈에 띄는 건.

'어라? 오리지널 레시피가 아닌데?'

도진의 레시피는 본인만의 방식으로 완벽하게 어레인지되어 있다는 점이었다.

대략 두 시간가량이 흘렀을 무렵.

"문제가 있어 보이는데요."

한소희가 문제를 제기했다.

"코스 요리에 대한 경험이 부족한 참가자들이 절반 이상인 것 같더군요. 아무래도 제한 시간이 너무 짧게 측정된 게 아닐지 염려됩니다만…….”

　대다수 참가자가 코스를 완성하기는커녕 패닉에 빠져 허둥지둥하는 중이었다.

　이론과 실전은 다르다.

　주제에 대해 미리 공지하기야 했다지만 오트 퀴진이란 불과 며칠 사이에 준비한다고 해서 숙련될 수 있는 영역의 일이 절대 아니었다.

　“아무래도 두 시간 반은 너무 짧았을까요?”

　“시간이 조금 더 필요했을지도 모르겠어요.”

　그렇게 다들 심각하게 의견을 주고받던 찰나.

　띵ㅡ!

　심사 위원들이 갑작스럽게 울린 종소리에 흠칫 놀라서는 전광판 타이머 위로 표기되고 있는 남은 시간을 확인했다.

　　[00 : 25 : 30]
　　[00 : 25 : 29]
　　[00 : 25 : 28]
　　……

　총 경과 시각 2시간 5분 남짓.

　“완성했습니다.”

천재셰프
회귀하다

예선 때도 가장 먼저 조리를 마쳤던 참가자.

35번.

도진이 손을 들어 올리며 멋쩍게 꺼낸 말이었다.

"또 35번 참가자군요."

다 함께 자리에서 일어난 심사 위원들이 도진의 조리대 앞에 놓인 하나의 접시를 바라보았다.

"이건 뭡니까?"

이내 도진이 낮게 답했다.

"아뮤즈 부쉬입니다."

투명한 넓은 원형 접시 위로 튀긴 라이스페이퍼가 흐드러지게 핀 꽃처럼 놓여 있었다.

그 위로는 분홍빛의 찐 새우, 형형색색의 다진 야채들이 마구 흩뿌려진 채였고…….

다시 그 위로 흩뿌려진 붉은 빛의 묽은 소스가 퍽 잘 어울릴 따름이었다.

"아뮤즈 부쉬 본연의 역할을 아십니까?"

최석현이 되물었고.

"네, 충실히 하고자 했습니다."

"그렇다면 암시겠군요?"

"예, 코스를 상상해 보시죠."

도진의 말에 좀처럼 웃는 법이 없는 최석현이 옅은 미소를 지어 가며 답했다.

"한식 퓨전 코스라······."

아뮤즈 부쉬 본연의 기능은 앞으로 전개될 코스에 대한 암시.

도진은 아뮤즈로 한식 퓨전 메뉴를 선보였고······.

그 의도를 이해한 최석현은 한식 코스가 이어지리라 확신했다.

"기대되는군요."

심사 위원들이 차례로 아뮤즈 부쉬를 맛보았고.

"후우······."

입맛이 까다롭기로 유명한 칼럼리스트이자 미식가인 한소희가 냅킨으로 입 끄트머리에 묻은 소스를 닦아 내고는 말했다.

"맙소사······!"

한소희가 멍한 얼굴로 입안에서 녹아내리듯 사라진 아뮤즈 부쉬의 맛을 복기해 봤다.

라이스페이퍼의 바삭한 식감과 탱글탱글한 찐 새우, 아삭함이 살아 있는 다진 야채들.

그리고 그 모든 재료를 조화롭게 만들어 주는 약간 묽은 듯한 붉은빛 소스.

그러나.

한 입 맛본 소스는 익숙한 듯 낯선 맛이었다.

"설마, 고추장 베이스의 퓌레였나요?"

"네, 맞습니다."

"정말 놀라운 해석 능력이네요."

한소희의 극찬에 심사 위원들이 벙한 얼굴을 해 보였다.

'호평을?'

본래 칭찬에 인색한 한소희가 아니던가?

현역 셰프들조차…….

그녀의 혹평에 전전긍긍하기 일쑤건만.

"알싸하면서 은은한 단맛도 인상적이었고, 풍미나 텍스트의 조화도 훌륭했다고 생각해요. 앞으로 전개될 코스가 정말 기대되네요."

심사 위원들의 눈에 흥미로움이 서렸다.

"같은 입장입니다."

"저도요."

"저도 기대되네요."

분명 본인의 입으로 아뮤즈 부쉬라고 설명했으니, 앞으로 코스 전개 또한 분명…….

"35번 참가자, 퓨전 한식 코스를 기대해도 되겠죠?"

"네, 제가 준비한 메뉴는 퓨전 한식 코스입니다."

국내에 파인다이닝이라는 개념 자체가 유입된 지 얼마 되지 않은 시점이었다.

현재로서는 서양식 코스 요리가 더 많았기에 아직 파인다이닝에서 한식을, 또는 그와 같은 재료를 사용하는 곳 역시 찾아보기 힘든 게 실정이었다.

그렇기에 도진의 퓨전 한식 요리는 심사 위원들의 구미를 당기기에 충분했다.

"그럼 전채 요리를 내드리겠습니다."

도진이 빈 접시를 회수하고는 새 접시를 꺼내 들었다.

그러고는…….

미리 구워 둔 백 목이버섯을 중앙에 잘 담아냈고.

스윽―.

그 옆에 찐 전복을 내려놓고는 전복 내장으로 만든 소스를 한 숟가락 봉긋하게 쌓아 올렸다.

그러고는 다른 접시에 수란을 담아내고는 그 위로 참깨 유자 소스와 식용 꽃 한 송이를 올려 장식한 전채를 내놓았다.

"참깨 유자 소스를 곁들인 수란, 전복 내장 소스를 곁들인 찐 전복과 목이버섯입니다."

"전채 요리를 두 개나?"

"본래 오트 퀴진에서는 찬 애피타이저와 따뜻한 애피타이저를 각각 하나씩 준비하니까요."

심사 위원들이 경악을 금치 못했다.

'원래라면 그렇다지만…….'

준비된 게 전혀 없는 상태에서 이토록 구색을 갖춘 코스를 선보이리라고는 추호도 예상치 못한 까닭이었다.

"훌륭한 맛이네요."

"혀가 즐겁습니다."

이번에도 호평이 이어졌고.

"그럼 주요리를 준비하겠습니다."

도진이 다시금 넓은 타원형 접시를 꺼내 들었다.

"비앙드(*viande : 육류를 활용한 코스)와 *푸아송(*poissons : 생선을 활용한 코스)을 동시에 내드리겠습니다. 버터에 튀긴 삼치와, 스페인식 대파 구이인 칼솟을 곁들인 한우 채끝입니다."

말을 마친 도진이 곧장 심사 위원들이 보는 앞에서 플레이팅을 시작했다.

접시 가운데에 노릇하게 구워진 대파 요리 칼솟을 가지런히 내려놓았고…….

연달아 양옆으로 버터에 튀긴 삼치와 미디엄 레어로 구워낸 채끝을 올려 두었다.

그러고는 테두리에 된장을 첨가해 감칠맛을 더한 로메스코 소스를 둘러 냈다.

"본래 오트 퀴진처럼 푸아송을 먼저 드신 이후에, 비앙드를 드셔 주시면 감사하겠습니다."

심사 위원들은 자신들의 본분을 망각한 채로 미식을 즐겼고.

"푸아송은 고소하면서 짭조름한 맛이 일품이로군요."

"삼치구이에 칼솟을 곁들이니 담백함이 중화되네요?"

"생각지 못한 조화라고 해야 할까요? 훌륭합니다."

이내 도진이 활짝 웃으며 디저트를 준비하기 시작했다.

짧은 굽이 있는 고블릿 잔에 담아낸 자두 소르베.

계피 향이 물씬 풍겨 입맛을 자극할 따름이었다.

"달콤해요."

한소희가 연거푸 극찬을 늘어놓았다.

"이 정도면 정말 미세하게 간소화된 퀴진의 느낌인데, 구성이 놀라우리만큼 탄탄하네요. 담백한 삼치 이후에 전개된 눅진한 육류 메뉴, 연달아 입안을 환기시켜 주는 달콤한 디저트까지."

만약 파인다이닝에서 이런 코스를 맛보았더라면?

"값을 지불하지 못해 죄송할 따름입니다. 영업 중인 파인다이닝에서 이런 코스를 선보였더라면 무조건 재방문을 했을 거예요."

그녀가 할 수 있는 최고의 극찬이었고.

타닥-.

수저를 내려놓은 다른 심사 위원 중 그 누구도 입을 떼지 못할 따름이었다.

완성도 있는 음식들이 연속된 코스였기에 별다르게 덧붙일 말이 없던 까닭이었다.

"이렇게 한식의 느낌을 물씬 살린 코스를 구성하게 된 이유가 있나요?"

요리의 맛을 되새기고 있던 심사 위원들 사이에서 가장 먼저 한소희가 물었다.

그에 도진의 입에서는 마치 질문을 예상한 사람처럼 빠르게 대답이 나왔다.

"오트 퀴진, 그러니까 코스 요리라고 말하면 보통 서양 요리를 떠올리게 되는데, 최근 국내에 파인다이닝 문화가 많이 들어오고 있는 만큼⋯⋯."

심사 위원들이 잠시 숨을 고르는 도진의 입을 주목했다.

"누구나 익숙한 맛을 조금씩 더해 익숙하지 않은 것에 대한 거부감을 낮추고, 조금 더 쉽게 다가갈 수 있도록 동서양의 조화를 이루어 보고 싶었습니다."

심사 위원들 사이에서는 잠시 정적이 흘렀다.

"그렇군요. 그럼 심사는 여기까지 하고."

강혜정이 고요를 깨고 도진에게 말했다.

"전부 심사가 끝난 뒤 결선 진출 발표가 있을 예정이니 대기해 주시면 됩니다."

그러고는 덧붙였다.

"오늘 코스, 훌륭했습니다."

더 이상의 말은 필요 없었다.

도진은 심사 위원들이 떠난 후 안도의 한숨을 내쉰 뒤 조리대 정리를 시작했다.

정식은 아니더라도, 직접 짠 구성의 코스를 낸다는 건 언제나 떨리고 설레었다.

긴장하지 않은 줄 알았건만 심사가 끝났다고 생각하니 긴장감이 풀려 노곤해졌다.

'그나저나 너무 빨리 끝났는걸.'

아직 분주하게 요리하는 참가자들 사이에서 홀로 주변 자리 정리까지 마무리했으나 여전히 시간이 많이 남았다.

멀뚱히 본인의 자리에서 심사가 끝나길 기다리기를 한참.

도진은 도저히 지루함을 참지 못하고 주변을 향해 고개를 돌려서는 다른 참가자들의 조리대를 살펴봤다.

다른 참가자들이 한껏 집중해 요리하는 모습.

긴장감이 가득 깃들어 있는 참가자들의 면면에서 요리에 대한 진지함이 물씬 느껴질 따름이었다.

그렇게 30분가량이 지났을 무렵.

띵동!

띵동!

차츰 여기저기서 완성을 알리는 벨이 울리기 시작했다.

모든 심사가 끝난 뒤.

"그럼 이제 취합 채점을 시작해 볼까요?"

심사 위원들은 각자의 심사표를 든 채 고민에 빠져 있었다.

"62번, 김태평 참가자의 경우에는 코스 구성 자체는 조금 아쉬웠지만, 음식 자체의 퀄리티는 훌륭했습니다."

"12번은 디저트 메뉴가 아주 훌륭하더군요. 아무래도 특기가 베이킹인 만큼 강점을 잘 살리지 않았나⋯⋯."

"저는 80번 참가자가 마음에 들었어요. 노련한 코스 구성하며 실력도 역시 경력을 허투루 쌓은 것 같진 않더라고요."

이런저런 참가자들에 대한 심사평을 나눔과 동시에 한숨이 나오는 것도 분명했다.

"걱정했던 것보다 다들 아주 잘해 준 것 같습니다."

"이번 대회는 정말 팽팽하네요."

"그러게요. 우열을 가리기 힘들군요."

심사표를 넘기던 강혜정이 말했다.

"하지만 역시 오늘 가장 인상 깊었던 건 그 친구였네요."

한소희가 당연히 예상했다는 듯 대답했다.

"35번 말씀하시는 거죠?"

그도 그럴 것이, 오늘 가장 완벽한 코스를 낸 것은 35번 참가자 김도진이 유일했다.

적당히 매콤달콤한 아뮤즈 부쉬로 입맛을 돋우고 코스에 대한 기대감을 살린 뒤.

상큼하고 고소한 맛의 수란, 눅진하고 진한 내장 소스를 곁들인 쫀득한 전복의 전채 요리.

그리고 담백한 삼치와 부드러운 스테이크에 구수한 듯 짭 짤하고 매콤한 소스.

톡 쏘는 계피 맛이 입안을 환기시켜 주고 갈무리해 주던 완벽한 디저트 소르베까지.

맛은 물론이고 식감까지 신경 쓴 듯한 각 메뉴의 조화, 그 모든 것이 완벽했다.

쉴 틈 없이 전개된 코스의 플레이팅 또한 이루 말할 수 없 으리만치 놀라웠고…….

약식 코스에, 심사하는 처지임에도 불구하고 제대로 된 정 찬을 대접받은 듯한 느낌이었다.

"배짱도 아주 두둑한 것 같더군요."

바로 눈앞에 본인의 요리를 평가하는 이들이 있음에도 불 구하고 한 치의 떨림 없이 본인의 뜻을 정확히 말하는 것은 쉽지 않은 일이었다.

"당장 현역에서 뛴다고 해도 문제없을 정도의, 아니 오히 려 단숨에 치고 올라올 것 같은 친구입니다. 다음 메뉴가 무 엇일지 궁금하게 만드는 실력이 분명해요."

"본인이 정한 명확한 콘셉트가 있다는 게, 오트 퀴진에 대한 이해도가 아주 높은 것 같습니다. 도대체 이런 친구가 어디서 나타난 건지."

도진에 대한 평가는 꽤 길게 이어졌다. 그만큼 그에게 기대하는 바가 커졌고, 다음 요리는 무엇이 나올 것인가에 대한 궁금증 또한 컸다.

"아무튼 다들 의견이 통일된 듯하네요. 그럼 이번 결선 진출자는 이렇게……."

긴 고뇌 끝에.

드디어 결선 진출자들의 명단이 완성되었다.

"참가자분들은 대회장 중앙으로 모여 주세요!"

대기실의 소란스러움을 뚫고 들리는 한마디에 참가자들이 순식간에 조용해졌다.

"심사 결과 발표가 있겠습니다! 참가자들은 대회장 중앙으로 모여 주세요!"

진행 요원의 말에 우르르 대기실 밖으로 향하는 사람들의 발걸음이 빨라졌다.

도진 또한 인파를 따라 대회장 중앙으로 향했고, 이윽고 모두 모였을 때.

한소희가 마이크를 들었다.

─다들 모인 것 같군요. 그럼 결선 진출자를 호명하도록 하겠습니다.

장내에 고요함 사이로 긴장감이 흘렀다.

─20번. 12번. 72번.

연달아 불리는 참가자들의 번호에 곳곳에서 환호가 들렸다.

─30번. 11번. 62번. 그리고…….

결선에 진출한 이들은 기쁨을 숨기지 못한 채 소리를 내질렀다.

그리고 가장 마지막.

─35번.

도진의 번호가 불렸다.

─이상 열 명의 참가자들이 결선에 진출하게 되었습니다.

결선에 진출하지 못한 참가자들은 아쉬움을 숨기지 못한 채 발걸음을 돌렸다.

─다음 결선의 경우 일주일 뒤인 토요일, 오전 10시 이곳에서 진행될 예정이며…….

도진을 포함한 결선 진출자들은 잠시 자리에 남아 결선 진행에 대한 설명을 듣고 있었다.

대회장의 정리로 분주한 진행 요원들 사이에서 그런 그들을 유심히 지켜보는 한 남자가 있었다.

한편.

"흠."

한 남자가 팔짱을 낀 채로 도진을 빤히 바라봤다.

국내 서바이벌 예능 프로그램계의 대부.

시청률의 냄새는 기가 막히게 잡는 개코.

손대는 것마다 성공시키는 예능계의 미다스의 손.

유능한 예능 감독 김 PD였다.

올가을 그가 새롭게 시작하는 요리 서바이벌 프로그램의 자료 조사 차원에서 이곳에 나와 있었다.

지난밤 프로그램 구성 기획을 수정하느라 밤새 머리를 싸매고 있었던 탓인지 피로감에 한껏 휩싸여 있었으나…….

─제가 이번에 심사로 참여하게 된 대회가 있는데 참고가 될 수도 있겠군요. 한번 보러 오시겠습니까? 어쩌면 눈에 띄는 참가자 재목을 찾아 출연시킬 수 있을지도 모를 노릇이고요.

심사 위원으로 합류하기로 한 최석현 셰프의 배려를 무시할 수도 없는 노릇이었다.

게다가 규모도 꽤 큰 대회였기에 분명 진행과 규정 등에 참고할 만한 점도 있을 게 분명했다.

─사실 제가 점찍어 둔 참가자가 한 명 있긴 합니다.

지난번에 최석현에게 들은 말을 떠올린 김 PD가 김도진을 들여다봤다.
'저 친구인가?'
칭찬에 인색하기로 유명한 최석현 셰프가 점찍어 두었다며 너스레를 떨 정도라면 뛰어난 실력을 지닌 수재가 분명했다.
그리고…….
최연소 결선 진출자인 35번 참가자 김도진은 예선, 본선 모두 가장 먼저 조리를 끝마쳤으며.
'심사 위원들에게 호평까지 받아 냈지.'
그가 상상의 나래를 펼쳐 봤다.
'만약 저 친구가 대상을 받는다면…….'
쟁쟁한 현역 요리사들이 출전하는 전국 대회의 최연소 대상 수상자로 기록될 것이다.
기껏 해 봐야 고등학생밖에 되지 않은 학생이 이 정도 실력을 지녔다면 좋은 상품이다.
'어떻게 포장하면 좋을까?'
그는 이미 도진의 출연을 확정 지어 둔 채 어떻게 방송에 비춰야 더 큰 화제를 끌 수 있을지에 대해서만 고민 중이었다.

요리 대회의 본선이 끝난 뒤, 도진은 결선을 기다리며 다시금 일상을 영위했다.

　한데, 어째서일까?

　부모님의 백반집을 도와주러 나온 도진을 보는 손님들의 시선이 사뭇 달라져 있었다.

　"그렇지? 이 집 아들이……."

　"아유 글쎄, 그렇다니까!"

　상을 치우는 어머니를 대신해 직접 완성된 음식을 나르던 도진의 얼굴에 의문이 떠올랐다.

　'상가 이모들이 나를 너무 쳐다보는 것 같은데, 착각인가?'

　이내 도진이 자신을 빤히 바라보는 시장 손님들에게 넌지시 물음을 건넸다.

　"죄송합니다만, 제 얼굴에 뭐 묻기라도 했나요?"

　"어머, 얘. 능청스럽긴? 시장에 소문 다 났어."

　그 말에 도진이 '소문?' 하고 되묻자 시장 손님들이 한마디씩 거들었다.

　"너희 아버지가 틈날 때마다 시장 돌아다니면서 얼마나 자랑을 하는지 모르지?"

　"아유! 말도 마, 도진아. 누가 보면 너희 아버지가 결선 진출한 줄 알겠더라, 얘!"

이내 아버지께서 허겁지겁 홀로 나오셔서는 소리쳤다.

"내가 언제 자랑을 했다고!"

어머니는 머쓱한 듯 되레 큰 소리를 내는 아버지의 등짝을 찰싹 치며 말했다.

"아니긴 뭐가 아니에요! 동네방네 자랑하고 다녔으면서!"

도진은 그런 부모님을 보며 미소를 지었다.

'보기 좋네.'

새삼 이렇게 사이좋은 부모님을 볼 때면 때때로 이게 꿈은 아니겠지, 하는 생각이 들곤 했다.

하지만 자신의 꿈을 이루기 위해서 차근차근 목표를 이뤄 나가고 있는 현재는 분명 현실이었다.

지금 당장 집중해야 할 것은 다가올 결선의 주제였다.

　　─결선 주제는 '가을'입니다.

다분히 추상적인 주제였으나 준비에 쓸 수 있는 시간은 고작 사흘뿐이었다.

'어떻게 준비해야 좋으려나.'

우선은 직관적으로 가을 하면 떠오르는 제철 식재료를 쭉 한번 떠올려 봤다.

밤, 은행, 참나물, 유자, 소라 등등.

아마 대다수의 참가자가 자신과 비슷한 방식으로 주제에

접근하고 있으리라.

'무언가를 더 추가해야 해.'

도진은 가을의 '이미지'를 코스에 녹여 낼 생각이었다.

가을을 알리는 선선한 바람과 살랑거리는 갈대.

붉은 단풍잎, 노을, 가을 특유의 선선하되 따스한 분위기.

코스를 즐기는 동안 자연스럽게 가을을 맞이할 수 있도록.

플레이팅을 활용해서.

그가 할 수 있는 모든 것을 그릇 위에 표현해 낼 생각이었
다.

며칠이 더 흘러 결선 당일 아침이 밝았고.

"졸려 죽겠네."

김 PD는 이른 아침에 달랑 방송용 35mm 카메라 한 대와
조연출 한 명을 데리고 전국 요리 대회 대회장으로 향했다.

곧 방영될 서바이벌 예능 프로그램에 자료 영상으로 송출
할 최석현의 촬영분을 확보해 놓기 위함이기도 했지만……

'김도진.'

사실 김도진의 뒷조사를 위함이 더 컸다.

'경력란이 정말 깨끗했단 말이지.'

굳이 기입하지 않았을 뿐이지 어딘가 학원이라도 다녔으

리라 생각했건만, 막내 작가가 취재해 온 내용 어디에서도 요리를 배운 흔적이 없었다.

'정말 독학이라면 더 대박인데?'

주최 측을 통해 들은 바에 따르면 부모님이 운영하고 계신 백반집에서 요리를 연습해 왔다고 했다.

부모님의 업을 거들며 요리 실력을 쌓은 소년이 쟁쟁한 현역 요리사들을 무찌르고 전국 대회에서 우승을 거뒀다?

'사실이라면 어떻게든 출연시켜야 해!'

실로 드라마틱한 스토리였다.

"PD님, 대회 시작하나 본데요?"

"카메라 잘 돌아가고 있지?"

"그럼요. 하루 이틀 하는 것도 아니고."

하품을 해 보인 조연출이 되물었다.

"셰프님만 팔로우하면 되잖아요?"

이내 김 PD가 고개를 저었다.

"아냐. 35번도."

"예?"

"35번도 담아 봐."

"10분 뒤에 결선을 시작하겠습니다."

한소희의 말에 결선까지 진출한 열 명의 참가자들이 분주하게 움직여 식재료를 골라 담기 시작했다.

가을.

다들 '가을'이라는 주제에 맞는 요리를 선보이기 위해 한없이 집중한 채로 식재료를 살펴 댔고.

'좋은 식자재가 많네.'

도진 역시 그 틈바구니에 섞여 결선에서 선보일 요리에 쓸 식재료를 골라 담았다.

또한.

이미 어떻게 '가을'을 표현할 것인지에 대해서도 모든 구상을 마쳐 둔 채였다.

'좋아.'

우리는 계절이 변화했음을 다양한 감각으로 느낄 수 있다.

피부에 닿는 공기의 온도.

계절마다 다른 향, 풍경, 바람의 결에 이르기까지.

'그뿐만 아니라.'

그 외에도 계절을 느낄 수 있는 또 다른 방법.

미각.

식탁 위, 입안에서 느낄 수 있는 계절의 변화.

가을을 어떻게 표현할 것인가?

여름과 겨울의 사이 하늘이 맑아 높고 푸르게 보이고, 온갖 곡식이 익는 천고마비의 계절.

다른 계절에서는 쉬이 느끼기 힘든, 진하고 풍미를 가진 재료들을 맛볼 수 있는 시기.

그렇기에 가을은 미식가들이 특히 손꼽아 기다리는 계절이기도 하지 않았던가?

흔히들 가을 하면 떠올릴 수 있는 음식을 말하면 보통은 제철 음식을 떠올리기 마련이다.

'하지만 그것만으로는 아쉬워.'

자신의 장기인 접시 위에 그림을 그리는 탐미적인 플레이팅.

이를 활용해.

미각과 시각을 활용해 가을을 느낄 수 있도록 할 셈이었다.

"그럼 결선, 시작하겠습니다!"

삐이이익—.

시작을 알리는 휘슬 소리에 참가자들이 일제히 몸을 움직였다.

결선의 주제는 가을. 다만 이를 2시간 30분 안에 코스 형태로 나타내야 했기에…….

'시간이 촉박하겠어.'

가리비와 아보카도, 바질, 양갈비, 밤, 손질해야 하는 식재료만 하더라도 한가득하였다.

해야 할 것이 많았기 때문에 재료를 손질하는 도진의 손길에는 망설임이 없었다.

도진은 가장 먼저 귀리를 빠르게 불려야 했기 때문에 따듯한 물에 담갔다.

귀리가 붇는 사이에는 뭉근하게 오래 끓여야 하는 *포타지(*potage)를 준비했다.

이탈리아 식탁에서 가을의 전령이라고 불리는 포르치니 버섯을 가지, 당근, 호박과 같은 채소들과 함께 진하게 끓여 낸 수프.

송이버섯처럼 소나무 근처에서 자라나는 포르치니 버섯은 향이 진하고 강해 특유의 풍미가 몹시 인상적인 식재료였다.

크림을 베이스로 약한 불에 뭉근하게 끓이기 시작하자 벌써 포르치니 버섯 특유의 향이 코를 스쳐 지나갔다.

'좋네.'

10분 정도 불린 귀리를 대추야자와 우유, 생크림, 달걀과 설탕, 소금을 넣고 믹서에 갈아 주었다.

'빨리 얼어야 하니까…….'

도진이 곱게 갈린 귀리 아이스크림 베이스를 넓은 트레이에 고루 부어 냉동실에 넣었다.

가장 시간이 오래 걸리는 두 가지 요리의 준비를 끝낸 뒤.

확인한 타이머는 2시간 5분.

예상보다 넉넉하게 남은 시간에 도진은 한숨을 돌리고는 다시 양갈비의 손질을 시작했다.

원활한 대회 진행을 위해 바삐 움직이는 진행 요원들 사이에 우두커니 서 있어 유독 도드라지게 보이는 두 사람.

김 PD와 조연출이었다.

카메라를 들고 있던 조연출이 김 PD의 시선 끝을 따라 고개를 돌렸다.

"눈독 들이고 있다던 친구가 저 친구죠?"

"보면 몰라?"

"알죠, 35번 팔로우하라고 지시하셨잖아요."

조연출이 낮게 덧붙였다.

"PD님께서 말씀 안 해 주셨어도 돋보였겠는데요."

결선에 진출한 열 명의 참가자들 사이에서도 가장 눈에 띄는 도진이었다.

군더더기 없는 손길로 빠르게 양갈비의 근막을 제거해 나가는 도진의 손길은 김 PD 자신이 봐도 너무 능숙했다.

재료를 다듬고 손질하는 칼질은 몇 년이고 주방에서 일해 온 사람 같았다.

그렇기에 더욱이 의문이었다.

"저 친구 말이야. 요리하는 모습을 보면 경력이 꽤 되는 것 같지 않아?"

"35번 참가자요? 딱 봐도 엘리트 코스로 조기 교육받은 게 아닐까 싶네요."

가슴팍에 큼지막하게 붙은 35번이라는 번호표를 달고 있는 도진을 한참 바라보던 조연출이 말했다.

"근데 경력이 없어."

"네?"

"경력이 아예 없어."

김 PD는 믿을 수 없다는 듯이 카메라 너머의 도진과 자신을 번갈아 보는 조연출을 바라보았다.

"깨끗해. 경력도 없고, 전문적으로 배운 기록도 없더라. 너는 저걸 보고도 믿기냐."

"에이, 그럴 리가요. 그게 진짜면 집에서만 요리했다는 건데, 무슨 신이 내린 악마의 재능…… 뭐, 그런 거 아니에요?"

"그러게나 말이다. 서류상으로는 너무 깔끔해서 진짜인가 싶다가도, 저렇게 요리하는 걸 보니 이게 말이 되나 싶고……."

말끝을 흐린 김 PD가 상념에 잠겼다.

'참 흥미로운 친구야. 과연 앞으로 어떤 모습을 더 보여 줄 수 있을지…….'

자신이 그리는 청사진에 도진을 어떻게 끼워 넣고 그려 나가야 할 것인지가 관건이었다.

물론 당장 가장 중요한 건 도진이 그의 프로그램에 출연할 의사가 있는지였지만 말이다.

남은 시간 30분.

띵-.

두 시간의 시간이 흐른 시점, 처음으로 요리의 완성을 알리는 벨이 울렸다.

벨 소리를 들은 심사 위원들이 일제히 자리에서 일어나 심사를 위해 완성된 요리를 맛보기 위해 발걸음을 움직였다.

참가자들은 아닌 척하면서도 고개를 힐끔거리며 첫 번째 심사받게 될 이를 탐색했다.

심사 위원들의 시선이 닿은 곳은 예선과 본선을 거쳐 결선에서도 또다시······.

35번, 도진의 앞이었다.

"또 김도진 씨네요."

이제는 익숙한 듯 한소희가 말을 건넸다.

"제가 손이 좀 빠릅니다."

여유롭게 농담으로 받아친 도진은 자신의 앞에 자리한 심사 위원들을 바라보았다.

"오늘을 끝으로 김도진 참가자의 요리를 맛볼 수 없으리라 생각하니 울적해지는데요."

대회 초반만 하더라도 도진을 부정적으로 생각하던 그녀였으나 인식이 송두리째 달라진 채였다.

그녀는 실제로 도진이 선보인 여러 요리에 매료되었고 진심으로 이를 아쉬워하고 있었다.

결선을 끝으로 수상자가 모두 가려질 예정이었으므로, 이번이 마지막 심사인 셈이었으니까.

"우선 아뮤즈 부쉬부터 내드리겠습니다."

식전 빵과 함께 나온 첫 번째 요리는 으깬 아보카도와 브리타뉴 치즈를 섞어 만든 아뮤즈 부쉬였다.

도진이 플레이팅을 마친 접시를 심사 위원 앞에 놓자…….

아뮤즈 부쉬 위에 가니시로 쓰인 강아지풀과 가을꽃 줄기가 살랑 흔들렸다.

"아뮤즈 부쉬 산들바람입니다. 으깬 아보카도와 브리타뉴 치즈를 섞어 만들었습니다. 식전 빵에 발라 드시면 될 것 같습니다."

한소희는 순간 입술 틈새를 비집고 나오는 감탄을 참지 못하고 탄성을 흘리며 말했다.

"와, 가을 분위기가 물씬 느껴지는데요?"

홀린 듯 손을 뻗어 작은 숟가락으로 한입 입에 문 '산들바람'은 입안에 가을을 알리는 듯했다.

으깬 아보카도에 프랑스산 가을 치즈가 담백하게 잘 버무려진 크리미한 식감 사이로…….

은은한 단맛이 느껴지는 잘게 다진 오독오독한 생밤 특유의 텍스처가 고스란히 전해졌다.

한소희의 멈출 줄 모르는 숟가락에 다른 이들도 이에 질세라 앞다투어 아뮤즈 부쉬를 시식했다.

"입안에서 부드럽게 으깨지는데 중간중간 단단한 생밤의 식감이 상당히 재미있어요."

그때 다음 요리를 준비하는 도진을 유심히 지켜보던 백종수가 궁금함을 참지 못하고 입을 열었다.

"다음 메뉴는 뭡니까?"

"포르치니 수프입니다."

도진이 오목한 접시 안에 끓여 걸쭉해진 버섯 수프를 담고는 삶아서 잘라 두었던 소라를 토핑했다.

그러고는 수프의 표면 위로 금박을 파슬리처럼 솔솔 흩뿌리기 시작했다.

꿀꺽ㅡ.

냄비 뚜껑을 열자마자 코끝을 스치는 포르치니 버섯 향.

'이렇게 진하고 달콤한 향이라니 과연 얼마나 맛있을는지…….'

더욱 놀라운 건 플레이팅이었다.

"이건 꼭……."

이내 도진이 답했다.

"가을의 석양입니다."

모두가 도진의 의도를 파악할 수 있었다.

수프 위로 뿌려진 금가루가 꼭…….

석양 아래 강물의 *윤슬(*물비늘)처럼 보였으니까.

"정말 놀라우리만큼 탐미적이군요."

앞선 아뮤즈 부쉬의 플레이팅도 놀라웠지만, 이 버섯 수프 또한 만만치 않았다.

"그럼 어디 한번……."

비장하게 숟가락을 들어 올린 백종수가 수프를 한 입 떠서 맛보았고.

"하, 거참!"

그가 고개를 내저으며 덧붙였다.

"정말 안 되겠군요."

"네?"

"대회의 결과와는 무관하게."

백종수가 낮게 덧붙였다.

"……싶습니다."

이내 도진이 '예?' 하고 되물었고.

"제가 김도진 참가자를 후원하고 싶습니다."

백종수가 파격적인 제안을 해 왔다.

뜻밖의 기회

"후원요?"

백종수가 고개를 끄덕였다.

"예, 저 돈 많습니다."

여러 외식 프렌차이즈를 줄줄이 성공시키며 성공한 사업가로 자리매김한 그였다.

"김도진 씨가 원하는 그 어떤 교육이든 무상으로 받으실 수 있도록 후원하겠습니다. 단 모든 과정을 이수하신 뒤에는 저와 함께 새로운 프렌차이즈 브랜드를 창립하는 조건으로요."

그 말에 도진이 '아……' 하고 침음했고.

"그 어떤 배움도 없이 독학만으로 이 정도 수준의 요리를 선보일 수 있다면, 정식적인 가르침까지 받았을 때는 어떤 수준일지 궁금해질 지경입니다. 프랑스의 르 코르동 블루, 미국 CIA, 일본 츠지 요리학교 등 어느 학교든 학비를 지원하겠습니다."

말을 마친 그가 다른 심사 위원들을 의식하고는 냅킨으로 입 끄트머리를 닦아 냈다.

"일단 이 사안과 관련해서는 추후에 다시 이야기하도록 하죠. 물론 이번 대회의 심사는 최대한 객관적이고 공정하게 진행하도록 할 겁니다."

그 말에 도진이 고개를 끄덕였다.

'나쁘지 않은데?'

오랜 기간 발목을 잡힐 독소 조항이 삽입된 계약만 아니라면 '학비'에 대한 문제를 말끔히 해결할 수 있을 게 분명했다.

전생에서는 요리에 대한 제대로 된 가르침을 받지 못하고 곧바로 필드에서 현역으로 활동하며 숙련도를 쌓아 오지 않았던가?

마침 배움에 대한 결핍이 있었기에 이번 생에서는 요리 전문대학에 진학해 볼까, 하는 고민을 하고 있던 참이었다.

'뭐, 꼭 대학에 진학하지 않더라도…….'

백종수와 진중한 대화를 나눠 파인다이닝 후원을 약속받을 수 있을지도 모를 노릇이었다.

"우선 심사부터 마저 진행하도록 하죠."

백종수의 말에 강혜정이 숟가락을 내려놓으며 물었다.

천재셰프
회귀하다

"왜 포르치니 버섯을 썼죠?"

도진은 그 눈길을 피하지 않고 답했다.

"가을은 풍미가 짙은 식자재들이 많이 수확되는 시기이니만큼, 그중에서도 가장 풍미가 짙은 재료가 뭘까 하다가 사용하게 되었습니다."

"다른 선택지도 많았을 텐데, 굳이 코스에 포타지를 넣은 이유도 있나요?"

"앞서 말했던 것처럼 가을은 수확의 계절이라고들 하잖아요. 자연이 인간이 쏟은 수고와 땀의 대가를 성실하게 돌려주는 계절이듯……."

도진이 그릇을 내려다보며 말했다.

"포타지도 마찬가지라고 생각했습니다. 뭉근하게 오래 끓여 정성을 들이는 만큼 맛있어지죠."

"그렇게 말하니 어딘가 닮은 구석이 있는 듯하네요. 다들 궁금한 거 없으면 다음 코스로 넘어가도 되겠죠?"

강혜정이 눈짓으로 물어보자 다들 이의 없다는 듯 고개를 끄덕였다.

그를 본 도진이 조리대 한편에서 유리 돔으로 덮어 두었던 접시를 심사 위원들에게 내밀었다.

"이건……?"

도진이 자신감 넘치는 투로 답했다.

"오늘의 메인으로 준비한 훈연한 양갈비입니다."

그 말과 함께 유리 돔을 열자, 안개처럼 가득했던 훈연의 흔적이 흩어지며 양갈비의 모습이 드러났다.

뚜껑을 여는 순간 퍼지는 훈연 향에 심사 위원들은 기분 좋은 미소를 지었다.

겹친 양갈비의 끝 비스듬히 기울어 있는 뼈 주변으로 흩뿌려져 있는 소스.

"알록달록한 게, 마치 단풍 같네요. 어떤 소스죠?"

"라즈베리와 오렌지를 이용해 만들었습니다."

그들이 질의응답을 하건 말건 재빨리 칼을 쥐고 양갈비를 몇 점 썰어 낸 백종수가 한입 빠르게 먹더니 감탄을 내뱉었다.

"와, 이건 진짜 제대로네요!"

양고기 특유의 누린내는 전혀 없었고 오히려 훈연해서 그런지 산뜻했다.

거기에 베리류 소스 특유의 달콤함과 오렌지 소스의 새콤함이 곁들여져 적절한 균형을 이뤘다.

그리고 어떻게 시간을 맞춘 건지 적당히 구워 낸 양갈비는 전혀 질김 없이 부드럽게 입안에서 녹아내렸다.

문득 너무 정신없이 먹은 듯한 느낌에 고개를 든 백종수가 다른 심사 위원들을 바라봤으나……

그들 또한 다르지 않은 모습이었다.

'이거, 심사가 아니라 완전 식사가 되어 버렸네.'

그들은 이미 도진의 요리에 흠뻑 빠져 있었다.

"고생 많으셨습니다."

그렇게 심사가 모두 끝난 이후.

"35번 참가자."

오늘따라 유독 말이 없던 최석현이 잠시 도진을 바라봤다.

"네?"

정적이 흐르기를 잠시.

"큼, 흠!"

헛기침을 한 그가 낮게 속삭였다.

"저도 돈 많습니다."

"예?"

"백종수 대표님만큼."

그러고는 그 말을 끝으로 도진의 조리대를 떠났다.

"수고하셨습니다."

"감사합니다!"

마지막으로 요리를 완성한 참가자의 심사까지 모두 다 끝난 뒤, 한소희가 마이크를 들었다.

─이상으로 심사를 모두 마쳤으며, 최종 심사 결과는 20분 후 발표하도록 하겠습니다. 참가자들은 그동안 자유롭게 쉬시고, 휴식 후 이곳으로 모여 주세요.

제각기 휴식을 취하러 가는 참가자들의 모습을 보며 심사 위원들은 대기실로 향했다.

"본선에서 한번 겪었다고는 하나 역시 아쉬운 부분들이 있는 것 같습니다. 주제가 너무 어려웠던 걸까요?"

"시간이 촉박하다 보니 억지로 끼워서 맞춘 메뉴들이 조금 있었죠. 이해는 되지만……."

최석현과 백종수가 입맛을 쩝 다시며 아쉬움을 토로하자 한소희가 고개를 끄덕이며, 두 사람을 휙 지나쳐 앞서 나가며 말했다.

"아쉽기는 하죠. 그래도 그래서 참가자들의 실력을 더 쉽게 파악할 수 있었던 것 같아요."

"맞죠. 그래서 더 도드라지게 보이는 친구들도 몇 있었고……."

가장 앞서가던 강혜정이 한소희의 말에 동의하며 대기실의 문을 열었다.

"자, 그럼…… 우리는 빨리 결과를 한번 내 보자고요."

넓은 타원형 테이블에 마주 앉아 각자의 심사표를 펼지는 심사 위원들.

어지럽게 펼쳐져 있는 심사표 사이로는 참가자들의 이름과 얼굴이 프린팅되어 널브러져 있었다.

"전 역시 이 참가자가 좋았어요."

"그 참가자는 코스 구성은 좋았는데……."

천재셰프
회귀하다

"담음새가 너무 투박해서 아쉬웠죠?"

"네, 맞아요. 정확히 맞히셨네요."

심사 위원들이 머리를 맞대고, 입을 모아 심사 결과를 내기 위해 열띤 토론을 나눴다.

앞부분에 너무 힘을 줘서 코스가 편향된 느낌이 없지 않아 있었던 참가자.

시간이 부족했는지 의도치 않게 스테이크가 너무 설익었던 참가자나, 반대로 오버 쿡을 해 버린 참가자.

전체적으로 맛에 대한 조화는 있었으나 무엇을 말하고자 했는지 알 수 없었던 참가자.

결선까지 올라온 이들은 분명 실력자들이 분명했음에도 어쩔 수 없이 아쉬운 부분들이 있었다.

파인다이닝의 주방 인원이 아무리 적다고 하더라도 대부분이 최소 여덟 명 이상인 것을 생각하면…….

비단 제한 시간 내에 혼자 코스를 준비함이 버거울 수밖에 없는 것이 당연했다.

"역시 혼자서 한다는 게 쉽지는 않았던 것 같네요."

하지만 그런 데도 그 모든 조리 과정과 요리를 완벽하게 해낸 사람 또한 있었다.

이번에도 가장 처음으로 심사받았음에도 요리의 완성도며, 코스의 퀄리티가 눈에 띄게 우월했던.

35번 참가자, 도진이었다.

"이번에도 35번 참가자가 가장 먼저 심사받았죠?"

"정말 그 친구는 실망하게 하는 법이 없는 것 같습니다."

"지난번에도 느꼈지만 오트 퀴진이 너무 익숙한 것 같아요."

"마치 이미 몇 년이고 주방에서 경험해 본 사람처럼."

최석현이 끼어들었다.

"특히 그 훈연한 양갈비는 우리 팀 그릴 파트도 그렇게 완벽하게 해내지는 못할 것 같습니다."

지난 본선에서도 느꼈지만, 도진의 코스 구성은 여느 베테랑 못지않았다.

당장 이 코스 그대로 영업한다고 하더라도 전혀 부족함이 없을 정도였다.

게다가 주제에 맞는 제철 식자재를 너무 적지도, 그렇다고 과하지도 않게 사용하는 노련함이 있었다.

소라 껍데기에 포타지를 담는다거나, 소스의 색감을 이용해 가을의 낙엽을 나타내는가 하면…….

"디저트로 나온 귀리 아이스크림도 훌륭했죠."

"황금빛 꿀타래를 만들어서 올린 게……."

"꼭 밀밭을 바라보는 느낌이 들더군요."

나타내고자 하는 주제 의식이 명확할 경우 특히 그의 손에서 시각화된 플레이팅이 빛을 발하는 것 같았다.

이번 결선에서 가을이라는 주제를 그 누구보다 신선하게 표현해 낸 건 도진이었다.

자신의 주관적인 해석을 적절하게 요리에 녹여 내 심사 위원임에도 불구하고 요리 자체를 즐기게 만든 그는……

"이미 아마추어 수준이 아니었어요."

"저 역시 같은 생각입니다."

"다들 어느 정도 정해진 것 같네요."

"그렇죠. 역시 대상은 아무래도……."

어쩌면 이미 예선에서 그의 요리를 맛본 순간.

모두가 예상했을지도 모르겠다.

─심사 결과 발표하도록 하겠습니다. 호명하는 참가자들은 앞으로 나와 주세요.

심사 결과의 발표를 앞둔 회장 내는 긴장감과 적막이 감돌았다.

─먼저 동상, 11번 강은호.

"네!"

이름이 불리기 무섭게 환호성을 내뱉으며 단상으로 올라간 참가자의 모습이 도진만큼은 아니었지만 퍽 어린 모습이었다.

아마 도진이 아니었다면 대회 중 가장 어린 참가자가 아니었을까 싶은 외향이었다.

－위 참가자는 본 대회에서 **훌륭한** 성적을 거두어…….

　시상하는 참가자의 두 눈에 기쁨과 열망, 그리고 다음에는 더 잘하겠다는 듯한 호승심이 보였다.

　'나도 요리를 시작한 지 얼마 안 되었을 때는 저런 얼굴이었을까.'

　도진은 문득, 처음 요리를 시작했던 카르만의 파인다이닝에서의 자기 모습을 떠올렸다.

　못 이룬 꿈을 위한 새로운 도약이라고는 하지만, 그 모든 것을 떠나서 도진은 역시 요리가 좋았다.

　자신이 만든 음식을 누군가가 맛있게 먹어 주는 것은 물론이고, 생각한 모든 것을 요리로 표현해 낼 때의 쾌감이 있었다.

　도진이 이런저런 생각을 이어 나가는 와중에도 시상은 계속해서 이어졌다.

　은상, 금상…….

　단상의 한소희가 차례대로 심사 결과를 발표하기를 잠시.

　마침내.

　대망의 대상 시상자의 이름이 호명되기 직전이었다.

　꿀꺽－.

　도진이 마른침을 삼켜 냈다.

　－서울시 전국 요리 대회 대상은…….

　당연히 우승을 거머쥐리라 생각하고 출전했다.

다만.

막상 호명이 시작되자 긴장감이 일렁였다.

지난 생(生)이 스쳐 지나갔다.

요리에 매몰됐다 해도 과언이 아닐, 미식에 대해 고민하며 보낸…….

그 젊음의 때가 통째로 뇌리를 스쳤다.

우승.

우승해야만 한다고 생각했다.

경쟁자들도 쟁쟁했으나, 도진은 그들을 경쟁자라 여기지 않았다.

자만이나 오만이 아닌 객관화를 통해 도출한 결론이었다.

필드에서 현역으로 보낸 시간만 해도 몇 년이던가?

주방 보조에서 수 셰프까지.

그리고 다시 제 이름을 건 파인다이닝을 열기까지.

고로.

못다 이룬 꿈을 이루기 위해서는 이번 대회가 '경쟁'의 형태가 아니어야 했다.

이윽고.

단상의 한소희가 손에 쥔 큐 카드를 물끄러미 들여다보기 시작했고.

─축하드립니다.

대상 시상자가 공개되자 장내에 희비가 엇갈렸으며.

"아."

도진은 짧은 침음을 흘릴 뿐이었다.

―35번 참가자 김도진.

한소희가 정확히 도진과 눈을 맞추고 말을 이었다.

―대상입니다.

대상이 발표되었음에도 장내에는 어수선한 정적이 감돌았
다.

짝짝짝.

조용한 장내를 깨운 건 누군가의 박수 소리였다.

누군가가 박수를 치기 시작하자 이내 고요했던 장내에 한
차례 우레와 같은 박수 소리가 울려 퍼졌다.

'드디어……!'

이윽고 도진은 안내에 따라 단상으로 올라갔다.

이미 예상이라도 했다는 듯 여유롭게 단상에 올라가는 도
진의 모습은 다른 참가자들과는 사뭇 다른 반응이었다.

두 눈을 휘둥그레 뜨며 자신이 맞냐며 되묻지 않았고, 눈
물을 글썽여 대며 격하게 기쁨을 표출하지도 않았다.

그저 당당하게 허리를 꼿꼿이 펴고 고개를 치켜든 채 연단
을 향해 묵묵히 걸음을 옮겼고…….

천재셰프
회귀하다

그런 와중에 '시상'을 위해 연단에 오르고 있는 도진에 대한 설명이 이어졌다.

–김도진 참가자는 다채롭고 조화로운 구성을 갖춘 품격 있는 오트 퀴진을 선보이며 심사 위원들로부터 감탄을 자아냈습니다.

한소희가 숨을 고르고는 재차 말을 이었다.

–또한, 본 요리 대회가 개최된 이후 최초로 고등학생 신분으로 시니어 부문에 출전해 입상은 물론 대상을 거머쥐었으며…….

그녀가 연단에 오른 도진을 바라봤다.

이윽고.

허공에서 두 사람의 시선이 맞닿기를 잠시.

–본 대회 역사상 가장 높은 점수인 총점 98점이라는 쾌거를 이룩해 냈습니다.

연단 앞에 다다른 도진에게 백종수가 트로피를 건네주며 작게 속삭였다.

"축하합니다."

"감사합니다."

그렇게 도진이 고개를 숙여 보이던 찰나.

"도진 군, 서로 연락처를 교환했으면 하는데."

"예?"

"이따가 시상 끝나고 명함 한 장 드리겠습니다."

의외의 말을 들은 도진은 깜짝 놀라서는 백종수를 바라봤으나, 그는 무어라 답하는 대신 사람 좋은 미소로 화답할 뿐이었다.

"자, 이제 기념사진 촬영이 시작될 예정이니 수상자분들은 나란히 서 주시겠습니까?"

트로피와 상금 액수가 적힌 하드보드지를 든 수상자들이 단상에 나란히 섰다.

도진 또한 한 손에는 트로피를, 한 손에는 3천만 원이라고 적힌 상금 패를 들고 가운데에 섰고…….

그 옆으로 심사 위원들과 업계 유명 인사들, 주최 측 주요 인사들이 나란히 서 기념 촬영이 이어졌다.

찰칵. 찰칵. 찰칵. 찰칵.

끊임없이 울리는 셔터 소리를 듣고 있노라니 문득 그런 생각이 들었다.

'드디어, 뭔가 시작된 것 같네.'

비록 서울시 요리 대회는 이로써 막을 내렸다지만 도진으로서는 이제야 뭔가가 시작된 것 같았다.

뭐랄까?

이제야 비로소 '꿈'에 닿기 위한 여정의 첫걸음을 막 내디딘 기분이라고 하면 좋으려나?

회귀 이전의 삶.

전생에 뿌려 놓은 씨앗이 이제야 자라나 열매를 맺기 시작했음이 분명했다.

"자, 조금만 웃어 주세요!"

이내 도진이 활짝 미소를 지어 보였다.

시작이다.

그래, 이제야 막 시작했을 뿐이었다.

시상식이 모두 마무리되자 장내가 한없이 어수선해졌다.

터벅, 터벅-.

연단 아래로 내려온 도진이 덤덤한 얼굴로 좌우를 둘러
봤다.

자신을 제외한 다른 수상자들은······.

하나같이 가족 내지는 친구들과 기념사진을 촬영하는 중
이었다.

"흠."

이내 도진 역시 아쉬운 마음에 손에 쥔 스마트폰을 괜히
슬쩍 바라봤다.

오후 여섯 시.

저녁 손님들이 밀물처럼 가게 안으로 밀려들어 올 시간이
었다.

시간을 확인하자 아쉬움이 싹 가시고 걱정이 들었다.

제 도움 없이 아버지 혼자 저녁 장사 준비를 마치셨을까?

"도진아!"

그때였다.

"도진아—!"

가게 일을 마치고 급하게 오신 걸까?

저 멀리.

어머니와 아버지가 눈에 보이기 시작했다.

"어머니! 아버지!"

도진이 놀람 반 반가움 반으로 부모님을 불렀고…….

"어떻게 오셨어요? 저녁 장사는요?"

이내 두 분 부모님께서 나직이 답하셨다.

"1년 내내 매일 할 수 있는 게 장사인데, 뭘."

"그래, 오늘은 일찌감치 가게 문 닫아 버렸다."

잠시 도진의 눈치를 살피던 아버지께서 물으셨다.

"그나저나, 결과는…….”

정적이 흐르기를 잠시.

"대상이에요."

그 말에 어머니께서 '어머머—.' 하고 중얼거리며 한쪽 손
으로 입을 꽉 틀어막았다.

아버지 역시 마찬가지.

한차례 '허.' 하고 침음하시고는 끝내 나직한 목소리로 뒷
말을 이어 나가셨다.

"고생 많았다. 대회 준비한다면서 매일같이 고생했던 걸
알고 있으니 이 말밖에 할 게 없구나. 바쁘다는 핑계로 부모

로서 응당 줘야 할 도움도 주지 못하고 그저 방관만 했던 것 같은데…….”

마른 입술을 축이며 말끝을 흐리던 아버지가 낮은 목소리로 말을 덧붙였다.

“잘 커 줘서 미안하고 고맙구나.”

그 말에 도진이 멋쩍은 양 고개를 슬쩍 떨궜고.

손.

두 분 부모님의 손이 눈에 들어왔다.

‘아.’

아버지의 손 위로 그간의 세월이 겹겹이 쌓여 있었다.

칼에 베이고, 불에 데어 생겨난 흉터들이 가득한 손.

맞잡은 어머니의 손 역시 별반 다르지 않아 보였다.

물기가 마를 날이 없었기에.

곳곳이 잔뜩 트고 갈라져 있을 따름이었다.

“어머니, 아버지.”

도진이 진심을 담아 말했다.

“감사합니다.”

그러고는 덧붙였다.

“더 잘할 거예요. 이게 시작이에요.”

때로는 온갖 미사여구로 장식된 화려한 말보다 진심 어린 눈빛과 한마디 말이 가슴 깊숙이 와닿을 때가 있기 마련이다.

바로, 지금이 그랬다.

눈 깜짝할 새에 며칠이란 시간이 훌쩍 지나가 버린 채였다.

서울시 전국 요리 대회에서 대상을 거둔 지도 어언 일주일.

대상 상금이었던 3천만 원이라는 거액이 수중에 들어왔다.

처음에는 부모님께 드리고자 했으나.

두 분 부모님께서 완강히 거절 의사를 표명하셨다.

  ─도진아, 그건 네가 노력해서 받은 돈이니 너 스스로를
위해서 썼으면 좋겠구나. 더군다나, 당장 네가 그 돈 보태
주지 않는다고 가계 살림이 힘들어지는 것도 아니고 마땅
히 쓸 곳도 없다.

  두 분 부모님의, 특히 아버지의 완강한 거절로 인해 실랑
이가 오래도록 이어졌고.

  결국.

  먼 훗날 학비에 보태 쓰거나 언젠가 파인다이닝을 개업할
때 보태 쓰면 될 것이라는 결론을 내렸다.

  '그나저나, 상금이랑 트로피뿐만 아니라 얻은 게 많네.'

  돌아보니 이번 서울시 요리 대회 입상을 통해 얻은 건 단
연 상금만이 아니었다.

  백종수뿐만 아니라 최석현 셰프 또한 자신에게 후원 제안

을 해 오지 않았던가?

든든한 지원군이 생겼지만 어떻게 활용해야 할지에 대해서는 고민이 필요했다.

어쨌든.

도진은 다시금 평화로운 일상으로 돌아왔다.

아침이면 학교에 갔고…….

하교 후에는 부모님의 가게 일을 거들었다.

아.

물론 '변화' 역시 존재했다.

"어머, 우리 도진이 사진 잘 나온 것 좀 봐."

계산대 바로 옆쪽 벽면에 부착된 액자를 발견한 손님이 불쑥 건네 온 말이었다.

다름 아니라 아버지께서 이번 시 대회와 관련된 기사 몇 개를 스크랩 해서 걸어 둔 채였고…….

그 덕분에 손님들이 계산대 앞에 설 때마다 자연스럽게 칭찬 세례가 이어지곤 했다.

"확실히 우리 도진이가 인물이 좋긴 좋아."

"그러게."

"우리 아들도 도진이 반만 닮았으면……."

시에서 잔뜩 힘을 실어 준 대회답게 마무리되기 무섭게 관련 기사들이 쏟아져 나왔고, 특히 시니어 부문 최연소 참가자이자 우승자인 도진에게도 덩달아 엄청난 관심이 쏠려 버린 채였다.

　　[혜성처럼 나타난 신예 요리사 고등학생 김도진 군. 서울시 전국
요리 대회 대상 수상의 영광.]
　　[프로를 뛰어넘은 고등학생 요리사의 등장, 최석현 셰프 曰 "앞
으로의 행보가 궁금해지는 재능 있는 요리사"]

　도진으로서는 낯 뜨거운 상황의 연속이었으나…….
　"우리 아들 녀석 눈썰미가 대단했던 거지! 요리 한번 제대
로 배운 적 없는 녀석이 외국 요리대학 나온 참가자들을 이
기고……."
　침까지 튀겨 가면서 행복하게 아들 자랑을 늘어놓는 아버
지의 모습을 바라보고 있노라니 아무럼 어떨까 싶은 생각이
들었다.
　'그래, 좋은 게 좋은 거지.'
　그렇게 도진이 벽면에 걸린 액자를 바라보며 깊은 한숨을
푹 내쉬던 찰나였다.
　"아이고, 벌써 시간이 이렇게 됐네."
　시간을 확인한 아버지께서 난감하다는 양 머리칼을 긁적
이고는 말을 이었다.
　"하여튼, 요즘은 시간 가는 줄 모르고 일한다니까."
　이내 도진이 되물었다.

"슬슬 마감 시작할까요?"

그렇게 부자가 주방 마감을 시작했다.

식자재를 도로 냉장고에 넣고…….

조리대, 화구, 바닥을 깨끗이 닦아 냈다.

그렇게 얼마나 지났을까?

도진이 한창 수세미로 바닥 타일 틈새를 닦던 찰나였다.

따링-!

문이 열리는 소리가 들려왔고.

"어라?"

도진이 고개를 들어 올리자 아버지께서 턱짓을 해 보였다.

"손님 오신 모양인데 나가서 영업 끝났다고 말씀드려라."

이내 도진이 곧장 주방을 나섰고…….

"죄송합니다만 오늘은 영업이 종료돼서요."

그 말에 가게 입구를 지키고 서 있던 두 남자가 서로 눈빛을 주고받기를 잠시.

"아, 그게 실은 식사하러 온 게 아니라서요."

"예?"

"서울시 요리 대회 우승하셨던 김도진 군 맞죠?"

질문을 건넨 사내가 도진에게 명함을 한 장 건네줬다.

"PD님?"

이내 도진이 낮게 중얼대고는 되물었다.

"예능국 PD님이 저한테 무슨 볼일이 있으셔서……."

그때였다.

"도진아, 아는 사람이냐?"

주방에서 나오신 아버지께서 두 사람의 인상착의를 훑어 봤다.

"아버님, 안녕하십니까? 저는 KTBN 예능국 소속 김명한 PD라고 합니다."

"예? PD?"

"예, 그간 담당했던 프로그램 중 꽤 유명세를 탔던 프로그램도 몇 개 있는데…….."

김 PD가 웃는 낯으로 대표작 몇 개를 나열하자 아버지께서 깜짝 놀란 티를 숨기지 못했다.

그래, 보통은 이런 반응이 나와야 정상일 텐데, 정작 당사자는 표정 변화가 일절 없을 뿐이었다.

'뭐지? 평소에 TV를 잘 안 보나?'

그때 도진이 되물었다.

"실례지만 용건만 들어 볼 수 있을까요?"

"아, 용건…….."

"보시다시피 가게 마감 시간이라서요."

이내 '큼, 흠!' 하고 괜히 헛기침해 보인 김명한이 조심스레 말을 이어 나갔다.

"지난번 서울시 전국 요리 대회에서 도진 군을 처음 뵀습니다만 워낙 인상 깊어서요. 이번에 새롭게 기획하고 있는 요리 서바이벌 오디션 프로그램이 하나 있는데 혹시라도 도진 군께서 출연할 의사가 있으시다면…….”

그 말에 도진이 되물었다.

“요리 서바이벌 오디션 프로그램요?”

이내 김 PD가 자신이 계획 중인 요리 서바이벌 오디션 프로그램에 대한 설명을 일목요연하게 늘어놓기 시작했다.

“출연하는 것 자체만 하더라도 좋은 경험이 되겠지만 심사를 맡게 되신 유명 현역 셰프님들과 면을 터놓을 기회이지 않겠습니까?”

“그렇겠네요.”

“그뿐 아니라, 우승자에게 지급되는 상금만 하더라도 자그마치 2억 원입니다. 또한 별도로 출연료가 지급되며 방송 커리큘럼상 여러 경험을…….”

다양한 방식의 경연을 준비하고 진행하다 보면 많은 걸 보고 느낄 수 있으리라는 내용의 설명을 덧붙여 주려던 찰나였다.

“저, PD님.”

도진이 불쑥 말을 끊었고.

“PD님, 저 출연할게요.”

“예……?”

“듣다 보니, 하고 싶어서요.”

도진이 재차 되물었다.

"아, 프로그램 제목이 뭐라고 하셨죠?"

"제목은 '서바이벌 국민 셰프'입니다만……."

"예, 서바이벌 국민 셰프, 출연하겠습니다."

그렇게 도진의 출연이 확정됐다.

천재셰프
화귀하다

서바이벌 국민 셰프

김 PD로부터 방송 출연 제안을 받은 지도 어언 일주일이 지난 채였다.

낮에는 학업에 열중하고 오후에는 부모님의 가게 일을 돕는 나날의 연속.

그런 와중에도 도진은 방송에 대해 사전 조사를 하며 시간을 보냈다.

'방송 출연 기회가 생각보다 빠르게 찾아왔네.'

김 PD로서는 망설이는 기색 하나 없이 출연을 승낙해 버린 제 모습이 의아할 수 있을지 모르나, 애초에 도진은 '방송 출연'에 대한 거부감이 아예 없다고 하더라도 과언이 아닐 터였다.

도진의 목표는 파인다이닝 개업이 아니던가?

제 이름을 건 파인다이닝을 개업하기 위해서는 빠르게 입지를 굳건히 다지고 유명세를 쌓아, 든든한 동료 요리사들을 모으고 자금이 마르지 않을 투자자를 유치해 둬야 할 필요가 있었다.

그런 도진에게 방송이란 아주 효율적인 수단일 터.

기회가 찾아왔는데 마다할 이유가 어디 있겠는가?

딸깍, 딸깍-.

컴퓨터 앞에 앉아 한참 턱을 괴고 앉은 도진은 의문이 가득한 표정을 숨기지 못하고 있었다.

'이때까지는 요리 경연 프로그램이 유행을 타지 않았나 보네?'

당시 관심조차 없었던 도진이 알 수 있을 정도였던 김 PD의 작품인 '서바이벌 국민 셰프'는 분명 큰 성공을 거뒀었다.

그런 시류에 편승한 듯 우후죽순 생겨났다가 금세 사라져 버린 각종 요리 경연 프로그램들에 대한 기억 역시 남아 있었고.

서바이벌 국민 셰프.

모니터 화면 너머 검색 창에는 김 PD가 말한 프로그램명이 적힌 기사들이 잔뜩 보도된 채였다.

아직 방영은 고사하고 촬영조차 이루어지지 않은 프로그램을 소개하는 기사가 한가득이라면…….

'방송국에서도 제법 힘을 주는 프로그램인가 보네.'

서바이벌 국민 셰프는 다양한 직군의 참가자들이 나와 각자의 요리 실력을 뽐내고 우열을 가리는 전형적인 오디션 프로그램이 분명했다.

다만 최근의 트렌드인 '쿡방', '먹방' 따위의 열풍에 힘을 입어 상상을 초월하는 시청률을 기록해 이후에도 몇 시즌이나 연달아 방영됐지.

'좋아, 공부를 해 볼까…….'

도진은 좋은 기회라는 판단을 내리자마자, 프로그램에 대한 '사전 조사'에 몰두하기 시작했다.

비록 아직 첫 촬영조차 이루어지지 않은 프로그램이지만 분명 예습이 가능하다고 생각했다.

'유사한 해외 프로그램에서 포맷을 가져왔겠지.'

자고로 국내에서 히트한 프로그램은 대부분 해외에서 인기를 끈 프로그램의 포맷을 따라오기 마련이지 않겠는가?

세계적으로 유명한 셰프들이 출연해 인기를 끌었던 바 있는 해외 유명 오디션 프로그램을 쭉 시청해 보기 시작했다.

'흥미롭네.'

주최 측이 만든 '미션'으로 인해 제한적인 조건에서 진행되는 요리 서바이벌.

생각지도 못한 상황에서 생각지도 못한 재료로 요리하는 것도 문제이지만…….

유사 프로그램을 연달아 시청하다 보니 문제점 하나가 눈에 들어왔다.

'마찰……'

오디션 프로그램이 으레 그렇듯 후반부에는 합숙을 진행하며 공동생활을 한다.

그뿐 아니라 팀 단위로 치러야 하는 미션이 주어지며 참가자 간의 갈등이 깊어진다.

수평적인 관계인 참가자들 사이에서 일어나는 다양한 문제들도 이런 프로그램의 매력이겠지만…….

'당사자가 될 생각을 하니 아찔하네.'

그 중심에 자신이 서게 될지도 모른다고 생각해 보니 눈앞이 깜깜해졌다.

더군다나, 아직 '고등학생 신분'인 자신은 다른 참가자들에게 어떻게 비칠까?

좋은 먹잇감.

그 이상도 이하도 아닐지 모른다.

"흠."

아, 물론 그런 마찰에 휩쓸려 호락호락하게 당하는 건 아닐지 고민하는 건 아니었다.

그저.

어떻게 하면 방송을 극도로 활용해 자신을 돋보이게 만들 수 있을지 고민하고 있었을 뿐.

천재셰프
회귀하다

김도진.

비록 지금은 고등학생에 불과하다지만.

'전생이었으면…….'

본인이 심사를 맡았더라도 전혀 이질감이 없었을 터였다.

딸깍, 딸깍-.

이내 도진이 다시금 팔짱을 낀 채 해외 서바이벌 요리 오디션 프로그램을 시청하기 시작했다.

그로부터 얼마 지나지 않아 첫 촬영일이 밝았다.

아직 모두가 잠든 새벽 시간.

도진이 부스럭거리며 짐을 챙기기 시작했다.

"가 볼까."

그렇게 짐을 모두 챙긴 도진이 제 방을 나서던 찰나였다.

"오늘이지?"

어찌 된 건지 아버지께서 식탁 한 자리를 꿰차고 앉아 계셨다.

"아버지, 벌써 일어나셨어요?"

이내 아버지께서 고개를 끄덕이며 답하셨다.

"그래, 데려다주마."

"가게는요?"

"가게가 대수냐?"

그러고는 외투를 챙기며 재차 말씀하셨다.

"오늘은 오전 장사 못 한다고 공지해 뒀어."

멋쩍게 머리를 긁적이며 얼른 가지 않고 뭐 하냐는 아버지를 보며 도진이 미소 지었다.

이른 시간이라 조용히 다녀오려 했건만 설마 아버지께서 데려다주실 줄이야…….

"감사합니다."

도진이 웃음기를 감추지 못한 채 말하며, 아버지를 따라 집을 나서서는 낡은 승합차의 조수석에 올라탔다.

그렇게 부자(父子)가 탄 차량이 촬영장으로 향하는 고속도로를 지나 촬영장 인근에 다다랐을 무렵이었다.

"도진아."

가벼운 사담만 나누던 아버지께서 모처럼 진중한 투로 넌지시 말문을 여셨다.

"네, 왜 그러세요?"

잠깐 신호에 멈춰 선 차에 아버지가 고개를 슬쩍 돌려 도진을 바라보며 말을 이었다.

"네가 처음에 요리하고 싶다고 할 때만 하더라도 치기 어린 마음에 쉽게 말한 게 아닌가 생각했다."

정적이 흐르기를 잠시.

"그런데 그런 큰 대회에 나가 우승을 거두고, 트로피도 받

천재셰프
회귀하다

고, 수령한 상금을 가계에 보태고 싶다는 둥, 바쁘다는 핑계로 연일 눈길 한번 주지 못한 사이에 어느새 훌쩍 커 어른이 됐더구나."

그 말에 도진이 멋쩍은 양 '아니에요.' 하고 답하고는 시선을 돌려 창밖을 바라봤다.

아버지는 무뚝뚝한 분이셨고, 그런 아버지의 아들인 도진 역시 살가운 아들은 아니었다.

이미 몇 차례 아버지의 진심을 마주했음에도 아버지와 이런 대화를 나누는 건 영 낯설었다.

하지만 아버지의 낮은 목소리는 여전히 차 내에 울려 도진의 귓가를 간지럽혔다.

"녀석. 아니긴, 뭘⋯⋯."

이내 아버지께서 재차 말씀하셨다.

"상금 관련해서는 네 엄마랑 이야기 끝냈다."

"예?"

"전에 말했듯 상금은 네가 알아서 관리해."

그 말에 도진이 '하지만⋯⋯.' 하고 낮게 중얼댔다.

어찌 됐든 표면적으로는 고등학생이 아니던가?

고등학생이 관리하기에는 큰돈이 분명했다.

'맡아 준다거나 하실 줄 알았는데⋯⋯.'

어째서 관리를 일임한단 말인가?

"사실 전에 비해 가게 매출이 많이 올라와서 딱히 가게가 힘든 상황도 아니고, 해 준 것도 없는데 무슨 염치로 네가 노력해서 얻은 결과물을 아무렇지 않게 선뜻 받을 수가 있겠냐?"

그러고는 덧붙였다.

"학비에 보태든, 나중에 하고 싶은 일에 쓰든 했으면 한다."

"그러다가, 제가 아무 데나 펑펑 낭비해 버리면 어쩌시려고요?"

아버지께서 덤덤히 답하셨다.

"인생을 낭비해 보지 않으면 좋은 어른이 될 수 없다는 말도 있잖아? 뭐, 낭비할 수 있을 때 낭비해 볼 수 있다면 나름대로 괜찮은 일이겠지."

양손으로 핸들을 꽉 잡은 채로 앞 유리창만 바라보고 계신 아버지를 보고 있노라니 문득 그런 생각이 들었다.

아버지가 원래 이런 분이셨던가?

언제나 짧은 통화 시간 내에 어색하게 안부와 끼니를 의식적으로 확인하는 살갑지 못한 부자 관계였다.

서로를 생각하는 마음은 알고 있지만 이렇게 터놓고 이야기를 나눈다는 건 상상도 하지 못했는데…….

자연스레 이런저런 얘기를 편하게 하시는 아버지를 보고 있자니 감회가 새로웠다.

그렇게 얼마나 지났을까?

도진은 어느새 멈춘 차에 밖을 바라보니 촬영장의 주차장에 다다라 있었다.

"자, 다 왔다. 얼른 들어가 봐야지."

"데려다주셔서 감사해요."

"행여나 지더라도 상심은 말고."

도진이 차에서 짐을 챙겨 내리다 말고 아버지를 보며 한마디 덧붙였다.

"아버지."

정적이 드리우기를 잠시.

"지면 상심할 것 같아요."

"뭐?"

"그래서 안 지려고요."

꾸벅, 고개 숙인 도진이 미소를 지어 보였다.

"녀석, 원 참……!"

아버지 역시 그런 도진을 보며 저도 모르게 웃음 지었다.

언제.

대체 언제 이렇게 듬직하게 느껴질 만큼 커 버린 걸까?

그런 아들이 마냥 대견스럽게만 느껴질 따름이었다.

촬영장에 들어선 도진은 새삼스레 감탄을 감출 수 없었다.

"와…… 진짜 넓다."

역대급 예산이 들어간 초대형 스튜디오라는 명성에 부끄

럽지 않을 만큼 직접 마주한 촬영장은 넓었다.

"참가자들! 차례대로 줄 서서 번호표 받아 가세요!"

어찌나 넓은지 스태프가 안내하는 소리가 스튜디오 내부에 울려 퍼지는 느낌이었다.

그런 스튜디오를 채우고 있는 참가자들 또한 번호표를 받기 위해 인산인해를 이루고 있었다.

아무리 도진이 전생에 베테랑 셰프였다고 하더라고 방송과는 영 무관한 삶을 살아왔다.

그렇기에 처음 보는, 또 어마어마한 규모의 스튜디오를 보고 놀라지 않을 수 없었다.

번호표를 받고는 제 자리를 찾아가던 도진을 멈추게 한 것은 높은 톤의 신경질적인 듯한 목소리였다.

"아!"

도진이 자리를 찾아 두리번거리느라 미처 앞을 확인하지 못한 까닭에 실수로 부딪힌 참가자가 도진을 쏘아보고 있었다.

"어이, 앞 좀 똑바로 보고 다니지-?"

<hr />

"그러니까 죄송하다고 말씀드렸잖아요."

높은 톤의 목소리, 날카로운 말투와 치켜뜬 눈이 어우러져 꽤 까탈스러워 보이는 여자였다.

도진을 올려다보던 참가자가 더 이상 할 말 없다는 듯 고개를 휙 돌려 시선을 거두고는 자리를 떴다.

'22번? 성격 더러워 보이는데 안 마주쳤으면 좋겠다.'

하지만 얼마 지나지 않아 자신에게 배정된 조리대 앞에 선 도진의 표정이 일그러졌다.

'아, 이런.'

하필이면 마주치지 않았으면 좋겠다고 생각했던 참가자가 도진의 바로 옆에 자리하고 있었다.

도진은 애써 도끼눈을 뜬 채 자신을 바라보고 있는 '22번'을 무시한 채 나이프 키트를 내려놓았다.

슥—슥—.

도진이 날카롭게 칼을 가는 소리가 이어질 무렵.

—자, 안녕하십니까. 이제 모든 참가자가 배정받은 조리대 앞에 선 것 같은데…….

커다란 스피커를 타고 흘러나온 목소리에 장내 모든 이들의 시선이 마이크를 들고 있는 한 사람에게 주목되었다.

—안녕하세요. 서바이벌 국민 셰프 1차 예선의 특별 MC를 맡은 심사위원 노연우입니다.

MC의 자기소개가 끝나자 잠시 조용해졌던 장내에 박수 소리가 울려 퍼졌다.

—감사합니다. 일단 '1차 예선'에 대해 간략하게 설명드리도록 하겠습니다.

그가 큐 카드를 바라보며 말을 이었다.

-1차 예선은 총 60분 동안 진행될 예정이며, 요리가 완성되면 버저를 눌러 순서대로 심사받게 됩니다. 또, 60분 이내에 조리를 완료하지 못할 시 자동 탈락하게 되는 점 유의해 주세요.

도진은 이어지는 말들에 이내 미리 찾아봤던 외국 프로그램 포맷과 비슷한 것을 느끼며 걱정을 조금 덜어 냈다.

-아, 1차 예선 주제에 대해 미처 말씀을 못 드렸는데.

그가 참가자들을 좌에서 우로 쭉 훑고는 덧붙였다.

-1차 예선은 난이도가 낮은 편입니다.

그의 입이 움직임에 따라 장내의 참가자들은 일순 고요해졌다.

-1차 예선 주제는 '시그니처 메뉴'입니다.

미션이 공개되자 참가자들은 너나할 것 없이 안심한 듯했다.

시그니처 메뉴가 무엇인가?

가장 잘할 수 있는, 자신 있는 요리가 아니겠는가?

'좋아.'

도진 역시 1차 예선 주제를 듣자마자 안심한 채였다.

'내 강점을 살릴 요리를 하는 게 좋겠는데…….'

도진은 스스로의 장점에 대해 아주 잘 알고 있었다.

빠른 손, 감각적인 플레이팅.

그것을 보여 주기 위한 메뉴로 결정한 것은, 어쩌면 가장 기본이라고 말할 수 있는 스테이크였다.

'다만, 이제 양갈비로 만든…….'

그때였다.

ㅡ자, 그럼. 1차 예선. 시작하겠습니다!

노연우가 별안간 예선 시작을 알리며 자리를 떠났다.

또한.

그와 동시에 장내에 타이머 소리가 울려 퍼졌다.

삐ㅡ.

　

[59 : 58]

[59 : 57]

[59 : 56]

　

대부분의 참가자가 우왕좌왕하고 있을 때도 전광판의 타이머 시간은 조금씩 흘러갔다.

도진은 그런 참가자들 사이를 지나 온갖 식재료가 가지런히 정리된 팬트리로 향했다.

이미 메뉴를 결정했다 하더라도 빠르게 준비되어 있는 양갈비가 어떤 형태인지 알 수 없었기 때문에, 조금이라도 서두를 수밖에 없었다.

'이런, 통으로 된 양갈비밖에 없잖아?'

영 낭패를 본 듯한 표정을 지었다지만, 다행스럽게도 고기의 상태 자체는 훌륭했다.

다만, 손질이 안 되어 있어 번거로울 뿐.

진즉에 요리에 대한 모든 구상을 끝내 뒀으니 허투루 시간을 낭비할 필요가 없었다.

이내 도진이 곧장 양갈비와 여타 재료를 챙겨 제자리로 돌아오기에 이르렀고…….

일순 이미 재료 손질을 시작한 옆자리 '22번 참가자'와 눈이 마주치고야 말았다.

'괜히 시비 걸릴 수도 있으니 쳐다보지 말자…….'

그렇게 시끌시끌한 분위기 속에 어느덧 거의 모든 참가자가 제자리로 돌아갔고…….

도진 또한 *램랙(*Lamb Rack : 지방, 힘줄 등이 손질되지 않은 양의 등갈비)을 조리대에 올려 둔 뒤 칼을 꺼냈다.

탕—!

손질하기 편하도록 8대의 갈비를 반으로 나누고, 칼집을 내 그대로 갈빗대 부분에 붙은 지방을 슬라이딩하듯 잘라 냈다.

한껏 집중한 채로 손질을 이어 나가는 도진의 귓가에 어쩐지 익숙한 듯한 고음의 목소리가 꽂혔다.

"와……!"

고개를 든 도진과 눈이 마주친 건 다름 아닌, 옆자리 22번 참가자였다.

생기 없는 새하얀 피부에 치켜 올라간 새침한 눈매.

세필 붓으로 그려 낸 것 같은 콧날…….

마지막으로 붉은빛이 도는 앙다문 입술에 이르기까지.

어째서일까?

그녀는 철저한 '완벽주의자'처럼 보일 뿐이었다.

잘 정돈된 머리칼과 빳빳하게 잘 다려진 새하얀 조리복 때문일까?

심지어.

그녀의 가슴팍에는 맨해튼의 미슐랭 투 스타 파인다이닝.

조 버나딘의 수석 요리사를 상징하는 배지가 달려 있었다.

그녀의 출신과 경력을 단박에 알아챌 수 있는 대목이었다.

22번 참가자, 김이랑.

그녀는 어렸을 적부터 '패배'를 본능적으로 혐오했다.

하다못해 달리기 시합에서 2등이라도 하는 날이면 분함을 어쩌지 못하고 뜬눈으로 밤을 지새우기 일쑤였다.

그런 그녀는 생각했다.

왜 하필이면 '요리'에 빠지게 된 것일까?

아마 맨해튼 외곽의 허름한 레스토랑 접시닦이로 일했던 게 시작이었을 거다.

이랑은 수없이 깨지고 혼나면서 끊임없이 배우고, 배우고,

또 배우기를 반복했다.

몇 번이고 '그만 포기할까?'라는 생각을 반복했다지만 끝내 고개를 내저었다.

왜 하필 '요리'였지?

그 말을 나직이 되뇌며 다시금 주방으로 돌아가곤 했다.

후끈한 열기와 고성 따위가 가득한 비좁은 공간으로.

제자리로 돌아가 묵묵히 해야 할 일을 답습해 왔을 뿐.

그러기를 어언 수년째.

결국 그녀는 이십 대 초반이라는 젊은 나이에 맨해튼 중심가 한복판에 자리한 미슐랭 투 스타 파인다이닝인 조 버나딘에서 한 섹션 전체를 담당하는 수석 요리사로 거듭났다.

이대로 근속 근무를 하다 보면 언젠가는 *수 셰프(*부주방장) 자리에 오를 터였고, 그로부터 또 얼마간의 시간이 흐르고 나면 제 이름을 건 파인다이닝을 개업할 수 있었으리라.

다만.

그녀는 '알'을 깨고 나오기로 결심했다.

서바이벌 국민 셰프

그리운 모국(母國)의 모 방송국에서 방영될 예정인 서바이벌 요리 오디션 프로그램의 '참가자 모집 공고'를 우연히 접한 뒤에 그리 결심했더랬다.

천재셰프
회귀하다

참가 접수를 마친 뒤 퇴사를 선언했다.

세프는 지금까지 해 온 노고가 아깝지도 않은 것이냐며 자신을 타박했으나, 이랑의 초점은 '서바이벌 국민 셰프'에 완전히 맞춰진 상태였다.

그녀는 아주 어렸을 적 아버지를 따라 태평양 건너 미국 땅에 정착한 이후, 타향살이하며 온 세상으로부터 무수한 핍박과 무시를 받아 왔다.

특유의 지기 싫어하는 성격 역시 태생적으로 타고난 게 아닌 '후천적인 학습'을 통해 얻게 된 성정일지 모르겠노라는 확신을 품었을 지경이었다.

한국.

이 프로그램은 한국으로 돌아갈 기회였다.

방법은 간단했다.

우승을 하고, 상금과 유명세를 얻는다.

그리고.

그 상금과 유명세를 기반으로 한국에 파인다이닝을 연다.

그렇게 퇴사 수속을 밟은 뒤.

이랑은 무언가에 홀린 듯 한국행 비행기 티켓을 끊었다.

아, 이렇게 쉬운 일이었던 건가?

항공사 홈페이지에서 티켓을 고르고 결제를 하면 그만이었다.

이토록 간단한 일을 왜 여태껏 미뤄 왔을까?

이제 모든 일이 술술 풀릴 것이라고 생각하며 잠들었다.

자신은 '준비된 경주마'였다.

총성이 울리면 앞으로 나아가기만 하면 되는 경주마.

달리고 싶어 안달이 난.

또 달리는 방법을 완벽히 익힌 경주마라고 생각했다.

그러므로 오디션 프로그램 촬영이 시작되고 나면 모든 일이 술술 풀릴 것이라고 확신했다.

그동안 다져 온 실력을 유감없이 뽐내고, 예정대로 모든 이들의 주목을 받고, 우승을 차지하고…….

억대의 상금과 어마어마한 인기를 기반으로 제 이름을 내건 파인다이닝을 개업하게 될 것이라고.

한데, 계획이란 게 으레 그렇지 않던가?

모든 일이 계획대로 흘러간다면…….

계획은 절대 계획일 수가 없는 법이겠지.

지금 역시 마찬가지인 상황이었다.

조금.

아주 조금 중대한 문제가 생겼다.

슬쩍.

이랑이 곁눈질로 '문제'를 바라봤다.

바로 옆 조리대에 자리한…….

52번 참가자가 바로 그 문제였다.

"와……!"

저도 모르게 감탄사를 내뱉은 이랑이 제 입을 틀어막았다.

소리를 내는 순간.

아주 잠깐 눈이 마주쳤지만 이랑은 모르는 척 고개를 돌렸다.

'아 씨, 쪽팔리게!'

재료를 손질하는 척 딴청을 피우는 와중에도 이랑은 제 바로 옆 조리대를 힐끔거렸다.

사실 이랑은 촬영장 입구에서 52번 참가자와 처음 대면하던 때부터 줄곧 그를 무시했다.

어린애.

칼을 쥐는 법도 모를 것 같은 어수룩한 인상의 어린아이에 불과해 보였다.

그렇기에 경쟁자라고 생각하기는커녕 금세 탈락하리라고 확신했기에.

빠르고 노련한 솜씨로 '양갈비'를 손질해 내는 광경이 더더욱 충격적이게 느껴졌다.

'그냥 덜떨어진 녀석일 줄 알았는데-.'

당초에 하나도 손질되지 않은 양갈비를 들고 조리대로 다시 돌아오던 52번 참가자를 보던 때는 내심 비웃었더랬다.

60분.

이번 경연의 제한 시간인 60분 안에 조리를 모두 마치는 건 고사하고 손질조차 끝내지 못할 가능성이 농후했으니까.

한데.

52번 참가자는 이랑의 예상을 뛰어넘었다.

서걱, 서걱, 서걱-.

능숙하게 근막을 제거해 나가는 그 손길은 자신과 함께 일했던 여러 동료들만큼.

아니. 어쩌면 그보다 더 빨랐고, 능숙했으며, 노련했고, 정확해 보일 따름이었다.

'엘리트 코스라도 밟아 온 건가?'

과연 저토록 빼어난 손질 솜씨를 지닌 '52번 참가자'가 어떤 요리를 선보일지 퍽 궁금해졌으나…….

'유감스럽지만 시간이 없네.'

지금은 경연 중이 아니던가?

"후우-."

그녀 역시 심호흡을 하고는 칼을 단단히 움켜쥐었다.

우승은.

또한 우승자에게 돌아갈 상금, 상패, 명예까지 모두…….

'미안하지만 내 거야.'

제 것이어야만 했다.

우리가 흔히 말하곤 하는 양갈비 *'프렌치 랙'(*French Rack)

같은 경우, 램랙의 질기고 맛없는 부위를 제거해 낸 고급스러운 부위에 해당한다.

서걱—!

도진이 밀어 넣은 칼날이 뼈에 닿자 그대로 날의 방향을 갈비 끝 쪽으로 눕혀 슬라이딩하듯 슬근슬근 썰어 내기 시작했다.

이윽고 지방과 뼈가 보기 좋게, 또 군더더기 없이 완벽하게 분리됐다.

다시 도진은 거침없이 뼈 사이사이에 붙어 있는 고기를 발라냈다.

'이건 구웠을 때 시커멓게 타서 보기 흉하니까……'

뼈대에 붙어 있는 '근막'과 '지방'은 구웠을 때 쉽게 타 버리기 일쑤였다.

그렇기에 칼로 뼈대로 긁어낸 뒤, 철 수세미로 박박 긁어내기 시작했다.

모르는 이가 본다면 '이렇게 하는 거 맞아?' 하고 되물을 만한 광경이었으나……

'그건 정말 모르는 소리지.'

칼로 긁어내게 된다면 뼈대가 손상돼 구웠을 때 모양이 나지 않을 수 있었다.

그뿐만 아니라 시간 역시 훨씬 더 단축해 낼 수 있었기에 오히려 이쪽이 정석적인 방법이었다.

필드에서 현역으로 일해 본 사람이 아니라면 절대 알 수 없는 일종의 셰프 팁인 셈이었다.

'좋아, 손질은 얼추 끝났고.'

양갈비 손질을 금세 끝낸 도진이 마른행주로 칼날을 정성껏 닦아 내던 찰나였다.

"52번?"

낯익은 얼굴의 심사 위원이 제 조리대 앞에 다가온 채였다.

지난 서울시 요리 대회에서 심사를 맡았던……

또한 이번 프로그램의 심사 위원이기도 한 최석현 셰프였다.

"프렌치 랙이군요?"

"예, 맞습니다."

"직접 손질했나요?"

그가 이 방송의 심사로 나오는 것은 이미 사전 조사를 통해 알고 있었던 부분이었다.

도진이 제 고개를 한 번 끄덕이는 것으로 답을 대신해 보이자 그가 재차 말을 이어 나갔다.

"정육 자체는 깔끔하게 된 것 같은데, 조금 의아하네요."

그가 손질된 프렌치 랙을 바라보며 거듭 질문했다.

"고기 윗부분의 지방은 보통 제거할 텐데?"

"보통은 그렇죠."

"음? 그럼 알면서도 그냥 두셨다는 건데."

그가 고개를 비스듬히 기울였다.

"왜 살려 두셨죠?"

대부분의 프렌치랙은 살코기 윗부분의 껍질 부위에 해당하는 지방을 모두 제거하고 *립 아이(*Rib Eye), 일명 꽃등심에 해당하는 부위만 살려 내는 게 정석적인 방법이랄 수 있었다.

'이유가 있는 건가?'

다른 참가자라면 또 모를까 도진이 이런 선택을 한 데는 분명 그만한 이유가 있으리라는 전제하에 건넨 질문이었다.

"*텍스처(*texture : 질감)의 대비를 위함이었습니다."

"대비?"

"부드러운 육질과 쫀득한 식감을 대비시켜 보고자…….."

이내 최석현이 진중한 투로 답했다.

"글쎄요, 잘해 낸다면 좋은 방법이겠지만…….."

최석현이 도진이 말끔히 손질해 놓은 프렌치 랙을 힐끔 보고는 말을 이었다.

"부디 너무 질겨지지 않기를 기도하죠."

만약 성공적으로 해낸다면야 뭐가 문제겠냐만, 리스크가 너무 클뿐더러 난이도가 지나칠 만큼 높은 방법임이 분명했다.

"예, 감사합니다."

도진은 자리를 떠나는 최석현에게 시선을 거두고 다시 한

번 남은 시간을 확인했다.

　　　[45 : 53]

　재료를 고르고 메인 재료인 양갈비를 손질하는 데 15분을
소비한 상황이었다.

　이 정도면 나름대로 무난한 시작이라고 볼 수 있었으나 아
직 갈 길이 구만리였다.

　'어디 보자.'

　도진은 쉴 틈 없이 프렌치 랙의 *마리네이드(*고기, 생선, 야
채 등을 요리하기 전에 와인, 올리브유, 식초, 과일, 주스, 향신료 등에 절여 놓
는 행위)를 능수능란하게 이어 나갔다.

　'우선 핏물 제거부터 해야겠지.'

　양고기의 경우 잘못 조리했다가는 특유의 누린내가 심해
져서 호불호가 크게 나뉘는 재료라고 볼 수 있었다.

　꼼꼼하게 핏물 제거를 해야 하는 건 물론이고 향이 강하거
나 산미가 짙은 여러 재료를 병행해 사용해야 했다.

　도진이 익숙한 손길로 빠르게 *레몬 제스트(레몬 껍질을 얇게
채 썰어 낸 것)를 만들어 작은 볼 안에 담아냈다.

　그러고는 그 위로 올리브유, 소금, 후추, 로즈메리를 비롯
한 여러 향신료를 정량에 맞춰 차례로 넣어 잘 버무렸다.

　탁, 탁, 탁, 탁-.

스푼과 유리 재질의 작은 볼이 맞닿을 때마다, 둔탁한 소리가 울려 퍼졌다.

그 여파로 투명한 유리 볼 안에 올리브유가 넘칠 것처럼 이리저리 일렁였으나…….

도진은 향신료가 뭉치지 않고 고르게 섞일 무렵까지 멈추지 않고 잘 섞어 주었다.

그러고는 거침없는 손길로 완성된 재료를 프렌치 렉 표면에 코팅하듯 골고루 묻혀 주었다.

이제 시간이 흐를수록 마리네이드한 향신료들이 오일과 함께 속살 깊이 스며들게 두면 된다.

'맛, 향, 풍미까지 배가되겠지.'

올리브 오일로 표면을 코팅했으니 수분이 증발되지 않아 더욱 먹음직스럽게 조리될 것은 당연지사였다.

가장 중요한 메인 재료의 준비를 모두 마치고 다시금 시간을 확인해 보니 사십 분가량이 남아 있었다.

언뜻 보기에는 시간적 여유가 있어 보이지만 요리가 끝나기 전까지 어떤 돌발 상황이 생길지 모른다.

'방심은 금물이지.'

이윽고 도진이 다시 한번 앞으로 해야 할 일을 순차적으로 정리해 보기 시작했다.

곁들일 소스도 만들어야 할뿐더러 플레이팅에 곁들일 가니쉬 역시 조리해야 했다.

“후우-.”

도진이 다시금 분주히 움직이기 시작했다.

째깍, 째깍-.

시간은 하릴없이 흐르고 있었다.

제한 시간이 약 십 분 정도밖에 남지 않은 시점.

띵!

띵!

띵!

장내 곳곳에서 조리를 마쳤음을 알리는 벨 소리가 요란하게 울려 퍼져 댔다.

슬슬 조리를 끝마친 참가자들이 하나둘씩 등장하기 시작했던 까닭이었다.

곳곳에서 울리는 벨 소리 탓에 요리를 마치지 못한 참가자는 더욱 긴장했고…….

“오버 쿡.”

그런 이들의 마음을 아는지 모르는지 심사 위원들은 한껏 굳은 얼굴로 독설에 가까운 비평을 늘어놓고만 있을 따름이었다.

“먹어 볼 필요도 없겠습니다.”

"하지만……."

"가장 기본적인 일입니다."

심사 위원 '노연우'가 고개를 내저으며 되물었다.

"고기 하나 똑바로 못 굽는데 참가를 결정했습니까?"

"긴장해서……."

"용기가 가상하다고 해야 할지 무모하다고 해야 할지."

잔뜩 인상을 찌푸린 노연우의 심사평이 끝나자마자 이번에는 최석현 셰프 또한 나이프로 고기를 뒤적이더니 의견을 덧붙였다.

"딱 보기에도 수분감이라고는 전혀 없어 보이네요. 굽기정도를 맞출 자신이 없었다면 차라리 *시어링(*센 불에 겉을 태우듯 익히는 짓)하고 난 뒤에 적절하게 열전달을 통해 속까지 익을 수 있는 레스팅 시간을 안배했더라면 어떨까 싶은 생각이 드는군요."

최석현은 낙담하고 있는 참가자를 바라보며 말을 이었다.

"안타깝지만 이만 짐을 챙겨 떠나 주시면 될 것 같습니다."

이내 자리를 떠나는 심사 위원들의 뒷모습이.

또한.

차게 식어 가는 스테이크가 카메라에 담겼다.

"심사하는 것도 보통 일이 아니네요."

유일한 여자 심사 위원인 김소연 셰프가 한탄하듯 넌지시 꺼낸 말이었다.

"차라리 심사받는 쪽이 편하겠어요."

그 말에 노연우가 동조한다는 양 답했다.

"그나마 먹어 보지 않더라도 가늠할 수 있는 형편없는 수준의 요리가 많아서 다행이죠. 이 정도 수준밖에 안 되는 걸 다행이라 말해야 할지, 아니면 유감스럽다고 해야 할지 참 난해하군요."

그도 그럴 것이 처음으로 심사받은 참가자 이후로도 줄줄이 비평을 면치 못하는 참가자들이 이어졌고…….

심사 위원들은 몇백이 되는 참가자들의 요리를 심사하다 보니 자연스럽게 지쳐 갈 수밖에 없었다.

미식(美食)을 기대치 않았다면 거짓말일 터였다.

처음으로 선보이는 요리 경연 프로그램이다 보니 수많은 이들이 지원함은 당연했고…….

그런 참가자들 중에는 이미 요리를 전문적으로 한 이들 역시 더러 섞여 있는 상황이었다.

그렇기에 심사가 이렇게 난항을 겪고, 고행처럼 느껴질 줄은 상상조차 하지 못했을 뿐이었다.

"그래도 나쁘지 않은 친구들이 꽤 있었죠. 워낙 사람이 많다 보니 진흙 속에서 진주 찾기라도 하는 기분이지만요."

이내 최석현이 한껏 지친 심사 위원들에게 우스갯소리를 던지곤 다시금 심사를 이어 나갔다.

   그렇게 다시금 몇 명가량의 참가자가 조리해 낸 요리 심사를 마친 최석현이 타이머를 바라보며 의아한 듯 입을 열었다.

"그나저나 생각보다 오래 걸리네요."

"네? 뭐가요?"

"구면인 참가자가 있거든요."

   그에 노연우가 최석현의 시선을 따라가며 되물었다.

   띠링-.

   때마침 벨이 울렸고, 최석현은 슬그머니 미소 지었다.

"호랑이도 제 말 하면 온다더니, 양반은 못 되는군요."

"저 친구인가요? 어떻게 아는 사이인 거예요?"

"최근에 심사를 맡은 대회에서 우승했던 친구입니다."

"아, 서울시 요리 대회 우승자라는 말씀이시군요?"

   최석현이 고개를 끄덕이고는 답했다.

"네, 꽤 기대 중인 참가자이기도 하고요."

   이미 지쳐 있던 두 심사 위원이 기대감이 서린 얼굴을 한 채로 최석현의 뒤를 따랐다.

   아무리 못해도 '최소한 기본은 해 주지 않을까?'라는 기대감을 품은 채였다.

   '그래, 기본은 해 주겠지.'

시 대회에서 우승할 정도라면 분명 기본은 할 터였다.

한데.

조리대에 가까워지자 두 사람의 얼굴이 경악으로 물들었다.

"허?"

기본은 하리라는 그들의 짐작이 완전히 뒤엎어졌다.

"안녕하십니까? 52번 참가자 김도진입니다."

조리대에 놓여 있는 접시는 하나의 작품만 같았다.

기본이 아니라…….

그 훨씬 이상을 해낸 듯 보이기만 할 따름이었다.

이윽고.

심사 위원들 사이에 잠시 짙은 정적이 드리웠다.

요리를 떠나 플레이팅이 몹시 탐미적이었다.

마치 자연 속의 대지가 떠오르는 플레이팅.

흰색.

오목한 타원형의 접시 위로 흩뿌려진 연갈색의 소스는 마치 탄탄한 지반을 의미하는 양 맨 아랫자리를 차지하고 있었고…….

봄동으로 만든 녹색의 *밀푀유(*Mille Feuille : 프랑스식 페이스트리) 위로 프렌치 렉 두 개가 대각으로 비스듬하게 놓여 있는 상태였다.

양고기 위에 올려진 나물은 마치 싱그러운 풀밭을 떠올리

천재셰프
회귀하다

게끔 했으며 곳곳에 놓인 형형색색 꽃잎들은 화원을 연상시켰다.

꿀꺽-.

누구인지 모를 침 삼키는 소리가 들렸고.

스윽-.

노연우가 나이프를 집어 들며 말을 이었다.

"이건 건드리기가 아까울 지경인데."

역설적이게도 노연우는 그렇게 말하면서도 손을 마냥 착실히 움직여 댈 뿐이었다.

프렌치 렉 위에 올려져 있던 가니쉬를 옆으로 당겨 내려둔 뒤 고기에 나이프를 넣은 순간.

스윽-.

마치 칼로 물을 베는 듯 살코기에 부드럽고 연하게 들어가는 느낌이 들었다.

잠시 멈칫했던 노연우가 지방이 있는 껍질 부위까지 골고루 잘라 세 등분했고.

한 입.

적절한 크기로 썰어 낸 고기에 연갈색 소스를 묻히고 가니쉬를 적당히 얹어 입에 넣었다.

몇 번을 씹고 삼켜 내는 사이, 다른 두 심사 위원 또한 시식을 시작했고…….

노연우는 입안에 잔여물이 없어졌음에도 불구하고 아무

말도 잇지 않았다.

그리고 한 번 더.

아직 접시에 고스란히 남아 있는 프렌치 렉 한 덩이를 다시 삼등분한 뒤, 그중 한 조각을 포크로 '콕.' 찔러서는 제 입가로 가져가며 모처럼 낮고 부드러운 투로 첫 시식평을 남겼다.

"52번."

정적이 흐르기를 잠시.

"저는 합격요."

노연우가 입 끄트머리를 냅킨으로 슬쩍 닦아 내며 말했다.

"일단 오늘은 값을 치르는 대신 합격을 드리겠습니다."

현 외식 업계 내에서 깐깐하기로는 둘째가라면 서러울 인물이 바로 노연우였다.

친한 셰프들조차 그에게 음식을 낼 때면 한껏 신경을 써서 낼 정도로 맛에 관해서는 냉철했다.

다른 참가자들의 음식은 씹고 있다가도 아니다 싶으면 곧바로 뱉어 버린 사람이었다.

그런 노연우가, 고작 한 입.

한 입을 먹고⋯⋯.

합격을 선언해 버렸다.

노연우의 극찬에 아직 심사받지 못한 참가자들의 이목이
도진에게로 쏠렸다.

　심사가 끝난 뒤 자리를 정리하고 있던 다른 참가자들도 사
정은 다르지 않았다.

　비단 참가자들뿐만이 아니었다.

　아직 시식평을 남기지 않은 나머지 두 심사 위원 역시 놀
라움을 금치 못하고 있었다.

　"한 입 만에 합격을 선언하실 줄은 몰랐는데요."

　김소연 셰프의 말에 마지막 남은 한 조각 역시 맛본 노연
우가 대수롭지 않다는 양 답했다.

　"두 입을 먹고 나니 확신이 더욱 짙어지네요."

　그러고는 재차 덧붙였다.

　"형편없는 요리는 육안만으로도 구별할 수 있지 않습니까?"

　"예, 그렇긴 한데……."

　"훌륭한 요리도 한 입이면 충분히 평가할 수 있는 법이죠."

　이에 질세라 최석현과 김소연 역시 시식을 이어 나갔고.

　"훌륭하네요."

　김소연은 짧고 굵직한 한마디의 극찬을.

　"정말 완벽하게 손질해 냈군요."

　최석현은 비교적 구체적인 감상평을 남겼다.

　"무엇보다 이 양갈비의 *텍스처(*Texture)가 너무 훌륭합니
다. 지방층 껍데기 부분을 남겨 놓는다고 해서 행여나 너무

질기게 조리되는 건 아닐까 걱정했는데 기우에 불과했던 것 같군요."

그리고 그의 말이 끝나기 무섭게 노연우가 접시에 남아 있는 마지막 한 조각을 손끝으로 가리키며 조심스럽게 되물 었다.

"이거, 제가 한 조각 더 먹으면 안 되겠죠?"

노연우는 입안에서 녹아내리듯 사라져 버린 양갈비에 아쉬움을 음미하듯 접시를 지그시 바라보는 중이었으나–.

"어림없는 소리죠."

마지막 남은 한 조각의 주인인 '김소연'이 단호하게 답하고는 곧장 포크로 푹 찔러서는 제 입안에 쏙 집어넣어 버렸다.

"쩝–."

입맛을 다신 노연우는 아쉬운 마음에 순식간에 휑해진 접시를 바라보았다.

입안에 넣었던 양고기의 살은 부드러웠으며 지방은 쫄깃했고 껍질은 바삭했다.

여러 식감이 녹아들어 있을 뿐만 아니라 양고기 특유의 노린내 역시 단단히 잡아냈다.

'핏물을 잘 제거했다는 뜻이겠지.'

그뿐만 아니라.

"마리네이드 할 때 혹시 레몬 제스트가 들어갔나요?"

"네, 로즈마리와 레몬을 함께 썼습니다."

"정말 탁월하기 그지없는 선택이었던 것 같네요."

지방층의 고소한 맛과 더불어 은은한 레몬 향이 느껴졌다.

그뿐이랴?

레몬 향 덕분에 자칫 느끼할 수 있던 육향도 잡아냈다.

하지만.

그 모든 요소 중에서도 가장 중요한 건 바로.

"가니쉬도 궁금하군요."

노연우가 재차 되물었다.

"봄동, 세발나물, 나머지 하나는 뭐였죠?"

도진이 잠시 뜸을 들이다가 답했다.

"포항초입니다."

일반적인 시금치가 아닌 '포항초'를 선택한 도진의 선택은 탁월했지만, 뭘 알고 고른 건가 하는 생각에 노연우는 한 번 더 질문했다.

"보통은 그냥 시금치를 쓸 텐데, 왜 포항초를 쓴 거죠?"

"시금치는 아무래도 특유의 쓴맛이 있지 않습니까?"

도진이 노연우와 눈을 맞추며 말했다.

"포항초 특유의 은은하게 우러나오는 단맛이 양고기와 한 없이 잘 어우러질 수 있으리라는 판단하에 포항초를 선택했습니다."

아주 미세한 단맛이 양고기 육즙과 어우러지던 순간을 다시금 떠올린 노연우가 저도 모르게 '꿀꺽.' 하고 마른침을 삼

컸다.

게다가 그 연갈색의 소스.

은은하게 느껴지는 커민의 향이 매력적이었다.

도진의 프렌치 렉은 지방을 많이 남겨 기름기가 보통의 프렌치 렉 스테이크보다 많았다.

그렇기에 자칫 질릴 수 있는 맛이었는데, 소스가 지닌 톡 쏘는 맛이 아주 일품이었다.

'아껴 먹을걸……'

그런 생각이 절로 드는 음식이었다.

아쉬움.

아쉬움 역시 맛의 일부가 아니던가?

'음식은 흠잡을 데가 없고.'

그렇다면 플레이팅은 또 어떤가?

접시는 하얀 도화지와 같았고.

그 위로 한 폭의 풍경화가 담겨 있었다.

푸르른 녹음을 머금은 대지와도 같았다.

당장이라도 접시 위에 새싹이 돋아나고 꽃이 피어날 것만 같은 표현력이었다.

'이런 건 도대체 어디서 배운 거지?'

노연우의 생각이 꼬리에 꼬리를 물고 이어지던 찰나였다.

띠링—.

또 다른 참가자가 요리의 완성을 알리는 벨을 눌렀고.

"이제 가 봐야겠네요."

이만 또 다른 참가자의 심사를 위해 자리를 움직여야만 했다.

"52번, 만장일치로 합격입니다."

최석현이 도진을 지그시 바라보며 합격을 말했고, 김소연 또한 한마디 덧붙이며 자리를 옮겼다.

"다음 요리가 몹시 기대되네요."

그런 두 사람을 따라 느릿하게 걸음을 옮기던 노연우가 도진을 향해 시선을 돌려 나직하게 말했다.

"아직 심사가 다 끝난 건 아니지만, 개인적으로 오늘 먹었던 요리 중에서 제일 맛있었어요."

그러고는 재빨리 두 심사 위원을 따라붙은 노연우의 시선은, 연신 아쉬운 사람처럼 연거푸 도진을 향했다.

"메뉴로 있다면 몇 번이고 사서 먹을 텐데……."

카메라는 그런 노연우를 놓치지 않고 클로즈업하고 있었다.

이미 이랑의 심사는 끝난 시점이었다.

"괜찮네요, 탄탄한 기본기가 물씬 느껴지는 맛이에요."

"투 스타 파인다이닝 출신이라더니 그런 것 같네요."

"훌륭합니다. 1차 예선은 합격이에요. 기대하겠습니다."

이미 예상했던 결과였다.

아스파라거스와 그린빈스를 번갈아 접시에 깔아 낸 뒤.

그 위로 속은 촉촉하고 겉은 바삭한 삼치를 올려 냈다.

또한 천혜향을 베이스로 만든 산뜻한 퓌레를 곁들였다.

'손질도, 조리도, 조화도 완벽했어.'

합격은 당연지사였다.

심사 위원들이 떠났고…….

정리까지 완벽히 마쳤다.

한데, 왜일까?

어째서인지 쉬이 발길이 떨어지지 않았다.

괜히 자꾸 왼쪽으로 고개가 돌아갔다.

이쯤 되니, 스스로도 인정할 수밖에 없었다.

52번 참가자가 신경 쓰인다.

첫인상은 풋내 나는 얼굴을 한 어리숙한 꼬맹이에 불과했다.

한데.

요리가 시작되자마자 사람이 180도 뒤바뀐 느낌이었다.

뭐랄까?

거침없이 양갈비를 손질하던 52번 참가자 도진의 모습이 아직 눈에 선하다고 해야 하려나…….

칼을 쥔 그에게서는 소위 말하는 일련의 아우라 내지 피네스가 면밀히 느껴질 따름이었다.

뭣도 모르는 '새끼 고양이'라고 생각했건만 착각을 해도 아주 단단히 착각했던 게 분명했다.

꼬리에 꼬리를 무는 생각에 발길이 잡힌 이랑이 좀처럼 자리를 떠나지 못하고 있던 그때.

띠링─.

요리의 완성을 알리는 벨이 울렸다.

다름 아니라…….

요리를 마친 도진이 울린 벨 소리였다.

'조금 더 지켜볼까……?'

그렇게 자리를 지키게 된 이랑은 도무지 믿을 수 없는 광경을 목격했다.

자리를 정리하고 있던 다른 참가자들 또한 어리둥절한 표정을 숨기지 못했다.

'이게 말이 되는 거야……?'

자신 역시 극찬을 받아 내지는 못했으니 평가가 박한 이들이라 확신하고 있었다.

그런 이들의 입에서 믿을 수 없을 만큼 호의적이고 긍정적인 평가가 쏟아져 나오고 있었다.

이랑 역시 곁눈질로 심사 위원에게 극찬을 끌어낸 요리를 연신 힐끔힐끔 살펴봤다.

접시 위로 한 폭의 명화가 담겨 있었다.

과장을 조금 보태어 말하자면 실력 좋은 화공이 좋은 재료를 아낌없이 써 그림을 그려 놓은 것 같은 느낌이었다고 해야 할까?

하지만 맛은?

먹어 보기 전까지 장담할 수 없으리라 예상했건만.

"52번, 저는 합격입니다."

그 말을 시작으로 이어지는 심사 위원들의 감탄 어린 심사평.

이랑은 도저히 믿기지 않는 광경을 본 것만 같았다.

그리고 이내 자신이 그들로부터 받은 심사평을 떠올렸다.

　　－딱 기대했던 수준의 요리입니다.

나쁘지 않은 심사평이라고 생각했다.

이 정도면 첫 심사에, 선방했지.

남들은 비평도 아닌 독설만 받았잖아?

그래, 이 정도면 됐지.

분명 그렇게 생각했건만.

생각이 바뀌었다.

절대 이대로 만족할 수 없다.

'도대체 어떤 맛이길래.'

이내 도진의 합격을 선언한 심사 위원들이 자리를 떠나갔고.

"저기."

이랑이 기다렸다는 듯 도진에게로 향했다.

"혹시 남은 것 좀 있어?"

"남은 거요?"

"그래, 조금이라도 좋아."

그러고는 그 맛을 꼭 확인해야만 한다는 듯 도진을 바라보며 재차 덧붙였다.

"남은 거 있으면 한 입만 줄 수 있을까……?"

어쩐지 조금은 처연하게 느껴지는 목소리였다.

1차 예선이 끝난 후, 점심 식사 겸 휴게 시간 동안 도진은 분명 한숨 돌릴 예정이었다.

타인에게 심사받을 음식을 만드는 것은 기력이 여간 소모되는 일이 아니었다.

아무리 합격을 예상한다고 한들 요리를 대충 만들 수는 없기 때문이었다.

"조금이라도 좋으니까, 꼭 먹어 보고 싶어서 그래."

한데 옆 조리대의 참가자가 다가와서는 절대 물러서지 않을 것 같은 표정과 목소리로 거듭 부탁했다.

22번 참가자 김이랑이었다.

어쩐지 자신이 심사받는 모습을 한참 지켜보더라니.

'귀찮게 됐네.'

심사 위원들에게 호평을 얻은 것은 긍정적인 일이 분명했으나, 쓸데없이 많은 이들의 눈길을 끌게 된 것 같았다.

어차피 우승을 노리는 처지에 이러나저러나 결국 언젠가 얻게 될 관심을 받게 된 상황이었으나…….

대회 초반부터 기대치가 지나친 만큼 높아져 버린 게 아닌가 하는 걱정도 조금 들 따름이었다.

아무튼 자신의 음식을 맛보기 전까지는 도저히 움직이지 않을 것 같은 그녀의 눈에 도진은 결국 백기를 들었다.

"흠, 잠깐만 기다려 주세요."

"정말? 정말 줄 거야?"

"한 입 크기면 된다면서요."

"맞아, 그 정도면 돼!"

"그럼 잠깐만 기다려 보세요."

도진은 한숨을 푹 내쉬고는 다시금 스토브를 켜고 팬을 얹었다.

다행히 플레이팅 과정에서 남은 고기가 있었고…….

딱 한 입 크기였으나 당초에 '한 입'을 요구하지 않았던가?

'이 정도면 되겠지.'

앙증맞은 크기의 양고기 위로 남은 가니쉬와 소스를 뿌려서는 이랑에게 건네줬다.

"자, 드세요."

그게 화근이었다.

"뭐? 정말 그렇게나 어리다고?"

스태프들이 내준 점심 도시락을 먹는 시간을 시작으로.

심지어는…….

식사를 마친 뒤 남은 시간마저 이랑이 따라붙었다.

"요리를 정식으로 배운 게 아니라고?"

"플레이팅은 따로 공부한 거야?"

"아까 그 가니쉬는 어떻게 만든 건데?"

그녀는 말 그대로 '질문 폭격기'였다.

"죄송한데 나중에 이야기하면 안 될까요?"

"아냐, 아직 시간 있으니까……."

"2차 예선까지 조금 쉬고 싶어서 그래요."

그렇게 이랑에게 시달리기를 한참.

"곧 촬영 시작하겠습니다!"

도진은 곧 2차 예선이 시작되리란 스태프의 외침 덕에 간신히 질문 폭격기로부터…… 아니, 이랑으로부터 벗어날 수 있었다.

"하아―."

결국 잠깐도 쉬지 못한 상황이었지만 말이다.

이윽고.

단상으로 세 명의 심사 위원이 들어섰다.

-우선 1차 예선 합격을 축하드립니다.

노연우의 말에 도진이 주변을 쭉 한 번 둘러봤다.

참가자들이 확 줄어든 채였다.

눈대중으로 살펴봤을 때는 대략 서른 명 남짓.

'1차 예선에서 대체 몇 명이나 탈락한 거지?'

도진이 생각이 깊어지던 찰나였다.

-이제 다들 충분한 휴식을 취하셨을 테니 곧바로 '2차 예선'을 시작하겠습니다.

그렇게 말하는 노연우의 곁에는 카메라가 따라붙어 있었다.

'보니까 계속 따라다니던데, 신기하네.'

조리대에는 초소형 카메라 한 대가 부착되어 있었으나 아직까지 참가자들에게는 카메라가 붙지 않은 상황이었다.

그 때문에 도진은 줄곧 '자신이 정말 방송에 나오긴 할까?'라는 의문을 떨쳐 내지 못하는 중이었으나…….

'나오긴 하겠네.'

대다수의 참가자가 줄줄이 탈락해 버린 상황이니 확실히 나오긴 하겠다는 확신이 생겨났다.

-2차 예선 역시 쉽고 간단합니다.

그때 노연우가 2차 예선의 룰을 설명하기 시작했다.

-한 시간 동안, 자신이 만들 수 있는 최고의 요리를 만들 것.

이내 살아남은 참가자들 사이에서 크고 작은 술렁임이 일었다.

이런 식이라면 1차 예선과 크게 다를 바가 없었다.

사실상 아예 똑같다고 봐도 무방한 주제가 아니던가?

'커리큘럼을 너무 성의 없게 짠 거 아냐?'

도진 역시 탐탁지 않게 생각하며 팬트리로 향했고…….

–재료 선별 제한 시간은 10분입니다.

참가자들이 저마다 이번에는 어떤 요리를 선보여야 좋을지에 대해 고민하기 시작했다.

이번에도 자신 있는 요리를 선보이면 그만이니 다들 쉽게 생각하는 눈치였다.

도진 역시 마찬가지.

1차에서는 양식인 스테이크를 선보였으니 2차에서는 조금 결이 다른 요리를 선보이고자 여러 레시피를 복기하느라 여념 없었고.

삐이이–.

노연우가 다시금 소리쳤다.

–제한 시간 종료입니다!

이윽고.

'어디 보자…….'

도진이 팬트리에서 조리대까지 가져온 여러 식재료를 눈으로 쭉 훑어보며 혼잣말을 중얼댔다.

어떤 순서로 요리를 해 나가야 가장 효율적일지 미리 간략하게 시뮬레이션을 해 보는 과정이었다.

다른 참가자들 역시 별반 다르지 않았다.

다들 2차 예선에서 선보일 요리의 순서를 정리해 보느라 여념이 없어 보이던 찰나.

다시금 마이크를 제 입가에 바짝 가져다 댄 노연우가 한없이 비릿한 미소를 지어 보였다.

ㅡ자.

그렇게 모두의 이목이 다시금 집중됐다.

ㅡ다들 손을 떼고.

다음 순간.

ㅡ왼쪽으로 한 칸씩 이동하겠습니다.

그의 말이 끝맺어지자마자 참가자들이 약속이라도 한 것처럼 두 눈을 휘둥그레 떠 보였다.

새로운 경쟁자

사실 노연우는 '1차 예선'이 끝난 직후부터 줄곧.

지금 이 순간만을 기대하고 또 기대했다.

2차 예선의 반전은 다름 아닌 참가자 간의 자리 이동!

이럴 줄 알았다.

자신이 2차 예선의 반전을 공개하기 전까지만 하더라도 다들 기고만장하지 않았던가?

장담컨대 다들 2차 예선 역시 큰 어려움 없이 평탄하게 지나갈 것이라 확신했을 터였다.

하지만.

고작 그렇게 끝날 리 있겠는가?

"이야, 다들 죽상이 따로 없네."

노연우는 올라가는 입꼬리를 주체하지 못했다.

아마 참가자들은 예상치도 못했으리라.

실제로 몇몇은 아예 넋을 놓아 버린 상태였다.

―자, 한 시간 드리겠습니다.

1차 예선에서 선보인 시그니처 메뉴를 통해 참가자들의 실력은 어느 정도 확인됐다.

쉽게 말해 여태껏 살아남은 참가자들은 다들 일정 수준 이상의 기본기를 갖췄다는 뜻.

그렇다면 이제는 요리사로서 꼭 갖추어야 할 또 다른 '덕목'을 확인해 볼 필요가 있었다.

돌발 상황에 대한 대처 능력.

실제로 필드에서 일하다 보면 예상치도 못한 여러 돌발 상황이 발생하기 마련이었다.

이를테면 재료 수급이 어렵다는 이유로 갑작스레 재료가 바뀐다든가, 손님의 알레르기 등의 이유로 한정된 재료를 사용해 아예 다른 요리를 선보여야 할 수도 있다.

응당 요리사라면 돌발 상황에도 능숙하게 대처할 수 있을 법한 임기응변을 갖추어야 할 터!

'더군다나…….'

앞으로 녹화가 이어지면 이어질수록 점점 더 참가자들의 예상 범주를 벗어난 미션이 주어질 터였다.

그렇기에.

전혀 예상치 못한 상황 속에서 능수능란하게 대처할 수 있는 참가자들만을 생존시킬 필요가 있었다.

"음?"

노연우가 패닉에 빠진 참가자들을 비웃듯 재차 말했다.

-자아, 왼쪽으로, 한 칸씩, 이동.

누가 '웃는 얼굴에 침 못 뱉는다'라는 말을 했단 말인가?

그 말은 틀렸다.

노연우의 웃는 낯에는 침을 뱉을 수 있을 것만 같았다.

하나, 어쩌겠는가?

참가자들이 마치 도살장으로 끌려가는 소라도 된 양 터덜터덜 힘없이 걸음을 옮겨 댔다.

자신이 위치한 조리대에 놓인 재료들을 마주한 참가자들의 반응 역시 각양각색이었다.

누군가는 상상치 못한 재료에 절망했으며 또 누군가는 안도의 한숨을 내쉬며 가슴을 쓸어내렸다.

"어라?"

그때 김소연 셰프가 자리를 옮기고 있는 참가자들을 둘러보며 말문을 열었다.

"지금 보니까 1차 예선에서 가장 좋은 성적을 기록한 세 명이 나란히 붙어 있네요?"

그 말에 '그러게요……?' 하고 되물은 노연우가 저 멀리 서 있는 참가자를 바라봤다.

지난 1차 예선에서 세 번째로 높은 점수를 받은 22번 참가자 김이랑이었다.

미슐랭 투 스타 파인다이닝에서 근무했다더니 확실히 기본기가 탄탄한 참가자였다.

그런 그녀가…….

자리를 한 칸 옮겨서는 1차 예선에서 가장 높은 성적을 기록한 52번 참가자 '김도진'의 조리대로 향했다.

그러고는 52번 김도진 참가자의 조리대의 재료가 마음에 들지 않는다는 양 제 머리칼을 양손으로 감싸 쥐었다.

'22번 참가자는 위기인가 보네?'

이내 노연우가 시선을 살짝 옮겨서는 52번 참가자 '김도진'의 표정을 살펴봤다.

1차 예선에서 가장 높은 성적을 기록했던 그는 두 번째로 높은 성적을 받은 2번 참가자의 조리대 앞에 멈춰 선 상태였다.

'뭐야, 재미없게…….'

리액션이 꽤 재미있었던 22번 참가자와는 다르게 52번 참가자 김도진은 일말의 표정 변화조차 보이지 않고 있을 따름이었다.

이윽고.

노연우가 이번에는 김도진이 차지한 조리대의 원래 주인이자, 지난 미션에서 2위를 차지했던 참가자를 살펴봤다.

천재셰프
회귀하다

'저쪽도 재미없네.'

2번 참가자는 훤칠한 키에 준수한 외모를 한 젊은 남성이었다.

그 역시…….

도진과 달리 무미건조한 얼굴로 조리대의 재료를 살펴 댔다.

"세 명 모두 기대되긴 하는데…….'

노연우가 어깨를 가볍게 들썩였다.

"22번 참가자나 2번 참가자는 그렇다 치더라도 52번 참가자 김도진이 조금 걱정이네요."

그 말에 최석현이 되물었다.

"이유는요?"

이내 노연우가 당연하다는 듯 답했다.

"22번 참가자는 맨해튼의 '투 스타 파인다이닝'에서 근무했던 경력이 있지 않습니까? 심지어 한 섹션을 담당했다는 것 같은데, 그 정도면 임기응변 능력 역시 뛰어날 수밖에 없을 테고."

그가 이번에는 2번 참가자를 바라보며 말했다.

"2번 참가자, 백인호야 말할 것도 없지 않겠습니까?"

이내 김소연이 답했다.

"경력이나 가족 관계만 놓고 봐도 유력한 우승 후보죠."

그 말에 최석현이 고개를 한 번 끄덕였다.

"하긴……."

비록 지난 예선에서는 어찌어찌 가장 높은 성적을 받아 냈으나, 사실상 22번이나 2번 참가자와 비교하면 모든 면에서 뒤처진다 해도 과언이 아니었다.

필드에서 현역으로 일한 경험이 있는 것도 아닐뿐더러 제대로 요리를 배운 것도, 심지어 경력만 놓고 비교해도 마냥 뒤처지는 실정이 아니던가?

한데, 왜일까?

최석현은 저도 모르게 이번을 기대하게 됐다.

52번.

승산이 없는 참가자의 선전을 점치고 있었다.

"왜인지는 모르겠지만."

최석현이 어깨를 들썩이며 덧붙였다.

"저는 52번 참가자에게 걸고 싶네요."

그렇게 정적이 흐르기를 잠시.

-자.

노연우가 다시금 마이크의 전원을 켜고는 진행을 시작했다.

-그럼 지금부터 2차 예선을 시작하도록 하겠습니다!

다음 순간.

삐이이이이이-!

휘슬 소리와 함께 다시 타이머가 움직이기 시작했다.

천재셰프
회귀하다

[00 : 59 : 59]
[00 : 59 : 58]
[00 : 59 : 57]
······.

한창 재료 손질에 여념이 없던 이랑이 문득 과거를 복기해
봤다.

언제였더라?

아마 아홉 살 무렵에 가장 처음으로 부엌에 발을 들였을
거다.

초등학생 시절.

이랑은 아버지의 손에 이끌려 태평양 건너 미국에 정착했다.

-이제 여기서 아빠랑 둘이 사는 거다.

몹시 어렸으나 눈치껏 알아챈 사실이 몇 가지 있었다.

부모님은 이혼했다.

높은 확률로 엄마를 다시는 만날 수 없을 것이다.

아, 마지막으로 하나 더.

아빠에게 의지해서는 안 된다.

왜냐면…….

아빠는 너무 바쁜 사람이니까.

그 무렵.

어린 시절의 이랑은 늘 허기에 시달렸다.

이민 직후.

아버지는 사업이 자리 잡히지 않아 며칠 내리 집에 오지 않기 일쑤였다.

오래 자리를 비우실 때면 적게는 수십 달러, 많게는 백 달러를 식탁에 두셨으나…….

어린 시절의 이랑은 홀로 집밖으로 나설 엄두를 내지 못하고 매일 굶주렸다.

무서웠다.

갑작스럽게 바뀐 환경, 낯선 나라, 통하지 않는 언어.

그렇기에.

불이 꺼진 집에서 웅크린 채로 허기에 시달려 왔다.

-김이랑, 아빠가 그저께 식탁에 밥값 뒀었는데…….

-네, 밥 사 먹었어요…….

-그래, 잘했다. 정크 푸드 너무 많이 먹지 말고.

차마 아버지께는 그런 속사정을 말할 수 없었다.

그러던 어느 날이었다.

배가 너무 고파서 도무지 견딜 수 없던 어느 날.

  -안 되겠어.

어린 이랑이 식탁 의자를 밟고 찬장을 열어 봤다.
마땅히 먹을 만한 게 없었다.
그다음에는 냉장고를 열어 식재료를 살펴봤다.
배가 고팠다.
이대로라면 금방이라도 죽을 것처럼 배가 고팠다.
처음에는 달걀이었다.
팬에 기름을 두르고 본 대로 프라이를 해 봤다.

  -맛있어…….

밑면은 시꺼멓게 타고 테두리는 비스킷처럼 딱딱해진 프
라이.
그게 생애 첫 요리였다.
형편없는 프라이를 허겁지겁 먹던 어린 이랑은 문득 생각
했다.
만약에…….
정말 만약에 모든 요리를 할 줄 알게 된다면?
혼자 있는 시간이 전혀 두렵지 않을 터였다.

돌아보니 터무니없는 이유로 요리에 빠지게 됐다.

그냥, 어린 마음에.

조금 더 맛있는 음식을 자주 먹고 싶어서.

이토록.

별거 아닌 이유로 그녀는 요리에 빠졌다.

자.

그럼 여기서 문제가 무엇이냐.

"하아, 미치겠네–."

한숨을 푹 쉬어 보인 이랑이 눈앞에 놓인 식재료를 살펴봤다.

날고등어, 양파, 파, 고추, 고춧가루, 마늘, 설탕, 소금, 무…… 한국인이라면 누구나 무슨 메뉴인지 유추할 수 있는 재료였다.

"빌어먹을…….'"

이건 고등어 무 조림 재료가 확실했다.

한데…….

이랑은 한식에 약해도 너무 약했다.

이유는 간단했다.

이랑이 이민을 가게 된 나이는 고작 9세.

한식을 조리해 본 경험은 거의 없었고…….

심지어 먹어 본 기억조차 가물가물했다.

그때.

이랑이 저 멀리 전광판에 나타나 있는 남은 시간을 바라보며 고개를 내저었다.

'이럴 때가 아니지.'

패닉에 빠져 있는 지금도 시간은 흘러가는 중이었다.

뭐라도 해야 한다.

이랑이 고등어를 씻어 물기를 제거한 뒤 도마에 올렸다.

탕!

칼을 든 이랑이 비장한 표정으로 고등어의 머리를 날렸다.

비록 무슨 요리를 할지는 결정하지 못한 채였지만…….

일단 거침없이 손질부터 해 나가기로 결심한 듯 보였다.

많은 참가자들이 자신의 눈앞에 놓인 재료로 무엇을 만들어야 하는가에 대한 고민을 이어 나가고 있었다.

물론 도진도 별반 다르지 않았다.

눈으로 쭉 훑어보니 큼직한 연어 한 마리, 각종 채소, 토마토, 파스타면, 레몬 등의 식재료가 조리대에 가지런히 놓여 있었다.

그렇게 조리대에 놓인 재료를 쭉 살펴본 도진은 금세 본래이 재료의 주인이 선보이려던 요리가 무엇인지 눈치챘다.

'연어 냉 파스타.'

파스타는 흔히들 접할 수 있기 때문에 쉬운 요리라는 생각이 들기 십상이었다.

틀린 말은 아니다.

하지만 접근성이 좋은 요리가 으레 그렇듯 평균치의 맛까지는 쉽게 낼 수 있으나, 그 이상의 맛을 내는 건 어렵기 마련이었다.

특히 냉 파스타의 경우에는 더더욱 그렇다.

면의 익힘 정도라든지 소스와의 조화 등을 비롯해 신경 써야 할 요소가 한둘이 아니었다.

그렇기에.

도진은 이 조리대의 주인이 꽤나 탄탄하고 안정적인 기본기를 갖춘 실력 있는 요리사라 짐작했다.

'저 사람이겠지?'

왼쪽으로 힐끔 시선을 돌린 도진의 눈에 보인 것은 180은 족히 넘어 보이는 큰 키의.

'허수아비……?'

아니, 자세히 보니 큰 키에 마른 체구, 조금 차가운 듯한 느낌의 미형의 얼굴.

깔끔한 움직임으로 빠르고 정확하게 요리해 내고 있는 모습은 상당히 절도 있었다.

만약 오랜 시간 주방에 요리한 사람처럼 군더더기 없는 동선이 아니었다면…….

'드라마 촬영 중인 배우라고 해도 믿었겠네.'

무표정으로 덤덤하게 요리를 해 나가는 그의 움직임은 마치 물 흐르듯 자연스러웠다.

"아."

잠시 넋을 놓고 보고 있던 도진이 정신을 차렸다.

[00 : 59 : 05]

[00 : 59 : 04]

[00 : 59 : 03]

······.

눈앞에 타이머는 쉴 틈 없이 움직이고 있었다.

이제.

무슨 요리를 해야만 할지 결정을 내려야 했다.

'좋아.'

재료의 파악은 이미 진즉에 끝냈다.

본래 재료의 주인이었던 이가 어떤 요리를 하려고 했는지도 눈치챘다.

그럼 이제 선택지는 두 개.

본래 주인이 하려던 요리를 선보일 것인가?

혹은.

그의 의도와는 다른 요리를 선보일 것인가?

'그대로 따라가면 재미가 없지.'

금세 결심을 굳힌 도진이 손을 움직이기 시작했다.

냄비에 물을 올렸고…….

막간을 이용해 방울토마토의 표면에 칼집을 냈다.

보글보글-.

물이 끓는 소리가 나자 토마토를 끓는 물에 넣고 데쳐 내고는, 찬물에 식혀 껍질을 벗겨 냈다.

도진은 연어를 메인으로 한 접시 내에서 기승전결을 만들어 낼 생각이었다.

우선 연어를 활용한 메인 디시에 곁들이게 될 '토마토 절임'을 먼저 조리해 낼 생각이었다.

껍질을 벗겨 낸 토마토를 볼에 넣고, 연달아 발사믹 소스와 설탕 등의로 소스를 만들어 버무렸다.

도진은 그다음에야 메인 디시의 주재료인 연어를 손질하고자 칼을 손에 쥐었다.

서걱-.

그렇게 도진이 연어 손질을 시작하던 찰나.

슬쩍-.

누군가가 그런 도진을 의문스럽다는 양 바라봤다.

'저 사람, 어떤 요리를 하려는 거지?'

다름 아니라, 도진의 왼쪽 조리대를 차지하고 있는 참가자.

참가 번호 2번, 백인호.

그러니까 지금 도진이 요리하고 있는 재료의 주인이었다.

참가 번호 2번, 백인호.

아버지는 청와대 수석 셰프 경력을 지닌 한식의 대가였다.

어머니는 어떠한가?

유명 프렌차이즈 기업의 메뉴 개발팀 소속 요리 연구가였다.

그럼 형제는?

친형은 이탈리아의 쓰리 스타 파인다이닝의 수 셰프였다.

온 가족이 요리에 매몰된 삶을 살았다.

사람들은 그런 인호의 가정을 두고 '요리 명가'라 칭했다.

그런 가족들의 영향이었을까?

백인호 역시 자연스레 어린 나이에 칼을 쥐고 불 앞에 섰다.

주방을 놀이터 삼아 누볐으며…….

당초에 부모와 형제로부터 들었던 질문조차 사뭇 달랐다.

　－우리 인호는 어떤 음식을 만드는 사람이 되고 싶어?

요리가 아닌 다른 일을 업(業)으로 삼을 생각조차 못 해 봤다.

그가 주방에 들어선 것은 너무도 자연스러운 결과였다.

아버지의 주방에서 처음 요리에 입문해 기본기를 다졌다.

취미는 꿈이 되었다가 금세 업이 되었다.

모든 일이 일사천리로 물 흐르듯 자연스레 흘러갔다.

돌아보니 나이에 걸맞지 않은 경력을 지니게 됐다.

올해로 스물세 살에 불과했으나 경력이 17년이었다.

칼을 쥔 건 14년째.

깐깐한 아버지로부터 인정을 받아 제대로 요리를 배우게 된 건 올해로 어언 10년 차에 접어든 채였다.

심지어 그중 마지막 2년은 파리의 요리 전문대학인 '르꼬르 동 블루'(Le Cordon Bleu)에서 보낸 시간이었다.

사실상 한평생 요리만 하고 살았다고 해도 무방한 발자취를 지닌 인물이라고 볼 수 있었다.

그야말로 엘리트 코스.

그 덕분에 백인호는 언제나 1등만을 하며 살아왔다.

그렇기에.

감히 우승을 확신하며 프로그램 참가를 지원했다.

그에게 있어 이번 오디션 프로그램 참가는 제 커리어에 더해질 한 줄짜리 해프닝에 불과했다.

지금.

천재셰프
회귀하다

백인호는 한 치의 망설임조차 깃들지 않은 손놀림으로 능숙히 재료를 손질해 나갔다.

마치 레시피를 입력하면 재현하도록 프로그래밍된 기계처럼 오차 없이 정확하게 움직였다.

갑작스러운 '자리 바꾸기 미션'에도 일말의 동요조차 하지 않던 백인호였으나…….

'뭐지?'

그런 그가 어째서인지 자꾸만 멈칫거렸다.

마치 렉이 걸린 전자기기처럼…….

저도 모르게 곁눈질로 옆을 살펴봤다.

52번 참가자 때문이었다.

그가 무슨 요리를 할지 도저히 짐작조차 할 수가 없었다.

이윽고.

인호는 다시 한번 자신이 가지고 온 재료를 복기해 봤다.

'생물 연어, 파스타면, 양상추, 토마토, 레몬 등등…….'

자신이 가지고 온 재료는 분명 연어 냉 파스타였다.

그래, 분명 연어 냉 파스타였으며…….

이 외에는 마땅한 요리를 떠올릴 수 없기도 했다.

'대체 뭐지?'

자리가 바뀌고 난 뒤로는 팬트리에 갈 기회조차 없었다.

쉽게 말해.

참가자들은 조리대에 놓인 재료만을 활용해야 한다.

그렇기에.

다들 조리대의 원래 주인이 조리하려던 요리를 추리했다.

백인호 역시 마찬가지.

자신이 마주한 조리대의 원래 주인이 하려던 요리를 고스란히 조리하는 게 최선이리라 판단했다.

'안심 스테이크.'

자신이 선 조리대에 올려져 있던 재료를 토대로 추측해 낸 결괏값이었다.

아마 가니쉬로 아스파라거스, 그린빈즈, 양송이, 당근, 메쉬드 포테이토를 곁들이려 했겠지.

결론을 내린 인호는 그 어떤 참가자보다도 빠르게 재료 손질을 시작했던 바 있었다.

그런 와중에 아주 잠깐 남은 시간을 확인하고자 고개를 들어 올리던 순간이었다.

아무런 미동조차 없이 묵묵히 재료를 바라보고 선 옆 자리의 참가자를 발견했다.

52번 참가자, 김도진.

다른 참가자들에 비해 한참 어려 보이는 외모.

딱 고등학생 언저리 같았다.

아무리 많이 봐줘야 스무 살, 그 정도였다.

'당황한 건가?'

그렇게 생각했다.

'머릿속이 새하얘졌나 보네.'

분명 당황해서 뭐부터 해야 할지 모르는 게 분명하다고.

그런 도진이 움직이기 시작하자.

인호의 머리 위로 물음표 몇 개가 나타나기에 이르렀다.

"어-? 그거 아닌데……."

어수룩한 표정으로 한참 동안 재료를 보며 멍하게 있던 도진이 대뜸 토마토를 데쳤다.

'도대체, 무슨 요리를 하려고?'

느닷없이 토마토를 데치더니, 데친 토마토를 헹궈 껍질을 까고, 소스에 담그더니.

서걱-.

칼을 꺼내서는 연어를 손질하기 시작했다.

'연어 냉 파스타를 했어야 하는데-!'

백인호는 기계적으로 손을 움직이면서도 도진을 향해 힐끔거리는 시선을 거둘 수 없었다.

이유는 알 수 없었다.

자신은 대체 왜 이렇게 요리에 집중하지 못하고 자꾸 도진을 바라보고 있는 것일까?

도진이 요리를 차츰 완성해 나갈수록 인호가 곁눈질하는 주기가 짧아졌다.

'아.'

일련의 깨달음을 얻은 까닭이었다.

뭐랄까?

편견 속에 갇혀 있던 기분이었달까?

어쩌면.

자신은 매너리즘에 빠졌던 것일지도 모른다.

치이이이익-!

이내 인호가 제 팬을 바라봤다.

"아아-."

자칫 잘못했다가는 고기가 '오버 쿡'될 뻔했다.

한숨을 푹 내쉬고는-.

곧바로 접시에 옮겨 담아 플레이팅을 시작했다.

띵!

아무래도 자신이 가장 먼저 조리를 끝낸 모양이었다.

뭐…….

조리대의 원래 주인이 간단한 요리를 골라 준 덕이겠지만.

"2번 참가자, 완성된 요리 심사하도록 하겠습니다."

"굽기, 소스, 가니쉬 모두 좋습니다."

"당장 팔아도 될 만큼 완성도 높은 요리로군요."

심사받는 인호는 호평 속에서도 알 수 없는 표정을 지었
다.

그저 묵묵히.

자신이 만들어 낸 '최선의 한 접시'를 물끄러미 바라보았다.

심사 위원들이 합격을 알리며 자리를 떠남과 동시에.

인호는 이제 노골적으로 도진을 바라보기 시작했다.

그 이유는 자못 간단했다.

52번 참가자가 만들어 내고 있는 한 접시의 요리에.

'무언가가 있어.'

정체된 자신을 발전시킬 가르침이 깃들어 있을 터였다.

한창 조리에 여념이 없던 도진이 고개를 들어 올려 전광판 위로 표기된 남은 시간을 확인해 봤다.

[00 : 40 : 45]

[00 : 40 : 44]

[00 : 40 : 43]

······.

벌써 재료 손질에 20분을 소비해 버린 채였다.

시간이 촉박하다.

더욱 부지런히 움직여야 할 필요가 있었다.

'자, 이제 본격적으로 시작해 볼까······.'

도진은 한 접시 안에 세 가지 요리를 담아낼 생각이었다.

연어를 활용한 에피타이저.

그리고 마찬가지로 연어를 활용한 메인 디시.

마지막은…….

대미를 장식할 입가심용 토마토 절임이었다.

'일단 연어 카르파초부터…….'

익히지 않은 연어를 얇게 썰어 채소와 드레싱을 함께 곁들이는 에피타이저 격의 요리였다.

도진은 먹기 좋은 크기로 썰어 낸 연어회 위에 얇게 채 썰어 낸 파프키와 새싹 채소를 얹었다.

그러고는 한 입에 편하게 '쏙' 집어넣을 수 있게끔 롤처럼 돌돌 말아 내기에 이르렀다.

비록 모양은 보편적인 카르파초와 다르다지만 그 구성 자체는 분명 카르파초가 분명했다.

소금, 후추와 레몬즙, 사과식초에 올리브유를 섞은 상큼한 소스를 마무리로 뿌려 주기만 하면 끝.

'이제 두 개는 끝낸 셈인가…….'

첫 번째 요리인 연어 카르파초와 마지막 요리인 토마토 절임을 완성한 상황.

한 접시에 담길 세 가지 요리 중 두 가지를 완성한 상황이랄 수 있었다.

'좋아.'

이내 도진이 메인 디시 조리를 시작했다.

연어 스테이크.

스테이크에 쓸 연어의 경우 카르파초에 썼던 연와와는 다르게 껍질을 제거하지 않은 채였다.

필렛을 후추와 소금으로 밑간한 뒤에 스토브의 불을 켜고 위에 팬을 하나 얹었다.

가장 센 불에 뜨거워진 팬에 포도씨유를 넉넉히 두른 뒤 팬이 예열되자마자…….

치이이이익ー.

미리 밑간해 둔 연어 필렛을 껍질 부분부터 올려 내자 먹음직한 소리가 울려 댔다.

아!

물론 더 크리스피한 식감을 위해서 껍질에 밀가루를 덕지덕지 발라 낸 채였다.

무언가가 튀겨지는 소리였다.

뜨거운 열기에 껍질이 오그라드는 것을 지켜보던 도진이 불의 세기를 낮추었고…….

치이이이이익ー!

치이이이이익ー!

치이이이이익ー!

팬 위에 별안간 버터와 허브를 잔뜩 넣고는 스푼으로 기름을 떠서 연어 스테이크에 연신 끼얹었다.

이는 영어로는 베이스팅.

또, 프랑스 조리 용어상으로는 '아로제 기법'이라 칭하곤 하는 조리 방식이랄 수 있었다.

간략히 설명하자면…….

버터나 지방 따위를 식재료 위에 계속 끼얹어 음식물이 마르는 것을 방지하는 조리법이었다.

그 과정을 한참 동안 답습하다 보니 연어 스테이크가 골고루 잘 익어 선홍빛을 띠게 됐고…….

만족스럽다는 양 씨익 미소를 지어 보인 도진이 다시금 고개를 들어 올려 시간을 확인해 봤다.

　　[00 : 20 : 43]
　　[00 : 20 : 42]
　　[00 : 20 : 41]
　　…….

아직 제한 시간이 20분이나 남아 있었다.

이 정도면.

느긋하게 플레이팅을 할 수 있을 터였다.

아직 요리를 끝내지 못한 참가자들이 한데 어우러져 있

이미 심사를 끝내고 자리를 치운 채 기다리고 있는 참가자들과 아직 요리를 끝내지 못한 참가자들이 한데 어우러져 있었다.

"어디 보자. 이제 슬슬 마무리되어 가는 것 같은데요?"

"끝끝내 완성해 내지 못한 참가자들도 있을 것 같네요."

"아무래도 당황스러울 만한 미션이기야 했습니다."

사실 이번 미션은 참가자들도 힘들었겠지만 심사 위원들에게도 꽤나 고역이었다.

난생처음 맛보는 기이한 요리는 물론이고, 도저히 입에도 못 댈 만큼 처참한 요리까지.

혹은 분명히 무난한 레시피를 기반으로 한 요리임에도 미숙한 조리로 맛을 버린 요리 등…….

물론.

그런 와중에도 멀쩡하게 요리해 낸 참가자들도 있었다.

"조금 뻔했지만, 2번 참가자의 '안심 스테이크'는 괜찮았던 것 같기도 하네요."

"맞아요. 아, 32번의 디저트도 훌륭했어요. 슬슬 숨은 원석이 보인달까요."

"맞습니다. 본래 실력이란 이런 돌발 상황 속에서 더 고스란히 드러나는 법이죠."

그렇게 심사 위원들이 각자의 평을 나누고 있을 무렵.

띵—!

요리를 마친 참가자 하나가 벨을 울리자 심사 위원들이 일제히 고개를 휙 돌렸다.

"아, 기다리던 참가자네요."

모든 심사 위원이 내심 기대 중인 52번 참가자 김도진이 벨을 울린 모양이었다.

이윽고 그들이 약속이라도 한 양 곧바로 도진의 조리대를 향해 성큼성큼 다가섰고.

"이야, 이번에도 플레이팅이 인상적이네요."

노연우가 흥미롭다는 양 피식 미소를 지어 보였다.

검은색을 띤 길쭉한 직사각형의 접시 위.

왼쪽에는 한입 크기의 연어 롤이.

중앙에는 잘 구워 낸 연어 스테이크가.

마지막으로.

가장 오른쪽에는 새싹 채소로 만든 둥지 위에 알처럼 옹기종기 놓인 '토마토 절임'이 놓여 있었다.

이내 노연우가 아랫입술을 한 번 핥아 내고는 도진을 바라보며 조심스레 되물었다.

"혹시 먹는 순서가 따로 있습니까?"

"네, 가장 왼쪽부터 드시면 됩니다."

이번에도 노연우가 가장 먼저 시식을 시작했다.

우선 맨 왼쪽의 연어 롤부터.

입안에 쏙 집어넣고 우물대기를 잠시.

피식.

노연우가 저도 모르게 실소를 흘리고야 말았다.

'제대로네.'

부드러운 연어가 잇새를 비집고 들어가자마자 연달아 아삭한 채소의 식감이 느껴졌다.

상큼한 레몬 베이스의 소스는 잇따른 심사로 지친 그의 혀에 생기를 불어넣는 듯했다.

맛을 음미하는 듯한 노연우에 질세라 빠르게 연어 롤을 집어 든 김소연이 중얼댔다.

"어라? 롤이 아니라 연어 카르파초였네?"

익숙한 모양이 아니라서 롤이라 생각했으나, 썰어 낸 두께는 물론 조리법 역시 전형적인 카르파초가 분명했다.

"예, 맞습니다. 평범한 카르파초입니다."

짧게 답한 노연우가 덧붙였다.

"제대로 손질한 연어를 정석대로 얇게 썰어 내고, 널리 알려진 레시피대로 조리해 낸 연어 카르파초예요. 얼마나 평범하냐면, 제 파인다이닝의 코스에 수록시켜도 문제가 없을 정도로군요."

평범함에 대한 질책이라 생각했건만 아니었다.

기본.

노연우는 52번 참가자의 기본기에 감탄했다.

·요리란 간단한 행위다.

레시피대로 정량 조리를 하면 무조건 맛있다.

다만, 놀랍게도.

무수히 많은 이들이 그 답습을 해내지 못한다.

고로.

답습을 제대로 해내는 것 역시 재능일 터였다.

그런 관점에서 바라봤을 때.

52번 참가자의 재능은 타의 추종을 불허했다.

"자, 그럼 다음."

첫 번째 요리인 카르파초의 시식을 마친 노연우가 연달아 다음 메뉴인 '연어 스테이크'를 잠자코 바라봤다.

그러고는 피식 웃음을 흘려 보이고는 젓가락으로 노릇하게 잘 구워 낸 스테이크의 껍질 부분을 톡톡 두드려 봤다.

탁, 탁, 탁─.

이내 그가 되물었다.

"껍질 부분을 정말 노릇하고 바삭하게 잘 구웠는데."

이내 도진이 고개를 끄덕이고는 답했다.

"예, 반칙을 조금 쓰기도 했습니다."

"반칙?"

"껍질 부분의 식감을 극대화하고자."

도진이 뜸을 들이고는 덧붙였다.

"밀가루를 잘 펴서 발라 냈거든요."

한차례 '오.' 하고 감탄한 노연우가 제 고개를 비스듬하게 기울이며 되물었다.

"속까지 잘 익었는지 한번 확인해 볼까요?"

그러고는 젓가락으로 제 몫의 연어 스테이크를 으깨듯 가르기 시작했고…….

스윽-.

바삭하게 익은 껍질과 달리 살 부분은 젓가락만으로도 순순히 갈라질 따름이었다.

"제대로네……."

진갈색으로 바싹 익은 껍질과는 다르게 안쪽 속살은 분홍빛을 머금고 있었다.

또한 촉촉한 수분으로 짐작건대, 한눈에 보더라도 부드러움이 물씬 느껴졌다.

노연우가 잘라 낸 연어 스테이크 아래 깔아 둔 바질페스토 크림소스를 듬뿍 찍었고-.

쏙-.

입안에 넣고 깨물던 순간.

바삭-.

튀기듯 구워 낸 표면이 이에 짓뭉개지며 기분 좋은 소음이 귀를 간지럽혀 댔다.

아무 말 없이 조용히 스테이크를 씹고, 맛본 뒤에, 삼켜 낸 그의 표정이 어두워졌다.

"흠."

무언가 할 말이 있어 보였다.

하지만.

그는 곧장 평을 하지 않았다.

"자, 그럼 이제 마지막."

연달아 접시의 맨 오른쪽에 담긴 마지막 요리.

토마토 절임의 시식을 시작할 뿐.

그렇게 노연우가 시식을 마치던 찰나였다.

"잘 먹었습니다."

다른 심사 위원들 역시 시식을 모두 마쳤고.

"흠."

세 명의 심사 위원들이 저들끼리 조용히 눈빛을 주고받았다.

미묘한 기류가 흐르기를 잠시.

노연우가 저도 모르게 '풉.' 하고 실소를 흘려 보였고.

"대단하네."

최석현이 고개를 내저었으며.

"그러게요. 심지어 본인이 가져온 재료도 아니었잖아?"

김소연 역시 한마디를 거들었다.

이윽고.

노연우가 제 앞머리를 쓸어 넘겼다.

"52번 참가자."

"예."

"잘 먹었어요."

노연우가 미소를 머금은 채 덧붙였다.

"정말 맛있고 감사하게 잘 먹었어요."

과연 긍정적인 평가일까?

분위기로 미루어 보면…….

극찬이 분명해 보였다.

노연우는 도진이 한 개의 접시에 담아낸 세 가지 요리에 대해 이렇게 정의했다.

배려.

언뜻 보기에는 특별할 게 없는 메뉴의 나열이었다.

굳이 다른 점을 찾자면…….

한 접시에 세 가지의 요리가 나왔다는 정도랄까?

'그래, 만약 한 가지 요리만 덩그러니 있었더라면.'

분명 크나 큰 아쉬움을 느꼈을 게 분명했다.

한데.

이렇게 한 접시에 모두 모여 있노라니.

'서로가 서로의 부족함을 메워 주는 느낌이었지.'

하나의 주재료를 '식감'과 '온도'의 차이만을 활용해 아예 다른 느낌을 낸 것 또한 제법 인상 깊은 대목이었다고는 하지만…….

'사실 따지고 보면 전부 평범하게 맛있는 음식에 불과한데.'

자신은 대체 어떤 이유로 거듭 감사하단 말을 연발했을까?

"세 요리 모두 가볍고, 산뜻한 느낌이었습니다."

노연우의 평가에 도진이 답했다.

"최대한 부담스럽지 않도록 만들고자 했습니다."

이내 노연우가 재차 되물었다.

"의도하신 겁니까?"

정적이 흐르기를 잠시.

"예, 맞습니다."

두루뭉술한 질문이었으나 도진은 확신에 가득 찬 채로 답했다.

"역시 그랬군요."

아주 영리하고, 현명하며, 탁월한 선택이었다.

'빈틈을 잘 파고들었어.'

심사 위원들은 거듭 반복됐던 심사로 인해서 상당한 '포만감'을 느끼고 있었다.

게다가 기름진 스테이크나 파스타를 비롯해 일식, 중식, 한식, 디저트까지……

자극적인 맛을 지닌 다양한 요리를 연달아 맛본 까닭에 한껏 지쳐 있었다.

배려.

도진이 선보인 음식 속에서 심사 위원들을 향한 일련의 '배려'가 물씬 담겨 있었다.

깔끔하고, 산뜻하며, 기분 좋은 '산미'(酸味)가 느껴지는 음식들뿐이지 않았던가?

죄다 거듭된 심사로 인한 포만감조차 잊고 편하게 시식할 수 있는 요리뿐이었다.

접시 안에 담긴 건 배려였다.

그 배려가 면밀히 느껴졌기에 자신이 거듭 감사를 표했으리란 결론을 내렸다.

잘 먹었다.

그 말로 모자라 '정말', '감사하게' 따위의 미사여구를 구태여 덧붙였으리라.

"요리사로서 갖춰야 할 덕목이 여럿 있겠죠."

노연우가 덤덤하게 말을 이어 나갔다.

"맛있는 요리를 만들어 낼 수 있는 실력이라든지, 완벽한 요리를 위한 집념이라든지, 감탄을 자아내는 탐미적인 플레이팅이라든지, 위생 관념, 서비스 정신, 그 밖에도 여러 가지가 있겠지만…….."

말끝을 흐린 그가 좀처럼 보이는 일이 없는 미소를 보였다.

"그중 가장 중요한 것은 음식을 먹게 될 사람을 생각하는 배려가 아닐까 싶습니다."

도진이 동감한다는 양 고개를 끄덕였고.

"이대로 정진한다면 훌륭한 셰프가 될 겁니다."

노연우가 확신한다는 양 고개를 거듭 주억대며 덧붙였다.

"예, 훌륭한 요리사가 아니라 훌륭한 셰프가 될 겁니다."

도진이 고개를 숙여 감사를 표했고.

"어디 보자."

노연우가 도진의 명찰을 바라봤다.

"김도진 씨?"

"예."

"좋습니다."

그러고는 검지로 제 관자놀이를 톡톡 두드렸다.

"제가 이름 단단히 외워 뒀습니다."

"예?"

"앞으로 많이 마주칠 것 같아서요."

그때 다른 참가자가 벨을 울려 조리를 마쳤음을 알렸고.

"고생 많으셨습니다."

심사 위원들이 다시금 심사를 위해 조리대를 떠났다.

"음?"

이내 도진이 의아하다는 양 고개를 갸웃대고는 곧장 조리
대를 정리하기 시작했다.

그런 지금, 도진으로서는 모를 수밖에 없는 사실이 딱 한
가지 존재했다.

그건 노연우 셰프가 타인에게 관심이 없기로 아주 유명하
다는 사실이었다.

어찌나 관심이 없냐면 제 밑에서 일하고 있는 주방 막내 직원은 물론이거니와······.

정식 요리사라 하더라도 1, 2년 이상 일한 게 아니라면 이름을 외우지 못하곤 했다.

뭐, 이유야 간단했다.

외식 업계가 으레 그렇다지만 이직률이 상당히 높고 그 빈도나 주기 따위가 잦다.

정을 붙여 봐야 다들 금세 떠나 버리기 일쑤였고, 보통 수년 안에 아예 다른 업종으로 떠나 버리기 일쑤였다.

그래서 풋내기한테는 정이 아니라 눈길도 주지 말자는 신념을 품은 채 사는 노연우였으나.

"김도진, 김도진, 김도진······."

퍽 마음에 든 건지 도진의 이름만은 외우려 애를 썼다.

"예? 저는 김도진이 아닌데······."

심지어 다른 참가자의 요리를 심사하는 와중에도 말이다.

"쉿, 압니다."

말을 마친 노연우가 인상을 구기며 솔직한 평가를 남겼다.

"재료한테 사과하세요."

"예?"

"너무 형편없지 않습니까?"

그렇게 2차 예선 역시 서서히 끝을 향해 치달아 갔다.

—다들 고생 많으셨습니다.

연단에 선 노연우가 큐 카드를 바라보며 말을 이었다.

—지금부터 참가자들의 본선 진출 결과를 발표하겠습니다.

순식간에 참가자들의 웅성거림이 멎었고.

노연우가 순식간에 합격자를 발표했다.

본선에 진출한 합격자는 총 열여덟 명.

물론.

그 안에는 도진 역시 포함된 채였다.

'좋아…….'

그렇게 장내에 희비가 교차하던 찰나였다.

—또한, 지난 경연의 1, 2, 3위를 발표하겠습니다.

그 말에 참가자들이 일제히 노연우를 바라봤다.

'순위 발표?'

그렇게 발표가 시작됐고.

—3위, 참가 번호 22번 김이랑 참가자입니다.

이랑은 어느 정도 예상했다는 듯 당당하게 어깨를 편 채
도진을 바라보았다.

—2위, 참가 번호 2번 백인호 참가자.

2위가 발표되자 몇몇 사람들이 인호를 곁눈질로 연신 슬
쩍슬쩍 바라보기 시작했다.

백인호는 참가자들 사이에서 알음알음, '유력한 우승 후보'로 손꼽히는 인물이었다.

그런 백인호가 고작 2위라는 사실에 큰 의문을 느끼는 이들이 더러 엿보였고.

그들의 의문은 금세 '그렇다면 대체 누가 1위인가?'로 변하기에 이르렀다.

—1위.

그리고 노연우의 입이 떨어지는 순간.

—참가 번호 52번, 김도진 참가자.

장내 모든 이들이 도진을 찾기 위해 시선을 부지런히 움직이기 시작했다.

얼마 지나지 않아 도진에게 각기 다른 질감의 시선들이 날아와 꽂히기에 이르렀다.

질투, 시기, 동경, 경외, 그 밖에도 여러 감정이 얽힌 시선들이 쏟아졌다.

—본선 첫 번째 미션은 세 명의 참가자가 팀을 이뤄 진행하는 '팀 미션'입니다. 이번 경연에서 1, 2, 3위를 기록한 'Top3' 참가자들에게는 팀 선택 우선권이 부여됩니다.

그 말이 끝맺어지던 찰나였다.

"나랑 해—!"

김이랑이 도진을 향해 성큼성큼 다가오며 건넨 말이었다.

이내 다른 참가자들이 난색을 표하며 반발하기 시작했다.

"잠깐만, 순위권들끼리 팀을 하는 건 치사하잖아요!"

"맞아! 그런 게 어디 있어?"

"그렇게 팀을 이루면 우리는 대체 어떻게 하라고?"

이내 김이랑이 재차 반박했다.

"그렇게 하면 안 된다는 룰 있어?"

"그건……."

"없잖아? 그럼 무슨 상관인데?"

이내 모두의 시선이 결정권이 있는 도진에게로 집중됐다.

"글쎄요……."

도진이 곧장 무어라 답하지 않고 말끝을 흐려 보였다.

당장 급박하게 결정해야 하는 문제는 아닐 테니…….

일단은 시간을 두고서 천천히 고민해 볼 요량이었다.

한편.

이랑을 비롯한 저돌적인 몇 참가자들이 강력하게 한 팀이 되고 싶다는 의사를 비쳐 왔다.

또한.

본인을 어필하고 싶지만 차마 다가서지 못하는 이들이 도진의 주변을 맴돌아 댔다.

"어, 저, 저기……."

그중에는 백인호도 섞여 있었다.

그때.

노연우가 재차 설명을 덧붙였다.

천재셰프
회귀하다

–우선 합숙소에 입성하신 후 서로를 알아 갈 시간을 드릴 예정이니, 함께 팀을 이뤄 팀 미션을 진행하게 될 팀원은 그 이후에 결정해 주시면 될 것 같습니다.

어느덧 합숙소 촬영에 들어가는 일요일 아침이 밝았다.

'시간 한번 빠르네.'

도진은 지난 며칠을 정신없이 보내야 했다.

부모님의 식당 일을 도왔으며…….

학교 측에 여러 서류와 공문을 제출했다.

'이제 준비는 끝났고…….'

짐을 모두 챙긴 도진이 잠시 생각에 잠겼다.

'그나저나, 이거 골치 아프네…….'

다음 미션이 '팀 미션'이라는 사실이 공개되던 당시.

"도진 씨!"

"잠깐만!"

"얘기 좀 해!"

자신에게 쇄도하던 부름을 떠올린 도진이 저도 모르게 고개를 내저었다.

자신에게 함께 팀을 이루자며 제안해 온 이들은 다양한 부류로 나뉘었는데…….

"네가 그래도 기본적인 실력이 되니까 경험이 많은 내가 시키는 대로만 하면…….."

어린 도진을 맘 편하게 휘두르려는 사람도 있었고.

"제발 저 좀 도와주세요…….."

높은 순위에 빌붙어 버스를 타려는 사람.

"요리하시는 모습을 지켜보고 싶은데…….."

도진을 순수하게 궁금해하는 사람.

"몰라! 그냥 나랑 팀 해! 나랑 등을 맞대고 싸우자!"

이랑처럼 막무가내인 사람도 있었다.

'에휴…….'

자신에게 선택권이 있다는 사실이 내심 부담스러웠다.

행여나 누군가 악감정을 품을지도 모를 일이고.

숙소 생활이 마냥 편하지 않으리란 예감 때문이었다.

'그래도.'

다른 한편으로는 기대감이 들기도 했다.

과연 어떤 숙소에서 지내게 될지.

그리고 또 어떤 사람들과 함께 지내게 될지.

요리.

어찌 됐든 같은 꿈을 꾸는 이들과 한 공간에서 지내게 된 상황이 아니던가?

요리라는 한 가지 주제로 엮여 순수한 대화를 나눌 수 있을지도 모른다.

그러고 보면 전생에서는 동료들과 요리 이야기를 하며 밤을 새우곤 했었지.

'그리고 혹시 또 모르지.'

언젠가 먼 미래에 파인다이닝을 차리게 된다면.

'이 중에…….'

함께 일하게 될 사람이 있을지도 모를 노릇이다.

저벅, 저벅.

그런 시시콜콜한 생각을 하며 숙소 앞에 도착한 도진은 입을 쩍 벌릴 수밖에 없었다.

제작진이 '예산을 많이 들였다.'라고 자부할 만큼 숙소는 크고 깔끔한 편이었다.

잘 가꿔진 정원은 물론이거니와 큼지막한 수영장까지 딸려 있는 초호화 팬션!

미션 공개와 촬영 공지 등이 이루어질 거실 역시 한없이 넓고 쾌적해 보였으며…….

거실을 기준으로 좌측은 남자 방, 우측은 여자들이 쓰는 방인 듯 보일 뿐이었다.

심지어 숙소 곳곳에 안마 의자, 당구대, 다트 기계, 오락기 등이 놓여 있었다.

어디 그뿐이랴?

모던한 디자인으로 잘 꾸며진 주방은 도진의 심장을 뛰게 만들기에 부족함이 없었다.

예선 촬영 당시의 팬트리만큼은 아니라지만 그에 버금가는 종류의 식자재가 마련된 채였고.

　고가의 주방 용품, 프리미엄 브랜드의 칼과 도마, 값비싼 주방 용기까지 구비된 채였다.

　아, 물론 모두 협찬이었다.

　'맙소사, 수비드 기계에 훈연기까지 있잖아!'

　주방을 둘러본 도진은 다양한 요리를 할 수 있다는 생각에 한껏 상기된 표정을 지을 수밖에 없었다.

　그리고 그런 도진의 모습은 합숙소 곳곳에 설치되어 있는 관찰 카메라에 고스란히 담기고 있었다.

✹

　그렇게 본격적인 합숙 생활이 시작됐고.

　"저, 아직은 다들 서로 잘 몰라서 서먹하고 어색하니까 우리 간단하게 자기소개라도 하면 어떨까요?"

　운을 띄운 참가자가 짧게 스스로를 소개했다.

　"저는 정희준이고 스물여덟 살입니다!"

　호텔 주방에서 일했고 현재는 작은 빵집에서 빵과 과자 등을 만든다며 본인을 소개한 희준.

　자연스럽게 분위기를 주도해 이끌어 나가는 희준에 다른 참가자들도 한 명씩 자기소개를 해 나갔고……

천재셰프
회귀하다

"김이랑, 성격 더러워."

"저는 백인호입니다."

마지막으로 도진의 자기소개가 이어지자 참가자들은 놀람을 금치 못할 수밖에 없었다.

"어려 보이긴 했는데 진짜 고등학생이었어?"

"와……!"

"고등학생인데 1등이라니, 어마어마한데?"

제 나이를 듣고 놀라서는 한마디씩 건네는 사람들에게 도진은 멋쩍은 웃음을 흘릴 수밖에 없었다.

'예…… 몸만 고등학생입니다.'

어색한 미소만 짓던 도진을 구해 준 건 느닷없이 나타난 메인 작가였다.

"자, 지금부터 룸메이트 제비뽑기 시작하겠습니다."

그 말에 모두의 이목이 집중됐다.

"숙소 방을 2인 1실로 사용하게 될 예정이라서요. 제비뽑기를 통해 '룸메이트'를 선정하도록 하겠습니다."

이내 도진이 아랫입술을 핥아 냈다.

'제대로 된 사람이 걸려야 할 텐데…….'

만약 심각한 수준으로 코를 골거나, 이를 갈거나 하는 이가 걸린다면 향후 숙소 생활이 불행해질 터였다.

그뿐이랴?

결벽증이 있다거나, 그 정도까지는 아니라지만 상당히 예민하다든가, 혹은 사회성이 부족하다든가…….

'제발 정상인이길.'

이윽고.

"우리, 같은 방이네."

자리 바꾸기 미션 당시 도진의 왼편에 있던 참가자.

참가 번호 2번 백인호였다.

근데 이제 도무지 어떤 캐릭터인지 알 수 없는 사람.

"네?"

그가 제 손에 들린 제비를 흔들었다.

"나도 빨강이고, 너도 빨강이잖아."

"아, 같은 방이네요?"

"응, 정말 잘됐다. 그렇지?"

도진이 눈매를 좁혔다.

글쎄, 잘된 건가?

그때 그가 웃으며 물었다.

"저기, 단 거 좋아해?"

"예?"

"내가 단 거 많이 줄게."

도진이 재차 되물었다.

"단 거요?"

백인호가 두 눈을 빛내며 고개를 끄덕였다.

"응, 아직 어려서 단 거 좋아해."

"아뇨, 저는……."

"그러니까 내가 단 거 많이 줄게."

그가 활짝 웃으며 덧붙였다.

"단 거 많이 주고 친해질 거야."

아무래도 나이가 어리므로 단 걸 좋아하리란 일반화를 펼치고 있는 모양인데…….

'아, 해명하기 귀찮다.'

왜인지 합숙소 생활이 만만치 않을 것 같다는 생각을 멈출 수 없을 따름이었다.

첫 번째 팀 미션

합숙소 생활이 만만치 않을 것 같다던 도진의 예상은 다음 날 확신으로 변해 버렸다.

"김도진! 나와! 얼른! 안 나오면 쳐들어간다!"

아침 댓바람부터 누군가가 문을 쾅쾅 두드려 댔다.

"내가. 도진아. 코 자……."

2층 침대 아래쪽을 쓰기로 한 백인호가 졸린 눈을 연신 비벼 가며 꺼낸 말이었다.

아무래도 자신이 나가서 누군지 확인해 볼 테니 너는 쉬라는 뜻이 분명했다.

하루 동안 백인호와 지내며 알게 된 습관은 주어를 생략하고 짧게 말한다는 점이었다.

고작 하루 만에 룸메이트가 구사하는 언어를 파악했으니
꽤나 소득이 있는 걸지도.

"누구……?"

백인호가 문을 열자 김이랑이 눈에 들어왔다.

"김도진! 너 나와서 아침 먹어-!"

"에? 아침요……?"

"그래! 백문이 불여일견이잖아!"

이랑이 콧김을 뿜으며 말을 이었다.

"숙소 생활하는 동안 네 식사는 내가 책임진다!"

"왜요?"

"그야, 내 요리 실력을 뽐내기 위함이지!"

이랑이 피식 웃으며 되물었다.

"아마 며칠만 지나면 주객이 전도될걸."

"주객전도……?"

"네가 나랑 팀을 하고 싶어질 거라고!"

그때 도진은 대수롭지 않게 생각했다.

'며칠이나 가겠어?'

해 봐야 며칠이나 가겠느냐고.

어느덧 합숙소에 들어온 지 벌써 3일이란 시간이 흘렀다.

천재셰프
회귀하다

"김도진! 밥 먹어!"

아침 댓바람부터 이랑이 문을 두드리며 크게 소리쳐 댔다.

"일어나자, 밥 먹으래……."

이내 인호가 익숙하다는 양 눈을 비비며 도진을 깨웠고.

"예……."

도진 역시 이런 이랑의 행동이 익숙해진 양 곧장 몸을 일으켜 방을 나서서는 거실로 향했다.

그렇게 합숙소의 거실 식탁으로 다다르자 정성스레 차려 놓은 아침상이 그들을 반겨 주었다.

잘 지어낸 밥을 시작으로, 미역국, 삼색 나물무침, 감자볶음, 우엉조림, 무생채, 계란찜, 제육볶음까지.

이랑이 이른 새벽부터 일찌감치 일어나 직접 정성스레 조리한 진수성찬이었다.

"뭐 해? 빨리 안 먹으면 식는다?"

자연스럽게 수저를 든 도진이 미역국을 한술 크게 떠서는 입으로 가져갔다.

이내 도진과 인호가 이랑이 조리한 한식을 맛보다가 차례로 평가를 남겼다.

"누나, 한식이 많이 늘었네요?"

"맞아, 이제 한식 제법 잘해."

세 사람은 어느새 서로를 '형', '누나'라고 부르는 게 한없이 자연스러워진 채였다.

합숙소에서 장장 3일을 함께 지내다 보니 자연스럽게 호칭을 정리할 수 있던 까닭이었다.

"그럼 나랑 팀 할 거지?"

이랑은 삼시세끼 꼬박꼬박 식사를 차려 도진에게 함께 팀을 하자며 삼고초려를 하는 중이었다.

이내 '글쎄요.' 하고 답한 도진이 입안에 머금은 음식을 꼭꼭 씹으며 첫째 날을 떠올렸다.

"김도진, 밥 먹어!"

이랑의 성화를 이기지 못하고 거실 식탁으로 향하자 저 멀리 뉴욕에서나 먹을 법한 그럴싸한 브런치가 차려진 채였다.

"내 특제 오믈렛 한번 먹어 보면 자꾸 생각날걸."

그때, 도진은 이렇게 답했었다.

"저는 밥이 좋은데요?"

"뭐?"

"저는 쌀밥이 좋아요."

모름지기 한국인은 밥심이 아니던가?

더군다나…….

회귀 이전의 삶에서도 밥은 귀했다.

프랑스의 쌀은 밥을 짓기에 부적합하다.

애초에 품종 자체의 특성이 그런 성향을 지녔다.

프랑스 쌀은 대게 아밀로오스 함량이 적다.

리조또에는 적합하지만 밥을 짓기에는 부적합했다.

그 때문에.

이따금 쌀밥이 그리워 밥을 지어도 찰기가 짙고 점도가 높기 일쑤였던 거지.

그 덕분에 도진은 이따금 '자포니카종' 쌀을 우연히 얻었을 때나 쌀밥을 맛볼 수 있었다.

회귀 이후 여러 요리를 조리했으나 대부분의 식사는 쌀밥으로 해결한 것 역시 그 이유였다.

"기왕 대접해 줄 거면 쌀밥으로 대접해 주실래요?"

그래서였다.

"한국인은 밥심이잖아요?"

그래서 이랑에게 한식을 요구했다.

처음에는 영 형편없었지만…….

그래도 구관이 명관이라고 하지 않던가?

불과 며칠 새에 실력이 그럴싸해졌다.

이제는 제법 그럴듯한 한식을 조리해 냈으며 도진의 취향까지 반영해 주곤 했다.

"도진아, 혹시 이따가 점심으로 먹고 싶은 음식 있어?"

이내 도진이 다 먹은 그릇을 개수대로 옮기며 답했다.

"점심은 제가 할까요? 사실은 며칠 전부터 훈연기 한번 쓰고 싶었거든요."

그때였다.

"저기, 도진아."

등 뒤에서 들려온 부름에 도진이 고개를 휙 돌렸으나 보인 건 널찍한 가슴팍이었다.

이내 도진이 자연스럽게 고개를 슬쩍 들어 올려서는 인호의 얼굴을 올려다봤다.

"네?"

이내 인호가 웃는 얼굴로 도진을 내려다보며 답했다.

"그, 냉장고에 크림 브륄레."

"또 만들어 놓으신 거예요?"

그 말에 백인호가 활짝 미소 지으며 고개를 끄덕였다.

"응, 단 거 좋아하니까."

그 말에 이랑이 고개를 내저으며 답했다.

"답답하긴. 쟤 단 거 안 좋아한다니까 그러네?"

"도진이는 어려서 단 거 좋아해."

"청국장, 모시조개 된장국 같은 거 좋아한다니까?"

이랑이 재차 '쟤 완전 애늙은이 입맛이라니까 그러네.' 하고 연거푸 칭얼대자 인호가 그런 그녀를 노려봤다.

그 광경을 바라보며 고개를 몇 번 내저어 보인 도진이 옅은 웃음기가 서린 투로 두 사람에게 넌지시 물었다.

"두 사람, 언제 그렇게 친해졌어요?"

그러자 인호와 이랑은 기겁하듯 동시에 소리쳤다.

"누가 누구랑 친하다는 거야?"

"맞아, 우리 하나도 안 친해!"

좀처럼 큰 소리를 내지 않던 백인호가 큰 목소리를 내는 것을 처음 본 듯한 도진은 고개를 갸웃하며 작게 중얼거렸다.

　"티격태격해서 그렇지 친해 보이기는 하는데……."

　그때 인호가 도진의 귓가에 대고 속삭였다.

　"크림 브륄레, 쟤는 주지 마."

　"예에?"

　"혼자 먹어야 해. 적어 놨어."

　"뭘요?"

　"응, 통에 네 이름 적어 놨어."

　인호가 재차 나직이 덧붙였다.

　"김도진 거니까 건들지 말라고."

　그 말에 도진이 저도 모르게 '흠' 하고 침음했다.

　"그렇게 적어 두면 저 같아도 건드리겠는데요?"

　백인호가 '뭐? 왜?' 하고 당황한 기색을 감추지 못하던 찰나.

　"그나저나, 두 분 지금 시간 괜찮으세요?"

　도진이 '인호'와 '이랑'을 번갈아 보며 건넨 물음에 두 사람이 동시에 관심을 보였다.

　"잠깐은 괜찮은데 왜?"

　"나는 시간 많아. 엄청."

　이내 도진이 본론을 꺼냈다.

　"이제 3일째잖아요?"

그 말인즉.

"정말 팀원을 정해야 할 때가 된 게 아닐까 해서요."

도진의 말대로 제작진이 팀 편성을 위해 준 3일이라는 시간이 거의 다 흐른 채였다.

이제는 정말 팀을 꾸리지 않으면 안 되는 시점에 돌입했다고 볼 수 있었는데…….

도진이 시선을 슬쩍 옮겨서는 '인호'와 '이랑'을 각각 한 번씩 살펴보기에 이르렀다.

일단 백인호.

인호는 날카로워 보였던 첫인상과는 다르게 유하고 부드러운 사람이었다.

비록 잘 웃지 않는 편이라지만 웃으면 인상이 확 바뀔뿐더러 세심한 면모가 있다고 해야 할까…….

이랑 역시 마찬가지였다.

며칠 가지 않으리라고 생각했건만 놀랍게도 이랑은 매일매일 삼시세끼를 챙겨 줬다.

만약 인호가 아니었더라면 디저트까지 챙겨 주려 들지도 모를 노릇이었다.

좋은 사람들이다.

만약 제게 형, 누나가 있었더라면 '이런 느낌이 아닐까?'싶은 생각이 들 만큼.

하지만 과연 팀원으로도 좋은 사람들일지에 대해서는 고

민이 필요할 터였다.

　문제는 이들 두 사람의 상성이 개와 고양이처럼 썩 좋지 않아 보인다는 점이었다.

　"사실 형, 누나랑 한 팀을 이루고 싶기야 해요. 저희 셋 모두 지난 예선에서 좋은 성적을 거뒀으니, 이렇게 셋이 팀을 이루면 확실히 승산이 대폭 늘어날 것 같다는 생각이 들긴 하는데…….."

　도진이 속내를 털어놓자 인호가 눈을 빛내며 되물었다.

　"그럼 그렇게 하면 되잖아?"

　이내 도진이 고개를 내저었다.

　"망설여져요."

　그 말에 이번에는 이랑이 되물었다.

　"왜? 뭐가? 어떤 점 때문에—?"

　정적이 흐르기를 잠시.

　"두 사람, 안 싸울 수 있겠어요?"

　지난 며칠간 지켜본 결과에 따르면 두 사람이 서로 앙숙처럼 으르렁대는 순간은 대부분 '요리'를 할 때인 것처럼 보였다.

　요리에 대한 가치관이 달라도 너무 다르다.

　가령 예를 들자면 재료 손질부터 시작해서, 조리 순서라든지, 심지어는 그 방식, 플레이팅을 두고 싸우기도 할 지경이었다.

　평소에도 이 정도인데 팀 미션을 함께 치른다면?

훨씬 더 날이 바짝 선 대화가 오갈지도 모른다.

이내 도진이 생각하기도 싫다는 양 고개를 저어 댔다.

'주방이었다면 중재하는 것도 내 몫이었겠지만……'

이들은 도진의 주방 직원들이 아니다.

지금 당장은 팀일지 모르나……

장기적으로 보면 경쟁자에 불과한 이들이다.

굳이 중재하고 싶지 않았다.

비록 실력은 이들에게 조금 뒤처질지언정 서로 '우승'이라는 동일한 목적을 바라보고 있기에 잠깐이나마 손을 잡을 수 있는 이들이 팀원으로서는 더욱 제격이 아닐까 싶을 지경이기도 했다.

"요리만 하기에도 바쁠 텐데 두 사람을 중재하고 싶지 않다는 뜻이에요."

그 말에 다시금 정적이 드리웠고.

"두 사람, 정말 서로 안 싸울 자신 있으세요?"

도진의 물음에 두 사람이 서로 시선을 주고받았다.

"그, 그, 그야 물론이지!"

어렵사리 답한 이랑이 인호에게 악수를 청하며 되물었다.

"백인호, 그렇지?"

이내 인호 역시 마지못해 그런 이랑의 손을 맞잡았다.

"그럼, 우리가 애도 아니고."

이윽고.

"좋아요."

도진이 고개를 끄덕이고는 답했다.

"다음 미션은 이렇게 셋이서 팀을 이루는 걸로 해요."

그러고는 재차 신신당부했다.

"승리를 위해서 서로 조금만 더 참고 이해하기로 한 거예요?"

이내 두 사람이 약속이라도 한 양 동시에 답했다.

"알겠어!"

"알았어!"

그렇게 팀 미션을 함께 치를 팀원들이 정해졌다.

하지만.

도진은 두 사람이 대립하지 않으리라 생각지 않았다.

'크든, 작든 마찰이 있기야 하겠지.'

다만 그런 불화를 중재하고 조율하는 것 역시 셰프로서 응당 해야 하는 일이 아니겠는가?

한숨을 푹 내쉰 도진이 불안감이 깃든 눈으로 이랑과 인호를 각각 한 번씩 바라봤다.

'뭐, 둘 다 개체 값은 높으니까.'

설령 미션을 수행하는 도중 다툼이 벌어져 감정에서 비롯된 실수를 한다고 한들, 어지간한 참가자들보다야 훨씬 뛰어날 게 분명했다.

"일단 그렇게 하는 걸로 하고……."

도진이 개수대를 턱짓으로 가리켜며 말했다.

"설거지는 제가 할게요."

그 말에 인호와 이랑이 서로 한 걸음 앞으로 나서며 말했다.

"됐어, 내가 할게."

"도, 도진아, 내가…….."

반면 도진은 단호하게 답했다.

"매번 형이나 누나가 하시잖아요."

그러고는 곧장 고무장갑을 끼기 시작했고.

"불편하니까 거실에서 TV라도 보고 계세요."

도진이 곧장 흐르는 물에 식기를 닦아 내기 시작했다.

달그락, 달그락-.

설거지하던 도진은 저도 모르게 자꾸만 새어 나오는 웃음을 참지 못했다.

어찌 됐든 이랑도, 인호도 날카로운 인상과는 달리 마냥 좋은 사람임이 분명했다.

이렇게 짧게나마 합숙 생활을 하고 있노라니 자꾸만 전생의 삶이 떠올랐다.

그래, 이런 기분이었다.

아무리 힘들어도 동료들과 함께 술잔을 기울이며 웃고 떠들다 보면 묵은 피로가 풀리곤 했지.

따르르릉-.

갑작스러운 벨 소리에 액정 화면에 뜬 '발신자 이름'을 한 번 확인해 봤다.

　-어머니

그러고 보니 통 연락을 못 드렸다는 사실이 떠올라 황급하게 전화를 받았고.

"네, 어머니."

수화기 너머에서 어머니의 걱정 어린 물음이 들려왔다.

　-도진아, 잘 지내고 있지? 끼니 거르고 있는 건 아니지?

그 말에 도진이 잠시 망설이다가 답했다.

"그럼요, 잘 지내고 있죠. 삼시세끼 꼬박꼬박 구첩반상으로 잘 챙겨 먹고 있고요."

　-도진아, 네가 제일 어리다면서? 혹시라도 거기 형, 누나들이 괴롭히거나 그런 건 없고?

어머니가 쏘아붙이듯 빠르게 내뱉는 걱정 어린 말에 도진이 제법 난감한 듯 신음을 흘렸다.

"글쎄요, '괴롭힌다.'라……."

어머니의 우려와는 다르게 지나치게 밝고 쾌활하며 윤택하기 그지없는 숙소 생활이 이어지고 있던 까닭에 잠시 답을 망설일 수밖에 없었다.

　-왜! 설마 누가 괴롭히기라도 하는 거야?

"아뇨, 괴롭히다뇨! 그런 거 절대 아니에요!"

어머니의 상상 속 '형'은 혈관이 부담스러워할 만한 디저트를 하루에도 몇 개씩 대접해 주기 일쑤였다.

더군다나 어머니의 상상 속 '누나'는 매일 꼭두새벽에 일어나 제 아침을 차려 주는 중이 아니던가?

아니, 아니지.

조금 더 정확히 말하자면 아침은 물론이거니와 점심, 저녁까지, 삼시세끼를 모두 챙겨 줬다.

과장을 조금 보태어 말하자면 황제가 부럽지 않을 숙소 생활 덕분에 점점 때깔이 고와지는 중이었으나…….

"글쎄요, 어디서부터 어떻게 설명해야 할지 모르겠지만 저는 상상 이상으로 행복하고 편하게 잘 지내고 있는 것 같습니다……."

진심이었다.

그렇게 팀 미션 촬영 당일인 다음 날 아침이 밝았고.

저벅, 저벅-.

참가자들이 여섯 개의 조리대가 놓인 촬영장 안에 들어섰다.

이제 생존자는 총 열여덟 명.

세 명씩, 여섯 개 팀으로 나뉘어 경쟁을 하게 될 터였다.

"우리 팀 조리대는 여기인가?"

이내 참가자들이 하나둘씩 자신들의 이름이 적힌 조리대 앞에 멈춰 서기 시작했고…….

그렇게 처음으로 경쟁하게 될 상대팀의 구성을 확인한 몇 몇 참가자는 탄식을 금치 못했다.

김도진, 백인호, 김이랑.

유감스럽게도 지난 미션에서 각각 1, 2, 3위를 거둔 참가자들이 한 팀을 이룬 채였다.

도진을 중심으로 양옆에 나란히 선 두 사람은 마치 '좌청룡'과 '우백호'처럼 느껴질 지경이었다.

"아니, 저건 솔직히 너무한 거 아냐?"

"1위부터 3위까지 한 팀이라니……."

"일단 저 팀은 절대 탈락은 아니겠네……."

이번 팀 미션에서 가장 낮은 성적을 거둔 세 팀은 '탈락 미션'을 치르게 될 예정이었다.

또한 탈락 미션을 치르게 된 세 팀 중에서 가장 성적이 낮은 팀은 전원 탈락하게 되는 구조였다.

쉽게 말해 상위 세 개 팀 안에 속한 이들은 아예 탈락 미션을 치를 일도 없는 셈이었다.

"이번에도 저 세 사람이 1등이지 않을까 싶네."

그러므로 대다수의 참가자가 도진의 팀은 적어도 탈락 미션을 치를 일이 없으리라 생각했다.

'1위는 못하더라도 2, 3위는 해야 할 텐데⋯⋯.'

아니, 다들 1위 팀이 정해진 양 2위 내지는 3위를 목표로 하고 있을 따름이었다.

대기실에서 팀 구성 현황을 살피던 최석현이 감탄을 뱉었다.

"이야, 이렇게 한 팀이라⋯⋯."

그 말에 노연우가 관심이 동한 양 되물었다.

"왜요? 팀이 어떻게 짜였길래⋯⋯."

이내 노연우 역시 팀 구성표를 살펴봤고.

"뭐야, 지난 미션 1, 2, 3위가 한 팀이네요?"

본선에 진출한 열여덟 명의 참가자가 제각각 세 명씩 팀을 이뤄서 제출한 명단.

그 명단 한 줄이 지난 미션에서 1, 2, 3위를 거둔 도진, 이랑, 인호로 채워진 채였다.

"밸런스가 안 맞겠는데? 별다른 일 없으면 1위는 사실상 확정 아닐까 싶기도 하고⋯⋯."

그 말에 최석현이 어깨를 들썩였다.

"글쎄요, 왜 그런 말이 있잖아요?"

"어떤 말?"

"사공이 많으면 배가 산으로 간다는."

이내 김소연 역시 동조한다는 양 답했다.

"맞아. 주방에 목소리 큰 사람은 한 명이면 족한데."

그러고는 배시시 웃으며 덧붙였다.

"저 팀은 세 명 다 목소리가 커 보인단 말이지."

그 말에 노연우 역시 동감한다는 양 고개를 끄덕였다.

"하기야, 다들 너무 잘나서 이변이 생길 수도 있겠네요."

그러고는 곧장 덧붙였다.

"그런 불협화음을 조율하는 것도 셰프로서의 자질 아닐까요?"

그러고는 해당 팀의 인원을 다시금 살펴봤다.

'성적순으로 팀장을 정한 건가?'

서류상으로는 가장 어린 참가자인 도진이 팀장을 맡게 됐다고 표기되어 있었다.

하지만, 글쎄?

차라리 미슐랭 투 스타 파인다이닝에서 한 섹션을 담당했던 이랑이 낫지 않았을까?

'어려서 이런 부분까지 기대할 순 없을 것 같은데…….'

그때 스태프 한 명이 대기실 문을 두드렸고.

"촬영 준비 끝났습니다! 이제 이동하시면 될 것 같습니다!"

촬영이 곧 시작되리란 말에 심사 위원들이 약속이라도 한 양 자리에서 일어서서는 스튜디오로 향하기 시작했다.

본선 1차.

팀 미션을 시작할 차례였다.

연단에 세 명의 심사 위원이 서 있었다.

최석현, 노연우, 김소연.

이번에도 진행은 노연우의 몫이었다.

─다들 숙소에서의 생활은 어떠셨을지 모르겠습니다.

노연우가 덤덤한 투로 말을 이어 나가기 시작했다.

─아시다시피 이번 팀 미션은 생존한 열여덟 명의 참가자들이 각각 세 명씩, 도합 여섯 팀으로 나뉘어 치르게 될 예정입니다. 또한 그중에서 가장 낮은 성적을 거둔 세 팀은 '탈락 미션'을 치러야 하며…….

정적이 흐르기를 잠시.

─탈락 미션에서도 최하위를 기록한 팀은 전원 탈락입니다.

이내 장내의 분위기가 한층 더 무거워졌다.

─자, 그럼 이제 '팀 미션'의 주제를 발표하겠습니다.

숨을 한번 고른 노연우가 말을 이었다.

─코스 요리입니다.

그러고는 곧장 설명을 덧붙였다.

─참가자 여러분은 팀을 이루게 된 타 참가자들과 합을 맞춰서 한 시

간 삼십 분이라는 제한 시간 안에 구색을 갖춘 코스 요리를 선보여 주시
면 됩니다.

메뉴에 제한이 없고 자유도가 높은 편이었기에 언뜻 보기
에는 난이도가 낮은 미션처럼 보일지 모르나…….

잘 생각해 보면 한 번도 합을 맞추지 않아 본 다른 참가자
와 코스 요리를 선보여야 한다는 것 자체가 어려운 일일 터
였다.

반면.

참가자들은 호승심 가득한 얼굴을 하고 있을 따름이었다.

─그럼 지체할 것 없이…….

말끝을 흐렸던 노연우가 곧장 뒷말을 이어 나갔다.

─곧장 미션을 시작하도록 하겠습니다.

다음 순간.

삐이이이익─.

미션 시작을 알리는 휘슬 소리가 울려 퍼졌고.

[01 : 29 : 29]
[01 : 29 : 28]
[01 : 29 : 27]

타이머가 움직이기 시작했다.

본선 1차 미션의 주제는 팀원들과 합을 맞춰서 구색을 갖춘 코스 요리를 선보일 것.

사실 숱한 참가자들이 팀을 결정하라는 말을 듣자마자 얼추 예상했던 미션이기도 했다.

주어진 시간은 한 시간 삼십 분.

그사이에 최소 에피타이저, 메인 디시, 디저트까지 선보여야 하는 상황이었다.

그 사실에 마음이 조금 급해진 도진이 아랫입술을 잘근잘근 씹어 대며 생각을 정리해 봤다.

'예상은 했는데 구체적으로 준비해 볼 걸 그랬나……'

사실 마지막 날까지도 이랑과 인호와 한 팀을 이루는 게 정말 올바른 선택일지를 고민했다.

팀 구성에 대한 고민에 너무 많은 시간을 할애한 까닭에 정작 미션에 대해서는 진득하게 고민치 못했다.

반면 다른 팀 참가자들은 이미 예상한 건 물론이고 얼추 준비까지 마친 것처럼 팬트리에서 신속하게 재료를 꺼내 오는 중이었다.

"자, 집중."

이내 도진이 이랑과 인호의 이목을 집중시켰다.

"코스 구성 설계 및 메뉴 구상은 다 같이 하되 파트는 나뉘서 조리하는 게 어떨까요? 다만 도움이 필요한 부분이 있다면 서로 시간적 여유가 있는 쪽이 서포트를 해 주는 방향이 어떨지…….”

그 말에 이랑이 ‘좋아.’ 하고 답하고는 덧붙였다.

“그게 편할 것 같아.”

인호 역시 동조한다는 양 고개를 끄덕이며 답했다.

“응, 좋아.”

이들 두 사람은 지난 며칠간 숙소에서 도진이 무슨 말을 하든 ‘예스맨’처럼 굴곤 했다.

생각은 하고 대답을 하는 건지 의문이 들 정도로 반사적으로 도진의 말에 동의해 줬다.

“그럼 일단 제가 에피타이저를 맡을게요.”

이내 도진이 빠르게 역할을 분배했다.

“이랑 누나가 메인 디시를, 인호 형이 디저트를 조리하는 게 어떨까요?”

불과 몇 분도 지나지 않아 이들 세 사람이 오늘 선보이게 될 메뉴를 모두 선정했다.

에피타이저로는 고등어 세비체를, 메인 디시는 티본스테이크, 디저트는 크림 브륄레.

“자, 그럼 시작해 볼까요.”

다른 팀은 대부분 이미 식재료 밑 작업에 들어간 듯 보였다.

[01 : 21 : 15]

[01 : 21 : 14]

[01 : 21 : 13]

코스를 설계하고 메뉴를 구체화하는 데만 무려 10분에 가까운 시간을 소비했다.

시간을 확인하자 마음이 더욱 조급해진 도진이 곧장 팬트리로 향하기에 이르렀고……

최대한 침착하게 질이 좋은 식재료를 엄선해서는 잘 챙겨서 조리대로 돌아왔다.

"두 사람 모두 일손 부족하면 말해."

순식간에 티본스테이크의 마리네이드를 끝낸 이랑이 도진과 인호 몫의 식재료 손질까지 거들어 줬다.

티본스테이크에 밑간이 배고 허브 향이 흡수되기 전까지는 마땅히 할 일이 없던 까닭이었다.

'확실히 필드에서 현역으로 뛴 경력이 있어서 그런가?'

이랑은 본능적으로 동선을 효율적으로 설계하는 습관을 지니고 있었으며, 여러 작업을 서로에게 딱히 무리가 가지 않는 선에서 적절하게 안배하는 방법을 꿰뚫고 있는 듯 보였다.

'안정적이야.'

느낌이 좋다고 생각했다.

'좋아.'

이내 도진이 자신이 맡은 에피타이저 메뉴의 레시피를 천천히 복기해 봤다.

고등어 세비체(ceviche).

세비체란 해산물을 회처럼 얇게 잘라 내서 레몬이나 라임 즙에 재운 뒤 차갑게 먹는 음식이었다.

산뜻한 산미와 상큼한 향이 입맛을 돋워 주므로 에피타이저로 안성맞춤인 메뉴이기도 했다.

보통은 생선살, 오징어, 새우, 조개 등을 주재료로 사용하는 요리라고 볼 수 있었는데…….

고등어.

도진은 고등어를 주재료로 세비체를 만들 요량이었다.

이유는 간단했다.

수조의 고등어가 워낙 싱싱해 보였던 까닭이었다.

'이렇게 품질이 뛰어난 고등어라면 비린내 걱정은 전혀 하지 않아도 될 테고, 식감도 훌륭할 테니 세비체에도 제격이겠지…….'

도진이 한 치의 망설임도 없이 칼등으로 고등어의 머리통을 내리쳤다.

타아아아앙―!

그러고는 곧장 날로 고등어의 머리 부분을 쳐 내 버렸다.

다음 순간.

심호흡을 해 보인 도진이 정밀함을 요하는 작업을 시작했다.

스으으으으윽─.

거침없이 배를 갈라내서는 큰 뼈를 처리한 다음 핀셋으로 작은 가시를 제거하는 작업이었다.

[01 : 15 : 03]
[01 : 15 : 02]
[01 : 15 : 01]

이대로라면 생선을 레몬즙에 푹 절이는 사이에 다른 팀원들을 도울 수도 있을 터였다.

순식간에 고등어 손질을 깔끔하게 마쳐 낸 도진이 만족스러운 미소를 지어 보이던 찰나였다.

"네가 내 상사라고 생각하는 건 아니지?"

"뭐?"

"미안한데 네 요리나 똑바로 하지 그래?"

고등어의 핏물을 키친타올로 닦아 내는 와중에 다른 두 사람은 잘하고 있는지 확인 차 고개를 들었건만.

눈앞에 보인 것은 서로를 죽일 듯 노려보며 대치 중인 이랑과 인호의 모습이었다.

'맙소사, 이럴 줄 알았지.'

메인 디시인 티본스테이크를 맡은 건 이랑이었다.

한데.

천재셰프
회귀하다

아무래도 조리 방식에 대한 마찰이 생긴 모양이었다.

"그냥 구워 내면 다른 팀과 다를 게 뭐야?"

"훨씬 더 먹음직스럽게 잘 구워 내겠지!"

"이 두꺼운 고기를 숯에 직화하겠다고?"

"원래 고기는 불에 구워 먹는 거잖아?"

"변수가 많잖아? 그리고 난 베테랑이야."

"여기에 베테랑 아닌 사람이 어디 있어?"

인호 역시 한마디도 밀리지 않고 맞서는 중이었다.

"하아ㅡ."

두 사람 사이에 갑작스럽게 마찰이 빚어진 근본적인 이유는 조리 방식이었다.

인호는 수비드를 하는 편이 가장 부드럽고, 육즙을 잃지 않고 구워 낼 수 있으나 시간이 촉박하므로 현재 상황에서는 리버스 시어링 방식으로 구워야 한다고 주장했다.

틀린 말은 아니었다.

다른 팀 역시 스테이크를 선보이려는 듯 보였으니 조리법에 차별화를 둔다면 가산점을 받을 여지가 있었으니까.

또한.

겉을 먼저 익히는 여타 조리법에 비해 리버스 시어링 형태의 조리가 육즙의 손실을 최소화할 수 있는 것도 사실이었다.

"NO-!"

한데, 문제는 이랑의 주장 역시 일리가 있다는 점이었다.

"모름지기 고기는 불에 바로 구워야 하는 식재료야."

"옛날 사람."

"아니, 마이야르를 넘어설 수 있는 맛은 절대 없어."

이랑이 거듭 말을 이어 나갔다.

"고기 하나 똑바로 못 굽는데 미슐랭 투 스타 파인다이닝에서 한 섹션을 담당할 수 있었을 거라고 생각해?"

"아니, 이건 경연이잖아! 경쟁하게 된 다른 팀과의 차별화를 위해서라도 특별한 조리법을 차용해야⋯⋯!"

"퀄리티로 보여 주면 되는 거잖아? 완벽한 굽기로 구워 내고, 완벽한 가니쉬와 퓌레를 곁들여도 될 거라고!"

"아무리 그래도 이렇게나 두꺼운 고기를 직화로 구워 내는 건 변수가 많은 선택이니까⋯⋯."

서로 물러설 생각은 한 치도 없어 보이는 두 사람을 본 도진이 한숨을 쉬었다.

이들 두 사람의 주장 모두 원론적으로 접근해서 살펴본다면 딱히 틀린 점이 없어 보였다.

사람들은 으레 이런 경우를 두고서 '취향'이라는 짤막한 단어 하나로 정리해 버리기 일쑤였다.

"제가 보기에 이건 그냥 취향 차이 같은데요."

그래, 이건 그냥 취향의 차이다.

"괜히 서로 힘 빼지 말고 한 명이 양보하는 게⋯⋯."

그 말에 두 사람이 반사적으로 답했다.

"그건 안 돼! 당초에 메인 디시는 내가 담당하기로 했잖아?"

"그렇다고는 하지만 이 요리에 내 탈락 여부가 달려 있다고!"

급기야 언성이 높아지기 시작했고.

"하아, 그럼 이렇게 해요."

도진이 마지못해 타협안을 제시했다.

"각자가 원하는 방식대로 스테이크를 조리하되 소스만큼은 제가 만들게요."

"같은 메뉴로, 조리 방식만 달리한 메인 디시를 두 접시나 선보이자는 거야?"

"어차피 둘 다 양보할 생각 없잖아요! 그럼 그냥 제가 하자는 대로 하세요!"

도진이 언성을 높이자 두 사람이 서로 눈치를 살폈고.

'그래, 차라리…….'

'그게 낫겠어…….'

논쟁이 금세 불식됐다.

"서로 양보하지 않아서 할 일이 더 늘었잖아! 왜 다들 멍하니 서 있는 건데-?"

도진의 옥박에 이랑과 인호가 둘 다 흠칫하기를 잠시.

"이 얼간이들아! 꾸물대지 말고 빨리 요리하라고!"

그 외침에 이랑은 잠시 중단되었던 메인 디시 조리를 다시금 속개했고…….

"도진아, 재료는…….."

인호가 머뭇거리며 건넨 물음에 도진이 재차 윽박을 질렀다.

"티본스테이크니까 서로 등심과 안심으로 나누면 되잖아?"

본래 티본스테이크는 *티(*T)자 모양의 뼈에 안심과 등심이 둘 다 붙어 있게끔 잘라 낸 미국식 정육법을 일컫는 말이었다.

안심과 등심이 각각 한 덩이씩 붙어 있으니 서로 어떤 부위를 쓸지 합의하에 요리를 속개하면 되는 상황이었으나…….

"…….."

"…….."

이내 두 사람이 다시금 눈빛을 주고받자 도진이 어이없다는 양 헛웃음을 흘려 보이고는 싸늘하게 가라앉은 투로 되물었다.

"왜? 이번에는 누가 등심을 쓰고 누가 안심을 쓸 건지로 다시 한바탕 싸우려고?"

그 말에 이랑이 마지못해 말했다.

"……내가 남는 부위 쓸게."

이내 인호 역시 안심을 쓰고 싶었으나 괜스레 등심을 골라서 가져갔다.

반면 도진은 여전히 딱딱하게 굳은 얼굴을 한 채 연신 윽박을 질러 댈 뿐이었다.

"내 이럴 줄 알았지! 팀워크라고는 눈곱만큼도 없어서!"

"도진아, 그건······."

"입 다물어! 발목 잡지 말고 시킨 일이나 똑바로 하세요!"

비단 두 사람만 할 일이 늘어난 게 아니었다.

'제기랄.'

도진 역시 서로 맞물리는 두 사람의 요리를 중재할 '무언가'를 만들어야 했다.

각기 다른 방식으로 조리해 낸 두 덩이의 스테이크는 분명히 이질감을 선사할 터.

향, 맛, 식감마저 아예 다른 두 덩이의 스테이크에서 비롯될 이질감을 줄일······.

'퓌레.'

퓌레를 만들어야 한다는 숙제가 새롭게 생겼고.

"하아―."

한숨을 푹 내쉰 도진이 시계를 올려다봤다.

[01 : 10 : 22]

[01 : 10 : 21]

[01 : 10 : 20]

[01 : 10 : 19]

두 사람이 그렇게 싸우는 와중에도 시간은 쉼 없이 계속해서 흘렸고, 이미 적지 않은 시간을 낭비해 버리고야 만 상황이었다.

도진은 미간을 구긴 채로 제 할 일을 했고…….

이랑과 인호는 그런 도진의 눈치를 살피며 최대한 부지런히 조리를 이어 나갔다.

화를 내는 모습을 보는 건 이번이 처음이었던 터라 낯설기도 했고 무섭기도 했다.

'뭐지? 도진이 무서워.'

인호는 주방에서는 엄격하던 제 아버지를.

'뭐야-?'

이랑은 자신이 근무하던 맨해튼의 파인다이닝.

조 버나딘.

그곳의 총괄 셰프 '버나딘'을 떠올리는 중이었다.

모르긴 모르더라도.

그들에게서 느껴지는 아우라 내지 피네스와 비스름한 것이 도진에게서도 면밀히 느껴지고 있던 까닭이었다.

그로부터 얼마나 지났을까?

삐이이이익!

하나둘씩 요리를 마친 몇 개 팀이 버저를 울렸다.

심사가 이어졌고…….

카메라들은 그 광경을 빠뜨리지 않고 담아냈다.

하지만.

도진에게는 다른 팀의 심사를 엿볼 여유가 없었다.

[00 : 04 : 59]

제시간에 끝내지 못한다면 심사받을 자격도 주어지지 않
는다.

"이제 플레이팅 시작해야 해."

그렇게 말하는 도진은 이미 고등어 세비체의 플레이팅을
마친 상태였다.

"모든 메뉴의 플레이팅은 내가 담당할 테니 형은 크림 브
륄레 마무리해 주세요. 이랑 누나는 옆에서 플레이팅 서포트
하고."

도진이 니트릴 장갑을 갈아 끼웠다.

그러고는…….

화공의 마음으로 플레이팅을 시작했다.

안심과 등심.

본래 티(T)자 모양 뼈를 사이에 두고 함께 붙어 있던 정육.

이랑과 인호의 마찰로 인해 두 덩이로 나뉜 덩어리였다.

도진은 각기 다른 방식으로 구워진 고기를 한 접시에 담

았다.

한쪽은 직화로 구워 낸 안심.

다른 한쪽은 리버스 시어링 기법으로 조리한 등심이었다.

이윽고.

도진이 직접 끓여 낸 퓌레를 두 스테이크 위에 끼얹었다.

'이게 최선이겠지.'

지금 당장 도진이 할 수 있는 조율은 딱 여기까지였다.

"크림 브륄레도 끝났어."

인호가 기가 죽은 목소리로 말하자 도진이 고개를 끄덕이고는 곧장 버저를 울렸다.

삐이이이이이익!

남은 시간은 정확히 3분.

'이거 원, 참.'

혼자 세 가지 요리를 선보이던 때보다 훨씬 더 많은 시간을 소요해 버린 채였다.

"코스 자체는 무난했지만, 빠르게 요리를 끝낸 점으로 미루어 보건대 팀워크는 좋았던 것 같습니다."

"예, 무난하지만 조화로웠던 것 같습니다. 또 이번 미션 같은 경우 팀워크를 평가하는 미션이므로……."

심사 위원들은 모처럼 후한 평가를 아끼지 않는 중이었다.

물론 아쉬운 부분투성이었으나…….

앞으로의 성장 가능성을 생각할 수밖에 없던 까닭이었다.

"좋은 요리사가 될 재목이 많아 보이는데요?"

"예, 가장 중요한 건 협동심이겠죠."

"확실히 서로가 서로에게 플러스가 된 느낌이랄까."

그때 김소연이 사견을 보탰다.

"정희준 참가자는 정말 장래가 기대되던데요?"

그들이 낸 요리는 정말 말 그대로 깔끔하게 만들어진 하나의 코스였다. 정희준 참가자의 경력과 리더십이 만들어 낸 최선의 결과임이 분명했다.

이내 입맛이 까다로운 노연우 역시 동조한다는 양 제 고개를 주억거렸다.

"이러니까 다들 '경력직, 경력직'하는 거겠지."

확실히 유력한 우승 후보다운 코스 구성이었다.

"그나저나."

그때 최석현이 말문을 열었다.

"사공 많은 배는 잘 나아가고 있는지 의문이네요."

조리 시간 도중 52번 참가자 도진의 조리대 쪽에서 몇 번이나 고성이 터져 나왔다.

물론 최석현도, 노연우도, 김소연도 터져 나온 도진의 고성을 들었던 바 있었다.

나이가 어려 제대로 지휘하지 못하리라 생각했건만 나름 대로 팀원을 휘어잡은 모양이었다.

"아, 김도진 참가자 팀 말씀이시죠?"

"예, 웬일로 조금 늦는데……."

"그러게요, 항상 빠르게 마쳤는데."

그리고 그 말이 끝나기 무섭게 울리는 버저.

"저 친구, 확실히 양반은 못 되네요."

"호랑이도 제 말 하면 온다더니……."

"이번 요리도 너무 기대되는데요?"

그렇게 도진 팀의 심사가 시작되었다.

차례대로 놓인 세 가지 요리.

"에피타이저, 전채 요리는 고등어 세비체입니다."

원형의 접시 가장자리를 따라 배열한 고등어 위로, 얇게 저민 사과, 샐러리 살사, 새싹 채소가 가지런하게 놓여 있는 채였다.

"소스는 매실과 라임을 섞어 만들었나 보네요? 고등어는 잘못하면 비린 맛이 확 올라오는데, 그런 게 전혀 안 느껴지 네요."

에피타이저는 호평이었다.

연달아 메인 디시가 공개되었다.

"음?"

한데, 심사 위원들의 머리 위로 물음표가 떠올랐다.

"티 본 스테이크를 가져갔던 것 같은데."

그러니 접시에 놓인 메인 디시는 티본스테이크여야 했다.

한데 어째서일까?

등심 한 덩어리와 안심 한 덩어리가 놓여 있었을 뿐.

"뼈를 해체해서 쓰신 건가요?"

"그런 것 같군요."

"본래 의도가 이러했던 건가요?"

그럴 거였더라면 굳이 손질할 필요 없이 등심과 안심을 각각 한 덩어리씩 가져가는 쪽이 훨씬 더 효율적이었을 터.

"메인 디시 조리법으로 인한 마찰이 있었습니다."

도진의 답에 노연우가 눈매를 좁히며 되물었다.

"그래서요?"

이내 도진이 묵은 숨을 내쉬며 답했다.

"서로 '안심'과 '등심'을 하나씩 골라 각각 원하는 조리법대로 조리하자는 결론을 도출했죠."

"그럼 티본에서 분리돼 따로 조리된 안심과 등심 스테이크가 마찰의 상징이라고 볼 수 있겠군요."

이내 최석현이 혀를 차고는 덧붙였다.

"뭐, 일단 시식부터 해 보도록 하죠."

심사 위원들이 웬일로 별다른 평가 없이 시식을 마쳤다.

그러고는…….

디저트 메뉴로 선보인 과일을 곁들인 크림 브륄레까지.

"흠."

모두 시식을 마친 뒤에야 김소연이 입을 열었다.

"음식의 맛만 놓고 보자면 의견 충돌이 있었던 것치고는 썩 나쁘지 않았습니다."

그 말에 인호와 이랑의 표정이 조금 풀리는 듯했으나.

"그러나 한 주방에서 서로가 자신의 주장만 고집하는 일은 일어나선 안 될 일이죠."

이어지는 말에 금세 시무룩해지는 표정을 숨길 수 없었다.

"두 사람에게는 서로를 존중하는 배려가 필요해 보이는군요. 팀에 대한 이해가 좀 더 필요할 것 같습니다."

그리고 도진과 눈을 맞춘 뒤 말했다.

"퓌레는 도진 군이 만든 게 맞나요?"

"네, 맞습니다."

"퓌레 덕에 그나마 중화된 느낌이네요."

제각기 다른 부위를 다른 조리법대로 조리해 냈다.

직화와 리버스 시어링.

아예 상반되는 조리법에 의해 다른 요리가 탄생했으나.

"하마터면 자기주장만 가득할 뻔했던 요리를 잘 어우러지게 해 줬어요. 훌륭한 *소시에르(*Saucier : 주방에서 소스와 버터로 튀긴 소테 등을 만드는 파트)였다는 생각이 드는군요."

그렇게 심사 위원들이 곧장 자리를 떠났고.

"하아……."

한숨을 내쉰 도진이 두 사람을 돌아보며 말했다.

"이제 그만 정리하죠."

이내 두 사람이 차례로 사과를 건넸다.

"도진아…… 미안해."

"나도 정말 미안."

이랑과 인호가 재차 무어라 덧붙였다.

"이러려고 팀을 하자고 한 건 아닌데……."

"응, 나도 피해를 주고 싶지는 않았어."

이내 도진이 그들의 말을 끊었다.

"됐어요."

그러고는 덤덤한 투로 덧붙였다.

"교훈이라도 얻으셨다면 그걸로 됐다고 생각해요."

그렇게 세 사람이 묵묵히 자리를 정리하던 찰나였다.

"다들 고생 많으셨습니다."

노연우가 한 손에 심사 결과지를 든 채로 다시금 연단에 올라 마이크 앞에 섰다.

가장 낮은 성적을 받은 세 팀은 탈락 미션을 치러야 했기에 자연스레 이목이 집중됐고.

"곧장 결과 발표하도록 하겠습니다."

노연우가 지체없이 결과를 발표했다.

"1위는 정희준, 정다은, 김세종 팀."

그리고 이어지는 결과 발표에 모두 놀랄 수밖에 없었다.

모두가 1위를 할 것이라 예상했던 도진의 팀이…….

1위는 고사하고 아슬아슬하게 탈락 미션을 면한 탓이었다.

"3위 김도진, 김이랑, 백인호 팀."

하지만 단 한 명.

"에휴."

도진은 이미 예상하고 있었다는 듯 굴어 댈 따름이었다.

'그래도 탈락 미션은 면했네.'

어쨌든 다음 라운드에 무난하게 진출하게 됐으니 이 정도면 그나마 선방이리라 생각했다.

"안녕하세요. 도진 군, 인터뷰 시작할게요."

본선 1차 미션이 마무리된 바로 다음 날.

도진은…….

처음으로 침가자 인터뷰를 경험하게 됐다.

"도진 군, 예선 1위로 본선까지 진출했지만 정작 본선에서는 3위라는 순위를 기록하며 탈락 미션을 간신히 면하셨는데, 이 점에 대해 어떻게 생각하시나요?"

리포터의 짓궂은 질문에 도진이 어깨를 들썩였다.

"사실 심사평 들으면서 이미 예상은 했습니다. 높은 등수는 무리겠구나 싶었죠."

"다른 두 사람의 레시피 통일이 힘들어서 그렇게 된 거라고 들었는데 아쉽지 않으세요?"

의도가 숨어 있는 질문에 도진은 생각했다.

만약 아쉽지 않다면 분명 거짓말일 것이다.

하지만 덕분에 잊고 있던 포인트 하나를 떠올렸다.

하나의 코스를 내기까지 주방에서는 온갖 우여곡절이 있고, 그걸 잘 맞춰 나가는 것이 팀이었다.

누군가와 함께 팀을 이뤄 하나의 코스를 완성한다는 행위 자체의 즐거움이 더 크게 다가왔다.

"조금 아쉽긴 합니다만 그래도 새로운 경험을 한 것 같아서 즐거웠습니다. 소시에르로서의 재능에 대한 칭찬을 받기도 했고, 만약 셰프가 된다면 어떻게 주방의 불협화음을 조율해야 할지 고민해 볼 수도 있는 좋은 경험이 아니었을까 싶은 생각이네요."

사실 리포터가 원한 대답은 이런 게 아니었다.

'어린애라고 너무 얕봤나? 안 당해 주네.'

함께 미션을 치른 팀원들을 험담하는 그림을 기대했다.

대립! 불화! 갈등!

오디션 프로그램에서 신파만큼이나 중요한 소재일 터!

"상당히 긍정적이시네요?"

그런 장면을 뽑고자 했으나.

"아뇨, 그냥 그렇잖아요?"

도진이 재차 말을 이어 나갔다.

"사실 두 팀원 간의 의견이 팽팽하게 대립하고 좁혀질 기미가 보이지 않던 때는 내심 원망했습니다만 덕분에 리더로서 응당 갖춰야 할 덕목에 대해서도 고민해 볼 수 있던 것 같고……."

말끝을 흐리기를 잠시.

"난생처음 보는 사람들과 한 팀을 이뤄서 요리를 해 보는 건 다들 이번이 처음이잖아요."

"예?"

"아무리 현역에서 활동하던 요리사였다고 한들 익숙한 동료와 일을 했을 테니까요."

도진이 다시금 어깨를 들썩였다.

"둘 다 커리어도 실력도 뒤처지지 않는 실력자들이잖아요?"

"예, 그렇죠."

"그런 와중에 서로에 대한 신뢰까지 부족한 상황이었으니."

도진이 재차 유려하게 몇 마디 말을 덧붙였다.

"이해해요. 처음이니 그럴 수 있다고 생각하거든요."

"아……."

"물론 같은 문제가 재발된다면 곤란하겠지만요."

도진으로부터는 더 건질 게 없다고 판단한 리포터가 황급히 인터뷰를 마무리했다.

"자 그럼, 오늘 인터뷰는 이쯤에서 마치도록 하겠습니다."

"감사합니다."

"아, 도진 군. 나가면서 다음 차례 이랑 씨 좀 불러 주실래요?"

"얼마든지요."

인터뷰실을 나온 도진은 마침 복도 저 멀리서 다가오고 있는 이랑을 발견했다.

도진이 손을 들어 인사를 해 보이자 잠시간 멈칫했던 이랑이 고개를 돌리며 몸을 틀었다.

'어라? 뭐지? 분명 눈이 마주친 것 같았는데?'

못 본 건가 싶은 생각에 마냥 어색하게 들고 있던 손을 내린 도진이 급히 이랑을 따라갔다.

"누나!"

이내 이랑이 마른침을 삼키고는 로봇처럼 되물었다.

"어, 어? 왜? 무, 무슨 일이야?"

"뭐야, 반응이 왜 그래요?"

"내 반응이 뭐가 어떻다고 그래?"

"아니, 이상하잖아요."

확실히 오늘 이랑의 반응은 묘하게 이상했다.

"방금 인터뷰 마치고 나왔어요. 다음은 누나 차례래요."

한차례 '응, 고마워.' 하고 답한 이랑이 인터뷰 룸을 향해 바삐 걸음을 옮겨 사라졌다.

그런 이랑의 뒷모습을 바라보고 있던 도진이 의아한 표정으로 방으로 되돌아갔고.

휙.

도진이 방에 들어서자 인호가 돌연 이불을 머리끝까지 뒤집어써 버렸다.

"형?"

인호의 반응 역시 뭔가 이상했다.

"형, 저녁 먹을 시간인데⋯⋯."

그 큰 덩치를 웅크리고 이불을 정수리 끝까지 뒤집어쓴 채로 아무 반응조차 하지 않았다.

아니, 아니지.

정확히 말하자면 아무 반응도 하지 않고 있노라고 생각했건만 이불 사이로 웅얼거림이 들려왔다.

"나는 밥 먹을 가치도 없어."

"형, 잘 안 들려요."

"너한테 괜히 피해만 주고⋯⋯."

인호는 얼굴만 빼꼼 내밀어 그렇게 말하고는 다시 이불을 뒤집어썼다.

평소에는 도진이 뭐라도 같이하자 얘기하면 은근히 기대하는 티를 내곤 하던 사람이⋯⋯.

'혹시, 둘 다 미션 3위가 그렇게 충격적이었나?'

그 결과.

우물우물ㅡ.

도진은 모처럼 혼자 저녁을 먹게 됐다.

간만에 외롭게 밥을 먹고 있노라니…….

생각이 꼬리에 꼬리를 물고 이어졌다.

"다음 미션에서 잘하면 되는 걸 왜 이렇게까지 기죽어 있는 건지 모르겠네."

자신은 진즉부터 낮은 성적을 예상하고 있었다지만 저들 두 사람은 아니었을 수도 있다.

심지어 스스로의 실력에 대해 프라이드가 있는 두 사람이니, 충분히 당황스러울 수 있다.

'뭐, 며칠 지나면 괜찮아지겠지.'

숙소에 들어선 이후부터 항상 두 사람과 함께해서 그런지, 혼자 먹느라 단출하게 차려 놓은 밥상이 왠지 유독 쓸쓸했다.

며칠 지나면 괜찮아지겠지.

……라고 생각했으나, 이는 크나 큰 오산이었다.

"누나, 이따가…….."

"바빠, Sorry…….."

이랑도.

"인호 형, 혹시…….."

"……."

"뭐야, 벌써 자요?"

"……응."

"아직 안 자잖아요!"

어느덧 3일째.

이랑과 인호가 노골적으로 도진을 피해 다니는 중이었다.

홀로 거실 소파에 앉아 어떻게 대처해야 할지 골몰해 봤으나 답을 찾지 못했다.

"아니, 둘 다 갑자기 왜 저러는 거야?"

도진이 답답한 마음에 볼멘소리를 늘어놓던 찰나였다.

"도진아, 무슨 일 있어?"

"아, 형. 언제 오셨어요?"

지난 미션에서 1위를 기록한 팀의 팀장이었던 '정희준'이 불쑥 다가와 물었다.

"뭔가 큰 고민이 있어 보이는데?"

이내 잠시 망설이던 도진이 답했다.

"아, 그게 사실은…….."

그렇게 상황 설명을 마친 도진이 이제 도무지 어찌해야 할지 모르겠다며 머리를 싸매자 희준이 고개를 내저어 가며 되물었다.

"너희, 그렇게 붙어 다니더니 정말 친해졌나 보네?"

"네?"

"아니, 이렇게 신경 쓰는 거 보면 진짜 친한가 보다 싶어서."

그랬다.

'어라?'

예전의 도진이었다면 이렇게 신경 쓰지 않을 일이었다.

그저 잠깐 스쳐 지나가는 별거 아닌 인연으로 치부했겠지.

'그러게, 언제 이렇게 신경 쓰게 된 거지?'

짧다면 짧은 시간이라지만 하루의 시작과 끝을 내내 함께 했던 사람들이라 그런지 어느새 익숙해진 모양이었다.

이따금.

먼 미래에 제 이름을 내건 파인다이닝을 오픈하게 된다면, 두 사람을 어느 섹션에 배치해야 할지를 고민하기도 했다.

"그러게요, 언제 이렇게 친해졌지?"

이내 정희준이 넌지시 되물었다.

"어쨌든 얘기를 나눌 기회라도 있었으면 좋겠다는 거지?"

그 말에 도진이 고개를 끄덕였고.

"그럼 이렇게 해 보면 어때?"

희준의 조언을 들은 도진이 제 무릎을 '탁!' 쳤다.

"와, 그런 생각은 못 했어요."

"도움이 됐다면 다행이네."

"진작 그렇게 해 볼 걸 그랬네요."

말을 마친 도진이 '고마워요.' 하고 답하고는 곧장 주방으로 향하기 시작했다.

그러고는 숙소 내에 다양하게 구비되어 있는 재료를 천천히 쭉 훑어보기에 이르렀다.

서바이벌 프로그램이 으레 그렇듯 패자에게는 잔혹할지언정 승자에게는 다정하기 마련.

다음 미션에 진출한 참가자들은 숙소 내에 비치된 음식들을 자유롭게 쓸 수 있었다.

"좋아."

도진이 거침없는 손길로 재료를 고르기 시작했다.

지난 3일간 아홉 끼의 식사를 함께했다.

함께 마주 앉은 식탁 위로 마주치던 세 사람의 젓가락.

그 위에 오갔던 요리에 대한 절절한 진심이 담긴 대화들.

도진은 직접 요리를 해 줄 생각이었다.

그동안의 요리에 대한 답례로 취향을 반영한 맞춤 요리를 대접해 주고자 했다.

비록 다양한 요리는 만드는 과정 자체가 품은 많이 들었지만 괘념치 않았다. 오히려 좋아할 두 사람을 떠올려 가며 빠르게 웍을 놀려 대고 있었을 뿐.

두 사람이 맛있게 먹어 줄 것을 생각하면 전혀 수고롭지 않은 일들이었다.

"후……."

인호와 이랑은 나란히 발코니에 서서 한숨을 쉬다가 서로의 존재를 확인하고는 다시 한 번 더 크게 한숨을 쉬었다.

"후우……."

"후우……."

부끄러웠다.

─이대로라면 무조건 1등이라니까?

─맞아, 걱정 안 해도 될 거야.

두 사람은 도진에게 자신들과 함께 팀을 이루면 팀 미션에서 무조건 1등을 할 수 있을 거라고 말했다.

'쪽팔리게 이게 뭐야.'

'부끄럽고 미안하네.'

인호와 이랑은 말하지 않아도 같은 생각을 하고 있었다.

3위였다.

사실상 간신히 탈락 미션을 면한 순위에 불과했다.

자신들이 아니었더라면.

도진이 3위를 하는 일은 절대 없었을 터였다.

모쪼록.

그런 이유로 도진을 피해 다닌 지 어느덧 3일.

이제는 어떻게 피해 다녀야 할지도 막막했다.

그렇게 앞으로 어떻게 해야 할지 고민하던 순간.

탁─.

"아, 마침 같이 있었네."

발코니 문이 열리며 도진이 들어섰다.

"왜 저만 빼놓고 여기서 궁상떨고 있어요?"

그 말에 이랑과 인호가 우물쭈물 대던 찰나였다.

"뭐 해요? 빨리 저녁 먹으러 가요."

그대로 발코니를 나섰던 도진이 다시금 얼굴만 빼꼼 내민
채 말을 이었다.

"식기 전에 빨리 가자니까요─?"

자신의 할 말만 하고는 사라진 도진.

이제 정말 도망칠 구멍이 없었다.

두 사람이 마지못해 도진의 뒤를 따랐고.

"도진아, 이게 대체……."

상다리가 휘어질 듯 음식이 한가득 차려진 식탁이 두 사람
의 눈에 들어왔다.

"그동안 두 사람이 맨날 밥 차려 줬잖아요?"

"그건 그런데……."

"오늘은 제가 한 끼 대접해 드리고 싶어서요."

도진이 식탁 한 자리를 꿰차고 앉으며 덧붙였다.

"얼른 먹어요."

어리둥절한 표정으로 자리에 앉은 두 사람이 거듭 식탁 위
의 음식들을 둘러봤다.

그리고.

오랜 시간이 지나지 않아 자신들이 스쳐 가듯 '좋아한다.'고 말했던 음식들이란 사실을 깨달았다.

달그락-.

수저를 든 이랑과 인호는 그렇게 순식간에 밥 한 공기를 뚝딱 해치워 냈다.

이윽고.

이랑이 수저를 조심스럽게 식탁에 내려놓고는 마냥 힘겹게 말문을 열었다.

"미안. 이길 수 있다고 큰소리쳤는데……."

"나도, 미안해……."

"우리가 다투지만 않았다면 분명……."

"피해나 끼치고……."

이랑이 먼저 입을 열자 인호도 따라서 사과해 왔다.

이내.

도진이 피식 새어 나오는 웃음을 참으며 말했다.

"이번 미션에서 두 사람이 잘못한 게 뭐였는지 알고 있죠?"

인호와 이랑이 약속이라도 한 것처럼 동시에 고개를 연거푸 끄덕여 댔다.

인호와 이랑 역시 지난 3일 내내 도진을 피해 다니면서 많은 생각을 했다.

주방.

으레 주방이란 각자 역할에 최선을 다해 함께 하나의 요리
를 만들어 내는 곳이었다.

인호와 이랑은 한 팀이었음에도 불구하고 자존심을 세우
느라 그 본질을 잊고야 말았다.

자신보다 어린 도진이 나름대로 중재를 하겠답시고 소시
에르 역할까지 하지 않았던가?

부끄러운 일이었다.

또.

미안한 일이 분명했다.

고개를 푹 숙인 채 얼굴을 들지 못하는 두 사람을 바라보
던 도진이 입을 열었다.

"네, 이제 이번 일은 더 이상 언급하지 않을게요."

"응……."

"대신 둘 다 이제 피해 다니는 건 그만하세요."

이랑이 곧장 '알겠어.' 하고 답하자 도진이 인호를 쏘아보
며 되물었다.

"형은요?"

"응, 나도."

이내 도진이 새끼손가락을 들이밀며 재차 말했다.

"자, 약속."

"응, 약속."

인호가 길쭉한 손가락으로 도진과 고리를 걸어 약속했다.

그때 도진이 저도 모르게 피식 웃음을 흘리고야 말았고.

덩달아 인호와 이랑 역시 그제야 긴장이 풀린 양 미소 지었다.

그렇게 식사를 마친 세 사람은 전과 같은 모습으로 돌아와 있었다.

그렇게 평화로운 하루가 지나가고 다음 날 아침이 밝았다.

"잠시 공지 있겠습니다! 다들 거실로 모여 주세요!"

막내 작가의 우렁찬 외침에 참가자들이 이른 오전부터 거실에 모여 섰다.

"일단 이 자리를 빌려 지금까지 탈락하지 않고 생존하신 모든 참가자분들의 노고에 감사드리며 금일 점심 식사에 대해 간략히 설명드리고자 합니다."

점심 식사?

'본선 2차 미션 주제 발표가 아니라?'

도진이 눈매를 좁힌 채 막내 작가를 바라봤다.

"축하드립니다. 오늘 점심은 김소연 셰프님께서 참가자분들께 직접 요리해 주실 예정이라고 하네요. 앞으로 한 시간 드릴 테니 다들 간단히 준비 마치신 뒤에 숙소 입구에 대기 중인 버스에 탑승해 주시면 됩니다!"

생각지도 못한 말에 참가자들이 들뜬 표정을 숨기지 못하고 활짝 웃었다.

  도진 역시 마찬가지.

  갑자기 그 유명한 김소연 셰프의 요리를 맛볼 수 있는 기회가 생겼으니 어찌 기쁘지 않겠는가?

  그렇게 도착한 곳은 김소연 셰프가 한창 오픈 준비에 여념이 없는 파인다이닝이었다.

  깔끔하게 정돈되어 있어 당장 문을 연다고 하더라도 이상하지 않아 보일 따름이었다.

  안락하고 포근한 분위기에 마음이 놓인 참가자들은 이내 나오는 요리들을 편하게 음미했다.

  따뜻한 수프로 시작해서 가볍고 산뜻한 식전 요리가 차례로 전개됐으며…….

  "메인 디시 서비스해 드리겠습니다."

  그녀가 참가자들을 위해 준비한 메인 디시는 생소한 음식인 '참다랑어 스테이크'였다.

  열다섯 명의 참가가 모두 행복한 표정으로 평화롭게 식사를 반쯤 끝냈을 때.

  "다들 식사는 맛있게 하고 있나요?"

  주방에서 조리복을 입은 김소연 셰프가 나왔고.

  "자, 그럼 다음 미션에 대한 공지가 있겠습니다."

  청천벽력 같은 소식에 참가자들의 눈이 휘둥그레졌다.

식사 도중에 미션 발표라니!

하나 김소연 셰프는 거듭 설명을 이어 나갈 뿐이었다.

"다음 미션은."

정적이 흐르기를 잠시.

"지금 드시고 있는 그 요리를 그대로 재현해 주시면 됩니다."

독보적인 미각

참가자들은 한껏 당황한 표정을 숨기지 못했다.

김소연 셰프는 어떤 사람인가?

그녀는 어린 시절 이탈리아로 유학을 떠나 광고와 마케팅을 전공하고, 그 능력을 인정받아 쉽지 않은 문턱을 척척 넘어서며 성공 가도를 달렸다.

이탈리아에서 가장 큰 광고 마케팅 회사인 베키오에 취업해서 20대가 저물기 전에 유일한 아시아인이자, 최연소 팀장이라는 타이틀을 거머쥐었다.

"20대 중반의 저는 마치 폭주 기관차와 같았어요. 성공 궤도를 달리고 있었고, 그걸 즐겼죠. 그러다 보니 점점 제 삶이 팍팍해지더군요."

그녀가 스물여섯 살이 되던 해였다.

처음으로 미식을 접했다.

밀라노의 파인다이닝에서의 한 끼 식사.

그 식사가 그녀의 인생을 송두리째 바꿔 버렸다.

"인스턴트 음식으로 끼니를 때우고, 일에 치여 살고. 그러다 거래처의 호의로 방문하게 된 파인다이닝에서 깨달았어요. 지금 제 삶에 필요한 건 이거구나. 그렇게 요리를 시작하게 됐죠."

이미 보장된 성공의 길을 뿌리친 채 요리에 대한 매력을 느낀 그녀는 가지고 있던 모든 것을 포기한 것이다.

다시금 바닥부터 시작했다.

아무것도 모르는 채로 그저 요리에 대한 열망을 통해 유명한 맛집을 돌아다니며 레시피를 분석했고…….

능숙하게 생선을 손질하고 싶다는 일념 하나로 매일 열일곱 시간씩 몇 달을 연습했던 일화는 모르는 이가 없을 지경이었다.

그렇게 아무것도 모르던 햇병아리 요리사는 어느새 미슐랭 별 세 개 파인다이닝의 수석 주방장 자리에 올라 있었다던가?

그녀의 성공 신화는 유명했다.

요리사를 꿈꾸는 사람이라면 모르는 사람이 없을 정도로.

많은 이들에게 늦은 시작은 없다는 희망을 품게 해 주었다.

천재셰프
회귀하다

자, 그럼 여기서의 문제는 과연 무엇인가?

그녀는 국내에서 활동을 한 적이 아예 없다.

그 말인즉슨.

그녀의 요리에 대한 정보는 극히 제한적이라는 뜻.

이탈리아에서 꾸준히 요리를 해 왔고, 자신의 레스토랑 또한 현지에 오픈했다.

그렇기에 참가자들은 말 그대로 멘붕에 빠진 채 멍한 얼굴로 허공을 바라봤다.

식사 대접이라면서?

평화로운 식사가 미션이라는 이름의 변화구로 변해 날아오게 되리라 예상한 이는 단 한 명도 없었고.

별생각 없이 미식을 즐긴 참가자들은 이미 반 이상 먹어버린 자신의 접시를 보고는 울상을 지을 따름이었다.

심지어 몇은 방금 먹어치운 음식이 어떻게 플레이팅되어 있던 건지도 떠올리지 못하는 중이었다.

그리고 그런 이들 사이 유일하게 딱 한 명.

"음."

도진만이 홀로 입꼬리를 올린 채로 김소연 셰프의 참다랑어 스테이크를 음미하고 있었다.

"딜리셔스–."

어쩐지 여유로워 보였다.

식사가 끝난 뒤 참가자들은 바로 파인다이닝의 내의 주방으로 이동했다.

그리고 이미 모든 촬영 준비가 끝나 있는 것을 보며 제작진을 바라보았다.

'이 악랄한 사람들……!'

그 누구도 입을 열지 않았음에도 왠지 그런 말이 들리는 것만 같을 따름이었다.

하지만 때리는 시어머니보다 말리는 시누이가 훨씬 얄밉다는 말이 있지 않은가?

"다들 식사 맛있게 하셨다고 들었습니다."

뒤늦게 도착한 노연우가 조소를 머금은 채 재차 질문했다.

"저희도 기대해도 되는 거겠죠?"

노연우의 도발에 참가자들이 결국 야유의 말을 쏟아 냈다.

"진짜 이건 너무해요."

"잔인해!"

"저 체한 것 같아요."

그런 모습을 보며 노연우가 웃음기 섞인 목소리로 말했다.

"많이 바라지도 않습니다. 그냥 딱 먹을 수 있는 '음식'을 만들어 주시길 바랍니다."

본 미션의 주어진 제한 시간은 60분.

"자, 미션 시작하겠습니다."

다시금 타이머가 움직이기 시작했다.

[59 : 59]

[59 : 57]

[59 : 56]

그와 동시에 참가자들이 일제히 냉장고 앞으로 몰렸다.

도진 또한 마찬가지였다.

냉장고 앞에 옹기종기 모여선 참가자들은 여러 재료 사이에서 갈등을 겪고 있었다.

자신들이 먹은 음식에 과연 어떤 재료들이 들어가 있었는지 복기하느라 쩔쩔매는 모습이었다.

반면 대다수의 참가자들과 달리 사이로 **빠르게** 재료를 선별해 내는 이가 한 명 있었다.

바로 도진이었다.

모두가 난색을 금치 못하고 있었으나 도진만큼은 사실 이번 미션에 자신이 있었다.

맛본 음식의 레시피를 추리하고 분석하는 일은 도진이 정말 매일같이 하던 일이었다.

미션 주제를 눈치채지 못했음에도 습관처럼 김소연의 요리를 맛보며 레시피를 분석하고 있었으니까.

게다가 맛만 보고 요리를 따라 만드는 일은 전생에서 꾸준히 해 왔던 일이었다.

그렇기에 다른 이들보다 더 침착한 모습이었다.

아니, 오히려 속으로 쾌재를 부르는 중이었다.

이윽고.

기타 부수적인 재료를 모두 골라낸 도진이, '마지막 재료'인 참다랑어를 가지고 조리대로 돌아왔다.

참다랑어는 아직 냉동이 덜 풀린 상태였다.

생물로 된 참다랑어는 구할 수 없다.

여타 생선들과 다르게, 참치는 잡자마자 죽게 되고, 이내 살이 익어 버리는 특징을 가지고 있다.

때문에 살이 익어 상품성이 떨어지는 것을 막기 위해 바로 내장을 제거하고 급속 냉동을 하기 때문이다.

많은 참치 전문점에서 사용하는 것은 이러한 냉동된 참치를 해동해 사용하고 있는 중이었고.

도진 역시 마찬가지였다.

'완전히 녹지 않은 상태가 좋지.'

완전히 녹은 참치는 손질하는 데 오히려 불편함을 준다.

오히려 적당히 얼어 있는 상태가 껍질을 분리하고 살을 자르는 데 이상적이었다.

도진은 참다랑어의 대뱃살, '오도로'라 불리는 부분만을 사용할 예정이었다.

도마에 오도로 부위를 놓은 도진은 회를 손질할 때 사용하는 사시미칼을 들어 껍질과 살을 완벽하게 분리했다.

군더더기 없는 움직임이었다.

다른 생선이라면 껍질도 나름의 별미라 부르며 먹을 수 있을지 모르겠으나, 참치의 경우에는 급속 냉동을 한 데다, 딱딱하고 질기기 때문에 오히려 먹는 데 불편함을 주기 때문.

그렇게 껍질과 오도로 부위를 분리한 도진은 이내 손질한 부위를 스테이크 모양으로 정형했다.

[00 : 52 : 31]
[00 : 52 : 30]
[00 : 52 : 29]

도진은 시간을 한번 확인하고는 잘라 낸 대뱃살을 해동지로 잘 싸서 냉장실에 잠시 넣어 두었다.

비리고 쓴맛이 나지 않게 하기 위해서는 핏물을 잘 제거하고 기름기를 단단히 흡수해 둬야 했다.

자, 이제 스테이크는 굽기만 하면 될 일이었다.

도진은 오늘 요리의 가장 중요한 재료를 꺼내 들었다.

돼지비계.

이걸로 *그람멜(*Grammeln : 돼지비계 튀김)을 만들어야 했다.

사실 그람멜은 일종의 부산물이었다.

    제과 제빵은 물론이거니와 고기나 채소 요리 등에 다양하게 쓰이는 '*라드'(*Lard)는 돼지고기의 지방을 녹여서 만드는데, 이때 생기는 것이 바로 지금부터 쓸 그람멜이랄 수 있었다.

    만드는 방법은 간단했다.

    돼지비계를 작은 큐브 형태로 잘게 토막 낸 뒤, 중간 세기의 불에 볶으며 중간중간 저어 주기만 하면 그만이었다.

    다만 오래도록 정성을 들여 볶아 내야 해서 제한 시간을 마냥 넉넉하게 한 시간으로 설정해 둔 게 분명했다.

    '참다랑어 스테이크야 금세 끝나는 요리니까…….'

    도진은 달군 팬에 잘게 썰어 낸 돼지비계를 넣고 타지 않게 불을 조절하며 볶아 냈다.

    [50 : 18]

    이번 미션의 제한 시간은 마냥 넉넉하게 느껴질 따름이었다.

    기껏 해 봐야 이삼십 분.

    잘 볶고 볶아 봐야 이삼십 분 정도면 끝날 작업에 불과했다.

    [20 : 25]

    시간은 속절없이 흘러만 갔고.

"아, 미치겠네……."

참가자 대부분이 요리 도중 길을 잃은 듯 허둥대고 있었다.

'하긴, 이번 미션 난이도가 조금 높긴 하네.'

이번 미션의 '키 포인트'는 그람멜이었다.

그람멜에 대한 지식이 없다면…….

절대 헤쳐 나갈 수 없는 미션이었다.

김소연은 자신의 시그니처 요리라 하면 이 그람멜 참다랑어 스테이크를 꼽았다.

외국에서 그람멜에 대한 인식은 가난한 사람들이나 먹는 음식에 불과했다.

반면 참다랑어는 생선 중에서도 가장 고급 생선으로 분류되기 일쑤인 상황이었다.

제일 저렴한 음식과 가장 고급스러운 재료를 섞어 요리하는 경우는 찾아볼 수 없었고.

그녀가 세상에 선보인 그람멜 참다랑어 스테이크는 그녀만의 시그니처 메뉴가 됐다.

전혀 상상치 못했을 법한 참신한 재료의 조합에서 빚어졌던 뛰어난 맛 덕에 금세 입소문이 났다.

처음에는 손님이 조금 늘어나는 수준에 불과했으나 그로

부터 얼마 지나지 않아서는 칼럼니스트나 비평가의 방문이 잦아졌다.

끝내.

결국 그녀는 제 시그니처 메뉴인 '그람멜 참다랑어 스테이크' 덕분에 권위 있는 미식 잡지 미슐랭 가이드로부터 세 개의 별을 받아 냈다.

따라서.

그녀는 이번 미션이 기대가 되면서도 불안했다.

국내에는 알려지지 않은 요리였다.

요리에 대한 지식이 뒷받침을 해 주지 않는다면 아예 추리할 수 없는 레시피일 터였다.

아니나 다를까, 미션이 시작되고 타이머가 움직이기 시작하자 참가자들이 냉장고로 몰렸고…….

전혀 감을 잡지 못하는 참가자들을 관음하던 김소연이 저도 모르게 고개를 내저었다.

'비슷한 요리라도 나올지는 모르겠네.'

그런 와중에도 나름대로 비슷하게 재료를 가지고 온 참가자가 더러 있었다.

정희준을 시작으로, 22번 참가자 김이랑, 2번 참가자 백인호, 52번 참가자 김도진까지.

죄다 예상했던 멤버들이었다.

도진을 제외한다면 다들 어느 정도의 경험과 경력이 있었기에 비슷하게 만들 수 있으리라 생각했다.

그렇게 참가자들이 재료를 가지고 오는 것을 지켜보던 그녀는 깜짝 놀랄 수밖에 없었다.

하다못해 백인호와 김이랑, 정희준도 자잘한 몇 가지 재료를 빠뜨린 것처럼 보였다.

한데, 이게 대치 어찌 된 영문인 것일까?

도진의 조리대 위로, 자신이 사용한 재료들이 고스란히 놓여 있다.

가슴이 두근거리기 시작했다.

과연 도진이 그녀의 요리를 얼마나 재현해 낼 수 있을까?

호기심을 품은 채.

도진의 조리 과정을 한껏 집중해서 관찰할 뿐이었다.

[8 : 25]

제한 시간이 10분이 채 남지 않은 시간이었다.

"완성했습니다!"

참가자들이 하나둘씩 요리를 완성해 내 심사받기 시작했다.

갑작스러운 미션이었던 것치고는…….

그래도 생각보다 완성도가 높은 음식들이 나왔다.

"아쉽네요. 그람멜을 조릴 때 고추장 베이스 소스를 썼다면 완벽했을 텐데…….”

다만 토마토를 이용한 소스라든지, 중요한 재료인 그람멜이 빠져 있다거나, 배가 아닌 무를 사용하는 등, 근소하게 포인트를 놓친 이들이 많았다.

“참치를 너무 많이 익혔군요. 드셨던 참치 스테이크도 그랬습니까? 그럴 리 없었을 텐데.”

“플레이팅도 완전히 달라요.”

“요리사라면 아무리 맛있는 음식이 눈앞에 있더라도 먹기만 하면 안 됩니다. 어떻게, 무슨 재료로 만들었는지 궁금증을 가지는 게 당연한 것 아닌가요?”

물론 완전 다른 음식을 내놓은 이들도 있었다.

그런 이들에게는 어김없이 심사 위원들의 혹평이 이어졌다.

그리고 이어지는 시식에 심사 위원들이 지쳐 갈 때쯤.

또 한 사람이 요리를 완성했음을 알리는 버저가 울렸다.

삐익-.

도진이었다.

김소연은 도진이 가지고 왔던 재료들을 떠올렸다.

완벽히 똑같은 재료.

과연 그 재료들로 본인의 요리를 완벽히 재현해 냈을 것인가.

그녀는 기대감 서린 얼굴을 미처 숨기지 못한 채로 도진의 조리대 앞에 섰고, 깜짝 놀랄 수밖에 없었다.

"아니, 이게 무슨……?"

그리고 그건 다른 두 심사 위원도 마찬가지였다.

"이건 정말, 대단하네요."

"그러게요. 완전 똑같은데요?"

도진은 그녀의 요리를 완벽하게 재현해 냈다.

적어도 겉보기에는.

겉만 살짝 익힌 참다랑어 스테이크를 적당한 크기로 삼등분해 간격을 두고 속살이 보이게 접시에 올린 뒤.

고추장 베이스의 소스에 볶아 낸 '그람멜'과 '배'를 사이사이에 얹어 낸 채였다.

그리고 그 위에 한 줄로 길게 잘게 다진 쪽파를 올려 준 도진의 참다랑어 스테이크는 한눈에 봐도 그녀의 것과 똑같았다.

단순한 플레이팅이었지만 자세히 보지 않았다면 그만큼 지나치기 쉬운 디테일이었다.

"맛, 한번 볼까요?"

그들은 도저히 참을 수 없었다.

과연 그 맛 또한 같을지 궁금했다.

잔뜩 기대감에 부풀어 먹은 한 입.

그 한입에 김소연은 경악을 금치 못했다.

혀에 감도는 그 맛은 너무나 익숙한 맛이었다.

스테이크 겉면의 후추와 깨가 참치의 고소한 맛을 살려 줌과 동시에 함께 씹히는 바삭한 그람멜이 그 풍미와 식감을 극대화했다.

기름짐에 자칫 느끼할 수 있는 맛은 고추장 베이스 소스의 매콤함이 잡아 줬다.

그리고 마지막으로 혀끝에 느껴지는 건 한국산 배의 달콤한 맛.

모든 재료가 입안에서 조화롭게 어우러져 환상적인 하모니를 만들어 냈다.

메뉴를 개발하던 시점부터 수백 번, 수만 번 만들어 낸 그녀의 맛이었다.

"어떻게……."

아니, 어떻게 만들어 냈는지는 중요하지 않았다.

도진은 그녀의 요리를 완벽하게 재현해 냈다.

그것을 부정할 수 있는 사람은 아무도 없었다.

본선 2차 미션, 셰프의 요리 재현해 내기.

1위는 도진이었다.

두 번째 팀 미션

"1위는 김도진 군입니다."

2차 미션의 심사 결과에 토를 다는 이들은 아무도 없었다.

먹어 보진 못하더라도 심사하는 이들의 반응을 보면 알 수 있었다.

게다가 도진의 요리는 척 보기에도 김소연 셰프의 요리와 똑같았기 때문이다.

모두가 궁금해하던 것을 노연우가 참지 못하고 물었다.

"도진 군의 요리는 김소연 셰프가 직접 했다고 해도 믿을 정도로 완벽했습니다. 어떻게 그렇게 할 수 있었던 거죠?"

과연 도진은, 어떻게 그렇게 완벽하게 김소연 셰프의 요리를 똑같이 만들어 냈는가.

노연우의 질문에 도진이 잠깐 고민하는 듯하더니 대답했다.

"원래도 미각이 예민한 편이기도 했고……."

"하지만 그것만으로는 힘들지 않습니까?"

대답이 영 마음에 차지 않아서일까.

노연우는 말끝을 흐리며 대답하는 도진에게 한 번 더 물었다.

그러자 도진이 이내 머뭇거리며 말을 이었다.

"사실 평소에도 레시피 분석을 많이 하곤 했기에, 새로운 음식을 보면 분석 먼저 하는 습관이 들어 이번 미션이 다른 참가자들에 비해 조금 더 수월했던 것 같습니다."

"그게 정말 가능한 일이었군요."

노연우는 도진의 대답을 믿을 수 없었지만, 믿을 수밖에 없었다.

심사 위원들은 어떤 요리를 하게 될지에 대한 것을 제작진에게도 말해 주지 않았다.

정말 오로지 심사 위원들만 알고 있었던 내용이었기에 미션 내용이 유출되었을 리도 없다.

정말 오로지 재능과 노력의 결과라는 것이었다.

노력하는 천재만큼 무서운 게 없다고들 하는데, 딱 도진을 위한 말인 것 같았다.

다른 이들은 어떨지 몰라도, 노연우는 환영이었다.

미션이 거듭될수록 노연우는 도진의 다음 요리가 점점 더 궁금해졌고…….

다음 미션에서 도진이 과연 어떤 요리를 낼지 궁금했기에 빠르게 진행을 이었다.

"자, 그럼 심사 결과 발표는 이쯤에서 마무리하고, 다음 미션에 대한 공지를 바로 이어 볼까요?"

미션이 끝나자마자 바로 다음 미션이라니.

참가자들은 예상하지 못했다는 듯 한껏 긴장했다.

"다음 미션은, 팀 미션입니다."

그리고 탄식할 수밖에 없었다.

이미 한번 경험해 봤기에 더 당당히 말할 수 있었다.

세상에 조별 과제만큼 어려운 것은 없었다.

본선 2차 미션이 끝난 후.

다들 지친 몸을 이끌고 돌아온 숙소에서는 탈락자들이 한둘씩 짐을 챙겨 떠나고 있었다.

열여덟 명으로 시작한 본선은 어느새 열두 명이 되었다.

든 자리는 몰라도 난 자리는 안다고, 고작 여섯 명이 줄었을 뿐인데 숙소는 유독 조용한 느낌이었다.

늦은 밤, 모두가 잠자리에 든 시간.

도진은 합숙소 거실 소파에 홀로 앉아 다음 미션의 팀원을 고민하고 있었다.

3차 미션, 네 명씩 총 세 개의 팀으로 각자의 파인다이닝 코스 요리 만들기.

심지어 이번에는 업계 종사자들에게 요리를 내고 평가받는다.

절대 쉬이 볼 일이 아니었다.

요리를 하는 사람들이거나, 그와 관련된 일을 하는 사람들일 테니, 더 날카로운 시선을 가지고 있을 게 분명했다.

그렇기에 팀 선정에 있어서 신중함이 필요했다.

'또 누구를 끌어들여야 할까.'

한참을 그 자리에 앉아 고민하던 도진.

그런 도진의 상념을 깨트린 것은 다름 아닌 인호였다.

"저……."

늦은 시간까지 방으로 돌아오지 않던 도진을 찾으러 거실까지 나온 인호가 말간 표정으로 다가와 도진의 옆에 앉았다.

그가 할 수 있는 최대한 반가운 표현이 분명했다.

'그러고 보니, 인호 형한테도 우선권이 있었지.'

지난 미션의 특혜로, 1위와 2위에게는 팀 선정에 우선권이 주어졌다.

그렇기에 1위인 도진과 2위를 한 인호는 누구와 함께할지만 고르면 될 일이었다.

"형은 같이하고 싶은 사람 있어요?"

도진의 물음에 인호가 고개를 푹 숙였다.

큰 덩치에 맞지 않게 한껏 구긴 채 웅크려 앉은 인호가 무릎을 감싸고 있는 손가락 끝을 뜯으며 머뭇머뭇했다.

그리고 자신이 없는 듯 작은 목소리로 웅얼거렸다.

"나는……."

"네? 뭐라고요?"

도진이 고개를 숙여 인호의 눈을 바라보며 한 번 더 되물었다.

그제야 도진의 눈을 바라본 인호가 용기를 내 말을 뱉었다.

"너…… 같이하고 싶어, 너랑……."

한껏 눈치를 보며 말하는 인호의 모습에 도진이 피식 웃음을 흘렸다.

지난 미션의 일을 지금까지 신경 쓰고 있음이 분명해 보였다.

"저도 형이랑 같이하고 싶은데, 그럼 저 말고 다른 사람이랑 할 생각이었어요?"

"아, 아니! 그게 아니고!"

당황하며 급히 손짓하는 인호에 도진이 결국 참지 못하고 웃음을 터트렸다.

아무리 지금은 인호가 도진보다 나이가 많다고 하지만 원래의 도진이라면 인호보다 열 살은 더 먹은 나이였다.

이럴 때면 새삼 도진이 그 차이를 느꼈다.

한참을 웃다 결국 웃음을 멈춘 도진이 숨을 고르며 물었다.

"그럼 뭔데요?"

"전에, 졌잖아. 나랑 했을 때…… 그래서……."

의기소침하게 말하는 인호의 모습에 도진은 새삼 인호의 첫인상을 떠올렸다.

도진도 인호의 외견만 보고 오해했던 적이 있었다.

처음 봤을 때, 그의 인상은 무뚝뚝하고 쌀쌀맞아 보였다.

하지만 알아 갈수록 그저 표현이 서툴 뿐, 누구보다 감정에 예민하고 세심한 사람이었다.

'나는 진짜 괜찮다고 했는데. 아니 오히려…….'

지난 팀 미션에서 성적 부진의 요인은 전적으로 도진 본인의 실수였다.

두 사람 다 요리에 관해서 만큼은 양보가 없었다.

팀원의 성격을 제대로 분석하지 못해 충돌을 막지 못했으며, 겨우겨우 이어 붙이는 게 최선이었다.

다른 팀들처럼 조금 더 미리 준비했으면 더 좋았을 텐데.

도진은 지난 미션에서의 자신이 안일했음을 인정했다.

"제가 그랬잖아요, 다음에 더 잘하면 된다고. 그럼 이렇게 세 명은 확정인데……."

인호는 도진의 말에 마음이 한결 편해진 표정을 지었으나, 이어지는 말에 의문을 참지 않았다.

천재셰프
회귀하다

"세 명?"

"형이랑 이랑 누나랑, 그리고 저! 그럼 세 명이에요."

이랑의 이름을 듣고 얼굴을 찡그린 인호가 금세 표정을 풀며 툴툴거렸다.

"그 누나는 필요 없는데."

"에이, 괜히 또 그런다. 둘이 친하면서. 지난번에 저 피해 다닐 때도 둘이 있었잖아요!"

"그게, 아닌데……."

한껏 오해하고 있는 도진을 보며, 인호는 해명하기를 포기했다.

⚓

미션 당일까지 남은 시간 3일.

3차 미션은 파인다이닝 코스 요리를 평가단에게 평가받는 것만으로 심사되지 않았다.

심사에는 코스트 계산부터 코스 레시피를 짜는 것까지 모두 포함되어 있었다.

주방에서의 능숙한 모습 또한 심사 위원 평가에 포함될 것이 분명했다.

12만 원 상당의 파인다이닝 코스 요리.

메뉴 구성은 어렵지 않았다.

지난 생부터 도진이 짜 놨던 코스 레시피만 수십 개가 넘었다.

적당히 원가를 맞춰서 재조합하기만 하면 될 일이었다.

따라서 도진은 최대한 빨리 팀을 꾸렸다.

단 3일 만에 완벽한 주방을 만들기 위해서는 시간이 모자랐다.

"자, 다들 모였나요?"

"우리 지금 레시피 짜?"

"네에!"

눈을 밝히며 레시피를 짜는지 물어보는 이랑과 조용히 고개만 끄덕이는 인호.

그리고 마지막으로 합류한, 장난기 넘치는 목소리로 길게 말을 늘이며 대답하는 안호준까지.

도진은 그들을 보며 선언했다.

"제가 팀을 모은 만큼, 이 팀의 헤드 셰프는 접니다. 그러니까 전적으로 저를 믿고 따라와 주신다면, 1위 하게 해 드릴게요."

그렇게 말하는 도진의 입은 웃고 있었지만.

"지금부터 대답은 '예, 셰프'입니다. 아시겠죠?"

"응!"

"넵!"

눈은 형형하게 빛나고 있었다.

"대답은, 뭐라고 했죠?"

"예, 예! 셰프!"

세 사람은 시간이 지나서야 겨우 말할 수 있었다.

우리는 그날 악마를 보았노라고.

"레시피는 이대로 갈게요."

도진이 내민 종이는 총 여덟 장이었다.

직접 손으로 쓴 흔적이 역력한 종이는, 척 보기에도 상당히 깔끔했다.

이미 몇 번이고 해 본 사람의 솜씨였다.

'하루 만에 정리한다고 밤새 고생이었지.'

괜히 12만 원 상당이라는 금액까지 정해 준 것이 아닐 터였다.

식당을 운영할 때 가장 중요한 부분을 꼽으라면 당연히 원가 계산과 수익률이었다.

그리고 이번 미션에서는 레시피와 원가계산 내용을 정리해 제출해 달라고 했으니.

이 부분 또한 평가에 들어갈 것이 분명했다.

인건비 25%, 식재료비 35%.

그 외 전기와 수도 등 대부분의 지출 20%로 잡았을 때 수익은 15%.

식자재를 제외한 것들은 모두 제작진 측에서 준비했고……

정확히 알 수 없는 부분이 많았기에 대략 잡아 계산할 수밖에 없었다.

그렇게 해서 정해진 판매 금액 126,000원.

"와, 이거……. 혼자 다 한 거야? 요? 셰프?"

도진이 정리한 원가계산과 레시피를 번갈아 보던 안호준이 말을 더듬어 가며 물었다.

이런 질문이 나올 걸 이미 예상했던 도진이 준비한 말을 꺼냈다.

"네, 한번 해 봤어요. 유튜브 참고해서."

"아니, 그래도 이걸, 어떻게……?"

물론 원가계산은 관심도 없고 레시피만 뚫어져라 쳐다보는 이도 있었다.

"셰프! 이 그림도 셰프가 그린 거야?"

자세하게 적힌 레시피와 그 옆에는 완성된 요리를 떠올리게 만드는 그림이 첨부되어 있었다.

이랑이 신기하다는 듯 묻자 도진이 대답했다.

"제가 이래 봬도 그림은 좀 그리죠."

어깨를 으쓱이며 대답하는 도진에 화기애애한 분위기가 오갔다.

레시피를 본인들이 직접 구현해 내기 전까지는…….

"다시! 소스를 너무 많이 졸였어요. 적당한 농도를 맞추는 게 제일 중요하다고 몇 번을 말해요!"

총 80% 미만의 지출과 20% 이상의 수익을 내는 구조가 가장 이상적인 식당 경영이라고는 하지만.

파인다이닝은 해당하지 않는 말이었다.

이마저도 사실 일하다 보면 힘들 수 있었다.

"이렇게 되면 오버 쿡이에요. 손님한테 이걸 먹으라고 내놓을 거예요? 다시!"

워낙 비싼 재료들이 즐비했고, 좋은 재료만을 사용해 손님에게 내간다는 이유로 폐기되는 부분도 상당했다.

그렇기에 최대한 실수를 줄여 폐기되는 재료를 줄여야만 계산한 원가만큼의 수익률을 낼 수 있었다.

그렇기에 지금, 도진이 가장 필요로 하는 것은 절대적인 연습량.

"다시!"

눈 감고도 이 레시피를 해낼 수 있을 만큼 능숙해져야 했다.

3차 미션은 도진에게 큰 의미로 다가왔다.

"여러분의 완벽한 파인다이닝 코스를 만들어 주세요!"

도진이 두근거리는 가슴을 진정시키느라 얼마나 힘들었는지는 아무도 몰랐을 것이다.

직접 만든 레시피의 코스로 손님들을 맞이하는.

물론 평가단의 평가 이외에도 다른 심사 요소들이 존재했지만, 당장 그런 건 중요하지 않았다.

　도진은 자신이 만든 요리를 먹고 행복한 얼굴을 하는 손님들을 상상했다.

　그것은 말로 표현할 수 없는 충만감을 들게 했으며…….

　동시에 도진의 꿈을 떠올리게 했다.

　그림을 그리던 그때도, 요리를 시작한 그때도.

　결국 도진이 꿈꿔 왔던 것은 단 한 가지였다.

　자신이 만들어 낸 것으로 사람들의 마음을 풍요롭게 하는 일.

　언젠가 훗날 자신의 가게에서의 식사를 떠올릴 때, 되돌아가고 싶을 만큼 행복했던 추억으로 기억될 수 있도록.

　그런 곳을 만들고 싶었다.

　제대로 이뤄 보지도 못하고 져 버린 꿈이었지만.

　도진에게는 다시 한번의 기회가 주어졌다.

　그리고 비록 본인의 가게는 아니었지만, 못다 이룬 꿈을 조금이나마 실현할 수 있는 기회가 다가왔음이 분명했다.

　그렇기에 이번 미션은 완벽해야만 했다.

　기다리던 예선 당일, 아침이 밝았다.

　최대 네 명이 앉을 수 있는 테이블 스물다섯 개.

다른 테이블과 간섭 없이 자유롭게 식사할 수 있는 건 물론이거니와, 서로 간의 대화가 너무 잘 들리지 않을 만한 거리감 있는 배치.

일단 홀은 여타 파인다이닝과 별반 다르지 않아 보였다.

주방 역시 홀처럼 널찍한 공간감이 느껴지는 공간 내에 가벽 두 개를 세워, 총 세 개의 섹션(Section)으로 깔끔히 분리해 둔 채였다.

모두.

이번 3차 미션을 위해 준비된 모의 주방과 홀이었다.

이제 막 해가 떠오르기 시작한 시간이었으나…….

참가자들은 한없이 분주히 움직이는 중이었다.

"재료 다 들어왔으니까 확인해 보세요!"

"농어 안 보이는데요?

"저희 보리새우 발주 누락된 거 아니죠?"

바쁘게 움직이고 있는 건 비단 참가자들만이 아니었다.

"감독님! 홀이랑 테이블에도 카메라 세팅 전부 다 끝내 뒀습니다!"

"PD님, 금일 방문해 주실 평가단 리스트 한번 확인 부탁드리겠습니다!"

"오늘 홀 서버 봐 주실 분들 다 도착했다고 하는데 어디서 대기시킬까요?"

세트장 제작에 많은 예산이 들어간 만큼 제작진 역시 공을 잔뜩 들인 채였다.

요리와 관련된 업계에 종사하고 있는 많은 이들을 평가단으로 초청한 건 물론, 그들에게 좀 더 완벽한 파인다이닝 서비스를 제공하기 위해 현역 홀 서버를 섭외했다.

다들 하나같이 분주히 움직이고 있기 때문인 걸까?

실제 파인다이닝과 다를 바가 없어 보였다.

곳곳에 설치된 카메라들만 제외한다면 말이다.

주방에도 몇 대나 되는 카메라들이 참가자들의 모습을 담아내고 있었으나, 하나같이 동선을 방해하지 않는 위치에 자리 잡은 상태였다.

"형, 랍스터 바로 손질 시작하면 될까요?"

"어머! 어떻게 해! 저 이거 실수했어요…….."

"잠깐만, 일단 이것만 먼저 마무리하고 금방…….."

말끔한 조리복 차림의 참가자들이 오늘의 코스 요리를 위한 재료 준비에 여념이 없어 보였다.

물론.

낯선 주방과 조리도구들에 적응할 틈도 없었기 때문에 다들 한껏 긴장한 티가 얼굴에 역력했으나…….

타다다다다—!

하지만 그렇지 않은 사람도 있었다.

차분하되 숙련된 솜씨로 빠르게 재료를 다듬은 손 하나가 하부장을 열어 *포션(*portion : 1인분 분량의 식재료를 나눠 두는 작업)

을 해 나가는 한 사람.

이 과정을 곁눈질로 언뜻 본다면 이곳에서 이미 수년은 넘게 일한 사람처럼 능숙하기 그지없어 보이는 손길처럼 느껴질 터였다.

그는 바로.

"셰프! 방금 홍어 손질 다 끝냈습니다!"

"그럼 누나가 인호 형 좀 도와줄래요?"

도진이었다.

자연스럽게 팀원들에게 업무 분담 지시를 내린 도진은 이미 모의 주방의 구조를 모두 파악하고 있었다.

사전에 제작진에게 부탁해 세트장의 평면도를 요구한 건 물론이거니와 사전 답사까지 마친 채였다.

제작진은 이러한 도진의 요구를 모두 흔쾌히 수락하고 도움을 주면서 이렇게 말했더랬다.

"이런 부탁을 한 참가자는 도진 씨 팀이 처음이에요."

아무래도 사전에 공지되지 않은 대목이다 보니 다른 팀 참가자들은 이러한 사전 준비를 제대로 하지 못했을 가능성이 농후해 보였다.

그 결과, 우왕좌왕하는 이들 사이에서 도진의 팀은 유독 눈에 띌 수밖에 없었다.

셰프인 도진의 지시에 맞춰 발 빠르게 움직이고 있는 건 물론이고, 본인이 해야 할 일들을 버벅대지 않고 해 나가는 모습이 꽤 전문가처럼 보였다.

반복 연습의 결과였다.

도진의 지휘 아래 몇 번이고 같은 과정을 답습한 시간이
빛을 발하기 시작한 것이다.

−11시 57분.

당연히 가장 먼저 손님을 맞을 준비를 마친 건 도진과 팀
원들이었다.

잇따라…….

다른 팀 역시 하나둘씩 준비가 얼추 끝나 가기 시작하자
심사 위원들이 들어섰다.

"오늘의 영업 준비는 잘되어 가시나요?"

"다들 조리복이 잘 어울리시는데요?"

"이야, 다들 언뜻 보면 현역 같아 보이네."

노연우, 최석현, 마지막으로 김소희까지.

다들 한마디씩 덕담을 건네는 모습이 지금까지 독설을 퍼
붓던 모습과는 사뭇 상반되게 보일 따름이었다.

특히 이들 세 심사 위원 중에서 아픈 말을 가장 많이 일삼
던 노연우가 생글생글 웃는 낯으로 물었다.

"이미 다들 눈치채셨겠지만, 조리복의 타이 색이 각각 다
릅니다."

레드, 블루, 그린.

"타이 색에 따라 각각 레드, 블루, 그린까지. 세 팀으로 나뉘며, 평가단이 매긴 점수를 합산한 뒤 평균치를 계산해 총점을 매길 예정입니다."

진행 규정을 듣는 참가자들이 짐짓 진지한 표정을 하고 있었다.

—11시 59분.

이내 노연우가 시계를 한 번 올려다봤다.

"모두 최선을 다해 주시기를 바랍니다."

그렇게.

—12시 00분.

손님을 맞을 시간이 됐다.

—12시 5분.

초청받은 평가단이 모두 자리에 앉았을 무렵.

주방에도 하나둘씩 오더가 들어오기 시작했다.

"12번 테이블, 안심, 미디움 하나, 미디움 레어 하나!"

"9번 테이블, 가리비, 양고기!"

"서버! 7번 테이블 전채 요리 서빙 부탁드리겠습니다!

"여기! 가리비 준비됐습니다!"

가벽으로 나눠진 모의 주방 내부는 그야말로 아비규환의 장이었다.

일단.

가장 많은 주문이 몰린 '그린 팀'은 벌써 동선이 꼬인 모양인지 몇몇 참가자들이 우왕좌왕하고 있었다.

다행히 팀장 격인 정희준이 간신히 동선을 정리해 주며 어찌어찌 해 나가고는 있었으나…….

"셰프, 컴플레인입니다! 관자가 덜 익었다네요!"

얼마 지나지 않아 덜 익은 관자가 덩그러니 담긴 접시가 주방으로 되돌아왔다.

또한.

주문량이 가장 적은 블루 팀은 코스 메뉴를 설계하는 과정에서부터 난항을 겪었으나.

저조한 주문율 덕에 그럭저럭 별다른 문제없이 천천히 주문을 소화해 나가는 중이었다.

마지막으로.

도진이 속한 레드팀은 현재까지 2위의 주문율을 기록 중인 상황이었다.

한데 안정적이었다.

마치 아주 오래전부터 영업을 해 온 업장 내의 주방처럼 주문을 소화하는 중이었으니까.

아뮤즈 부쉬(Amuse Bouche : 한입 요리).

앙트레(Entree : 전채 요리).

푸아송(Poissons : 생선요리).

비앙드(Viandes : 육류요리).

프로마주(Fromages : 치즈)와 와인.

마지막 데세르(Desserts : 디저트)까지.

도합 6단계로 구성된 코스를 선보여야 하는 상황인데도 주방은 한 치의 오차 없이 돌아가는 중이었다.

마치 오랜 시간 함께 합을 맞춰 온 사람들처럼 한없이 매끄러운 동선과 순환을 선보이고 있었을 뿐.

"테이블 넘버 25, 스테이크 접시 되돌아옵니다!"

서버가 앞서 서비스했던 스테이크 접시를 회수해 오고 있다는 사실을 귀신같이 체크한 도진이 재차 지시했다.

"바로 프로마주 와인 서비스할 테니까 디저트 섹션은 머랭 케이크 준비하세요!"

다행히 되돌아온 스테이크 접시는 깨끗이 빈 채였다.

'좋아.'

이내 도진이 다시금 주방 상황을 꼼꼼히 살피며 지휘를 살펴 나갔다.

"이랑 누나, 신규 아뮤즈 부쉬 부탁드립니다!"

"예, 셰프!"

"인호 형, 7번 테이블 양고기 준비 시작하세요!"

심지어.

"푸아송은 제가 조리하겠습니다!"

빈자리가 생긴다면 자신이 들어가 주문을 쳐 냈다.

그야말로 일당백.

전반적인 지휘는 물론이고, 재고 관리, 홀의 흐름 파악,
플레이팅에 조리까지…….

밀려드는 주문에도 모두가 일사불란하게 움직이는 레드팀
의 주방은 마치 완벽한 오케스트라처럼 보였다.

"자, 서비스!"

그리고 그 중심에는 지휘봉을 든 도진이 서 있었다.

나머지 두 팀과는…….

한없이 상반되는 안정적이고 여유 있는 모습이었다.

⌗

윤희정은 요식업계의 유명 인사였다.

아름답고 고혹적인 본인의 외모만큼이나 높은 심미안은
물론이거니와…….

어지간한 셰프들 뺨치는 예민한 미각을 기반으로 집필한 비평으로 명성을 얻었다.

그 덕분에 국내 최고 권위 미식 잡지인 '타임랩스'의 편집 장이라는 직책에 오른 채였다.

그녀의 글은 읽는 이로 하여금 자연스럽게 그 맛을 상상하게 할 만큼 생생했다.

그녀가 호평한 맛집은 언제나 문전성시를 이뤘다.

그녀가 유명해진 가장 큰 이유는 신랄하기 그지없다고 평가받는 칼럼 덕이었다.

풍부한 표현으로 황홀할 만큼 맛 표현을 기가 막히게 해내는 그녀의 칼럼은…….

맛이 없는 업장에는 시퍼런 서슬이 서 있는 예리하고 날카로운 독설로 변하기 일쑤였다.

잊을 수 없는 맛.

최근 가게 리모델링 후 메뉴를 재정비해서 다시 오픈한 역삼의 한 파인다이닝에 대한 비평이었다.

제목만 본다면 마치 극찬처럼 보였다.

실제로도 초반에는 셰프의 헤리티지와 요리 실력에 대한 칭찬이 이어졌다.

그의 요리를 처음 맛보았을 때, 그 신선하고 대담한 요리의 풍미에서 내가 요리에 대한 글을 쓰는 직업을 택한 이유를 새삼 다시 알 수 있었다.

다만 호평은 과거형으로 작성된 채였고.

세월이 무상하다 했던가? 실로 애석한 일이다. 십여 년이 지난 지금의 그는 프렌치 요리 하면 손꼽히는 셰프에서 애정에 굶주려 매번 용돈을 찔러 주는 자신감 없는 할머니처럼 변해 버린 채였다.

그녀의 문장은 마지막까지 촌철살인이었다

그의 요리에는 더 이상 이전과 같은 매력을 찾아볼 수 없었다. 이제 그는 탐미성, 조화, 예술성을 추구하는 파인다이닝보다는 박리다매를 추구하는 업장이 어울린다.

가장 최근 실린 그 비평은 그녀에 대한 위상과 두려움을 한 번 더 드높였다.
혹자는 '윤희정'의 이름을 들으면 PTSD가 올 지경이라는 평을 내리기도 했다.
다들 내심 그녀에게 호평을 받아 매출을 상승시킬 수 있기

천재셰프
회귀하다

를 소원했으나…….

다른 한편으로는 두려움에 그녀가 제발 자신의 업장에 걸음하지 않기를 빌기도 했다.

그만큼.

그녀의 파급력은 업계에서 어마어마했다.

그리고…….

이제 막 오후 12시 10분을 지나고 있는 지금.

"어서 오세요."

우아하게 차려입은 그녀가 문을 열고 들어선 곳은 바로.

서바이벌 국민 셰프.

본선 3차 미션을 위해 만들어진 세트장이었다.

"안녕하십니까. 예약자분 성함 확인하겠습니다."

이내 그녀가 선글라스를 벗으며 답했다.

"타임랩스, 윤희정입니다."

입구를 지키며 명단을 확인하던 홀 서버는 그녀의 이름을 듣고는 짐짓 놀란 티를 숨기며 말했다.

"이쪽으로 오시면 됩니다."

홀 서버가 이끄는 대로 따라가던 윤희정은 세트장을 둘러보며 조금 감탄했다.

'세트장을 생각보다 잘 꾸며 놨는데? 홀 서버들도 다들 어느 정도 경력이 있는 것 같고, 이 정도면 확실히 단발성 프로그램치고는 꽤 본격적이야.'

이윽고 자리에 앉은 그녀가 곧장 메뉴를 살펴봤다.

레드, 블루, 그린.

준비된 코스의 수는 총 세 개였다.

'세 팀이 각기 다른 코스를 선보이는 형식이겠지.'

과연 세트장만큼 메뉴 구성에도 공을 들였을까?

곧장 메뉴판을 빠르게 훑던 그녀가 쓰게 웃었다.

'역시 아직 아마추어들이니 어쩔 수 없나.'

그런 생각을 지울 수 없었다.

그나마 딱 한 팀.

그럭저럭 구색을 갖춰 코스를 조형한 팀은 레드 팀이 유일해 보였다.

나머지 두 팀은…….

기본적인 조화조차 지키지 못했거나, 욕심을 너무 부려 과유불급처럼 느껴지는 코스를 준비해 둔 채였다.

"저, 레드 코스로 주세요."

윤희정이 홀 서버를 호출해 그나마 메뉴 구성이 괜찮아 보이는 '레드 코스'를 주문했고…….

와인 잔에 담긴 물을 천천히 홀짝이며 인근 테이블의 웅성거림에 귀를 기울여 봤다.

"윽, 이거 고기 살짝 *오버 쿡(*Overcook : 음식을 너무 오래 익힘)인데? 좀 질겨."

"흠, 관자가 너무 안 익었는데? 과장 조금 보태면 고무 씹

천재 셰프
회귀하다

고 있는 기분이야."

"난 이 코스 맘에 들어. 12만 원대라기엔 너무 좋은데? 그런데 이러면 이윤이 남긴 하나?"

식당에 앉아 주문하고 가만히 앉은 채로 이렇게 주변의 소리에 귀를 기울이는 건, 그녀가 식전에 절대 거르지 않고 치르곤 하는 일련의 '의식'이나 마찬가지랄 수 있었다.

이렇게 듣고 있다 보면 이따금 그 식당에서 어떤 메뉴가 가장 맛있고 어떤 메뉴가 제일 별로인지 판별할 수 있었다.

또한 자신이 주문한 메뉴가 합리적인 주문이었는지를 간단히 점검해 볼 수 있는 방식이기도 했고 말이다.

그렇게 얼마나 지났을까?

"아뮤즈 부쉬 서비스해 드리겠습니다."

서버가 두 개의 '아뮤즈 부쉬'가 담긴 접시를 내주었다.

첫 입.

윤희정은 이 첫 입의 맛을 토대로 운세를 점치곤 했다.

자, 오늘의 운세를 한번 점쳐 볼까?

잘 다져 낸 연어가 얹어져 있는 앙증맞은 타르트 하나.

그리고 초코 시럽대신 다진 버섯이 얹어진 에클레르까지.

"자, 오늘의 점괘를 확인해 볼까나."

이내 그녀가 연어 타르트를 먼저 집어 들었다.

그러고는.

곧장 한 입을 작게 '와삭─.' 하고 베어 물었고.

"이야."

아무래도.

"점괘가 좋네……?"

오늘의 운세는 '최상'인 듯 보였다.

다음 권으로 이어집니다

천재셰프
회귀하다